Miriam Veya
Die Spur der Stadtheiligen

Der Zytglogge Verlag wird vom Bundesamt für Kultur mit einem Strukturbeitrag für die Jahre 2021–2025 unterstützt.

© 2025 Zytglogge Verlag, Schwabe Verlagsgruppe AG, Basel
Alle Rechte vorbehalten
Lektorat: Thomas Gierl
Korrektorat: Ute Wendt
Coverbild: Thomas Gierl
Umschlaggestaltung: Hug & Eberlein, Leipzig
Layout/Satz: 3w+p, Rimpar
Druck: CPI books GmbH, Leck

Herstellerinformation: Zytglogge Verlag, Schwabe Verlagsgruppe AG, Grellingerstrasse 21, CH-4052 Basel, info@zytglogge.ch
Verantwortliche Person gem. Art. 16 GPSR: Schwabe Verlag GmbH, Marienstraße 28, D-10117 Berlin, info@schwabeverlag.de

ISBN: 978-3-7296-5193-7

www.zytglogge.ch

Miriam Veya

Die Spur der Stadtheiligen

Dritter Fall für Josephine Wyss

Roman

ZYTGLOGGE

Prolog

Ein Schweißtropfen löste sich aus ihren zu einem Zopf geflochtenen Haaren, bahnte sich seinen Weg über den Nacken und versiegte im Kragen des Kleides. Sie wischte sich über die Stirn und schaute zum Horizont. Dort ballte sich eine dicke Wand zusammen und verdeckte die Sonne, die den ganzen Tag unbarmherzig heruntergebrannt hatte. In der Ferne grollte der Donner, und der Wind trieb die Wolken in ihre Richtung. Hier auf der Wiese war jedoch kein Lüftchen zu spüren. Die Luft war zum Schneiden dick.

Fest hielt sie den Korb in der einen Hand, mit der anderen raffte sie ihren Rock. Trotz der Hitze und des ansteigenden Geländes beschleunigte sie ihren Gang. Sie musste es schaffen, vor dem Gewitter wieder zurück zu sein. Wie jeden Abend ging sie auch heute in den Wald, um Beeren zu pflücken. Obwohl sie den ganzen Tag gearbeitet hatte, nahm sie diese Strapazen auf sich. Sie dachte an die hungrigen Blicke ihrer Geschwister. Das Geld, das sie und ihre jüngere Schwester in der Fabrik verdienten, reichte hinten und vorne nicht, um die Familie satt zu kriegen. Zumal der Vater das meiste gleich wieder ins Wirtshaus trug. So zog sie im Sommer nach der harten Arbeit immer los, damit es noch etwas mehr auf dem Tisch gab. Wenn die Ausbeute gut war, konnte sie sogar ein Körbchen Beeren an die Nachbarn verkaufen.

Jetzt war es nicht mehr weit bis zum Waldrand. Hoffentlich hatte sie heute Glück mit ihrer Suche und konnte bald zurück in den Schutz des Hauses. Nach der schwülen Hitze der vergangenen Tage würde sich das nahende Gewitter bestimmt heftig entladen. Sie schickte ein Stoßgebet nach oben, Petrus möge ihr gnädig sein und noch ein klein wenig warten mit dem Sturm.

Beten tat auch ihre Mutter. Seit über zwei Jahren tat sie fast nichts anderes mehr. Die Heimarbeit hatte sie schon lange aufgeben müssen, sie schaffte es am Morgen kaum aus dem Bett in den Sessel. Dort saß sie dann bis zum Abend mit gefalteten Händen und murmelte vor sich hin. Nur wenn Vater nach Hause kam, setzte sie sich zu ihm in die Stube und blieb stumm, bis er nach dem Essen ins Wirtshaus verschwand. Dann versank sie wieder in ihre Welt und sprach mit Menschen, Tieren oder Dingen, die nur sie sehen konnte. Oft betete sie aber einfach das Vaterunser, immer wieder. Kaum war das «Amen» ausgesprochen, begann die Litanei wieder von vorne.

Sie schritt aus, jetzt wurde es noch steiler. Ihre Mutter war ein weiteres Maul, das gefüttert werden wollte, ohne dass es etwas zum Familienwohl beisteuerte. Sofort verscheuchte sie diese Gedanken. Ihre Mutter war krank, sie konnte nichts dafür. Das hatte sie schon lange verstanden. Und doch riss ihr manchmal der Geduldsfaden. Die Mutter sollte sich um sie und die Kleinen kümmern und nicht umgekehrt. Jeden Morgen und jeden Abend musste sie sie zwingen, etwas zu essen. Sie war schon ganz abgemagert. Hoffentlich würde sie heute wenigstens von den Beeren essen.

Endlich hatte sie den Waldrand erreicht. Kühle Luft strömte ihr entgegen und sie atmete tief durch. Ein paar saftige Himbeeren blitzten aus dem Grün der Sträucher hervor. Sie lachte auf. Es war eine gute Entscheidung gewesen, heute auf diese Seite des Waldes zu kommen. So schnell sie konnte, begann sie zu pflücken, und schon bald war ihr Korb halb voll.

Gebückt bewegte sie sich zwischen den stachligen Zweigen hindurch und suchte in Windeseile nach noch mehr Beeren. Bald konnte sie aber kaum noch etwas sehen, die Wolken hatten den Himmel vollends verdunkelt, und hier im Wald wurde es so düster, dass es keinen Wert hatte, noch weiter zu suchen. Auch hing ihr der Korb schwer am Arm, und der Henkel schnitt ihr ins Fleisch. Doch was hatte sie für eine Ausbeute gemacht! Sie richtete sich auf und rieb sich das Kreuz. Jetzt aber geschwind nach Hause.

Ein Blitz fuhr quer über den Himmel. Sekunden später krachte der Donner. Sie duckte sich ins Gebüsch. Und schon fielen die ersten schweren Tropfen. Noch ein Blitz. Was sollte sie tun? Loslaufen und sich der Gefahr auf der flachen Wiese aussetzen oder hier unter dem Blätterdach der Bäume ausharren? Aber wer weiß, wie lange das Gewitter dauern würde? Die anderen warteten sicher nicht mit dem Essen auf sie. Wenn sie zu spät kam, gab es nichts mehr, nur ein paar Beeren. Wie zur Bestätigung knurrte ihr Magen.

Ein lauter Donner ließ sie zusammenfahren. Und dann prasselte der Regen nieder. Sie schaute zwischen den Zweigen hindurch. Da! Am Horizont zeigte sich ein heller Streifen. Sie würde also warten. Wahrscheinlich war das Gewitter so plötzlich vorüber, wie es gekommen war.

Ihr Blick schweifte über die Wiese und nach oben zum Weg, der den Hang entlang quer über die Wiese führte.

Sie stutzte. Was war denn das? Dort, wo der Weg in das kleine Stück Wald gegenüber mündete, bewegte sich etwas zwischen den Bäumen. Sie kniff die Augen zusammen, konnte aber nichts erkennen. Wie albern, schalt sie sich. Was sollte denn da sein bei diesem Wetter? Wahrscheinlich nur ein Vogel. Oder ein Hase.

Sie zog ein Tuch aus der Schürzentasche, legte es über ihre Ernte und stopfte es an den Rändern des Korbes sorgfältig fest. Sie wollte im Schutz der Bäume den Hügel hinuntergehen, so würde sie hoffentlich einigermaßen im Trockenen bleiben. Tief zog sie den Hut über die Ohren und begann, dem Waldsaum nach unten zu folgen, zurück an den Ort, von dem aus sie die Suche gestartet hatte. Von dort würde sie dann über die Wiese zu den ersten Häusern von Albisrieden gelangen. Und dann war es nur noch einen Katzensprung zu ihrer Familie.

Weshalb sie noch einmal zum Weg hochschaute, wusste sie nicht. Sie erstarrte. Drei schemenhafte Gestalten lösten sich aus dem Schatten der Bäume auf der anderen Seite der Wiese und traten auf den Weg. Sie ließ den Korb sinken.

Wer war das? Sie sahen zwar aus wie Menschen, aber irgendetwas an ihnen war eigenartig. Sie schienen außergewöhnlich klein zu sein. Waren es Kinder? Nein. Sie bewegten sich überhaupt nicht wie Kinder. Krampfhaft versuchte sie zu erkennen, was sie an dem Anblick so irritierte, doch der starke Regen verschleierte ihre Sicht.

Den dreien schien der Sturm nichts auszumachen, hintereinander schritten sie langsam und bedächtig vorwärts. Es hatte etwas Feierliches, als ob sie Teil einer Prozession wären. Alle trugen einen Gegenstand in den Händen.

Donner grollte, und erst jetzt merkte sie, dass sie völlig durchnässt war. Und exponiert. Rasch duckte sie sich ins Gebüsch. Hatten die drei sie gesehen? Wer oder was auch immer das war, sie sollte besser unbemerkt bleiben.

Mittlerweile waren sie auf halber Höhe zwischen den beiden Waldstücken angekommen. Dort hielten sie an. Sie stellten sich nebeneinander und schienen über die Wiese zur Stadt hinunterzuschauen.

Sie hielt den Atem an und zog sich noch weiter in die Zweige der Büsche zurück.

Die drei standen einfach da und rührten sich nicht von der Stelle. Was sollte sie bloß tun?

Sie musste von hier verschwinden. Zwar deutete nichts darauf hin, dass sie gesehen worden war. Oder dass die drei etwas Böses vorhatten. Aber solange sie nicht wusste, wer oder was das war, sollte sie sich wohl besser in Sicherheit bringen.

Sie bog einen Ast zur Seite und spähte zu ihnen hoch. Noch immer standen sie stocksteif in Reih und Glied.

Da erhellte ein weiterer Blitz den Himmel und sie schrie auf. Aus den Gegenständen, die die drei vor der Brust trugen, leuchteten Augen. Es waren Köpfe, die sie in den Händen hielten. Ihre *eigenen* Köpfe! Darum waren sie so klein! Sie kauerte sich noch tiefer in die Büsche, konnte den Blick aber nicht abwenden.

Plötzlich setzten sich die drei wieder in Bewegung und kamen quer über die Wiese direkt auf sie zu.

Sie packte den Korb, sprang auf und rannte los. Innerhalb von Sekunden drang der Regen durch ihre Kleidung bis auf die Haut, doch das bemerkte sie nicht. Sie hastete durch das Unterholz, stolperte, fiel hin, rappelte sich auf und hetzte weiter.

«Hey, warte!», rief eine Stimme hinter ihr. Sie beschleunigte. Konnten die Köpfe sprechen? Nein, nein, bestimmt nicht!

«Hanna, stopp!» Die kannten ihren Namen! Gänsehaut zog sich über ihren Rücken.

«Jetzt warte doch! Ich bin's, der Peter!» Ohne langsamer zu werden, schaute sie über die Schulter. Tatsächlich. Der Nachbarsjunge. Jetzt hatte er sie eingeholt und hielt sie am Arm zurück.

«Was ist denn los mit dir? Hast du den Teufel gesehen?»

Sie schluchzte auf und verbarg das Gesicht in den Händen.

«Hanna, sag doch! Oder hast du dich wegen dem Gewitter erschrocken? Man hätte meinen können, dass der Weltuntergang kommt. Aber ich glaube, es ist gleich vorbei. Schau, der Regen lässt schon wieder nach.»

Sie zog die Nase hoch. Dann schaute sie an ihm vorbei zum Wald hinauf. Alles war ruhig, nichts bewegte sich.
«Hast du sie auch gesehen?», flüsterte sie.
«Wen?»
«Die Gestalten.»
«Welche Gestalten? Was meinst du?»
«Da oben!» Sie zeigte zum Weg hoch.
«Hä, nein. Außer ein paar Vögeln habe ich heute gar keine Lebewesen im Wald gesehen. Die Tiere haben das Gewitter bestimmt gespürt und sich verkrochen.»
«Keine Tiere! Gestalten! Und du musst sie gesehen haben! Sie kamen dort aus dem Wald und marschierten den Weg entlang. Dann sind sie auf einmal stehen geblieben und haben zu mir hinuntergestarrt. Und dann sind sie direkt auf mich zugekommen.»
«Jetzt hör aber auf! Ich weiß doch, was ich gesehen habe und was nicht!» Er schnaubte und begann dann, die Wiese hinunterzugehen.
«Zu dritt waren sie», rief sie ihm hinterher, «und in den Händen haben sie ihre Köpfe getragen!»
Er hielt inne. Dann wandte er sich wieder zu ihr um. «Drei Gestalten mit Köpfen unter den Armen? Willst du mich veräppeln? Du spinnst doch!» Er lachte laut, lief zur Straße hinunter und verschwand zwischen den Häusern.

1

«Das darf doch nicht wahr sein!» Josephine starrte ungläubig auf den Briefbogen in ihrer Hand. *Dritte Mahnung vom 2. August 1920* stand da als Betreff, Absender: *Stadtpolizei Zürich, Amthaus I.* Und ganz unten in Fettschrift: *Androhung der Betreibung, wenn Bezahlung des oben genannten Betrages bis am 15. August ausbleibt.*

Sie sprang auf und ging um den Schreibtisch herum zum Telefon, das neben der Bürotür an der Wand hing.

«Verbinden Sie mich bitte sofort mit der Stadtpolizei, Herrn Detektiv-Wachtmeister Bader», verlangte sie von der Dame in der Telefonzentrale. Während sie auf die Verbindung wartete, betrachtete sie die Empfängeradresse auf dem Brief: *Alfred Wyss, Auskunftsstelle für vermisste Personen, Flüchtlinge und Kriegsgefangene, Niederdorfstraße, Zürich.*

Dass die Briefpost immer noch auf den Namen ihres verstorbenen Mannes adressiert war! Das sollte doch nach einem Jahr langsam überall geändert worden sein. Vor allem auf den Ämtern. Wobei, sie selbst hatte es auch noch nicht geschafft, die Anschrift an der Tür zu wechseln. Sie sollte endlich das Schild mit ihrem Namen und der Bezeichnung *Privatdetektivin,* das ihr ihre Freundin Klara geschenkt hatte, aufhängen.

«Bader?», bellte es in ihr Ohr.

«Herr Bader, hier spricht Josephine Wyss.»

«Frau Wyss», klang seine Stimme eine Nuance freundlicher, «was verschafft mir die Ehre?» Dem würde die Höflichkeit schon noch vergehen.

«Die Ehre? Ich halte gerade Ihre Rechnung beziehungsweise die dritte Mahnung für Ihre Rechnung in der Hand und will wissen, was das soll!»

Stille.

«Sind Sie noch dran?»

«Ja, aber ich habe keine Ahnung, wovon Sie sprechen.»

«Die Rechnung, also die Buße? Die Sie mir im Mai gesendet haben?»

«Eine Buße?»

«Nun tun Sie nicht so! Die Buße für, ich zitiere: ‹den Diebstahl einer Dienstwaffe der Stadtpolizei Zürich und deren Einsatz gegen eine Zivilperson›.»

«Mmh.»

«Was ‹mmh›?»

«Sie haben eine Buße dafür erhalten?»

«Ja, und zwar eine saftige.»

«Nun, davon weiß ich nichts.»

«Es ist mir gleichgültig, ob Sie davon wissen oder nicht. Ich weigere mich jedenfalls, sie zu bezahlen. Bitte sorgen Sie dafür, dass sie annulliert wird. Ich habe gleich nach Erhalt der ersten Rechnung schon einmal schriftlich darum ersucht.»

«Ich denke nicht, dass ich da etwas machen kann. Aber ich frage mal nach.»

«Tun Sie das! Ich warte.»

Sie hörte, wie er den Hörer auf den Schreibtisch legte und seinen Stuhl zurückschob.

«Kann man nicht *ein Mal* in Ruhe arbeiten», beschwerte er sich.

«Ich kann Sie hören!», rief sie laut in den Hörer.

«Davon bin ich ausgegangen!», kam es zurück. Schritte entfernten sich und eine Tür schlug zu.

Ohne den Hörer loszulassen, öffnete sie die Bürotür zum Korridor. Dann versuchte sie, mit den Fingernägeln das aufgeklebte Schild mit Freds Namen darauf vom Holz zu lösen. Bevor die Milchglasscheibe im oberen Teil der Tür beim Einbruch letztes Jahr eingeschlagen worden war, hatte Freds Namen in schwarzen Lettern auf der Scheibe geprangt. Seither war das kleine Schild der einzige Hinweis darauf, dass hier einst das Büro von Alfred Wyss gewesen war. Sie hätte gerne auch einen solch schönen Schriftzug mit ihrem Namen auf der Scheibe gehabt, aber wenn sie diese Buße bezahlen musste, dann hatte sie kein Geld dafür. Dann hatte sie für viele Dinge kein Geld mehr. Schon wieder nicht. Aber wenigstens das kleine Messingschild von Klara sollte sie bald einmal montieren.

«Frau Wyss?», unterbrach Baders Stimme ihre Gedanken.

«Ja?»

«Es scheint so, als ob alles korrekt ist mit der Rechnung. Sie kommen wohl nicht darum herum, die Buße zu bezahlen. Wie Sie wissen, war der Tatbestand genau so, wie es in unserem Schreiben geschildert wird.»

«Wie bitte?»

«Sie haben meine Waffe in meiner Abwesenheit aus meinem Büro entwendet und damit im Laufe der Ereignisse des Falles Wettstein eine Zivilperson bedroht. Das allein würde bei Weitem genügen, Sie zu büßen. Sie haben die Pistole aber auch noch abgefeuert, oder etwa nicht?»

Sie stützte sich mit der Hand gegen die Wand neben dem Telefon. «Natürlich habe ich das! Aber wenn ich das nicht getan hätte, dann würde dieser Verbrecher heute noch frei herumlaufen. Und wer weiß, wie vielen Menschen er noch geschadet hätte. Das wissen Sie doch!»

«Sie haben einen Schuss abgegeben! Daran gibt es leider nichts zu rütteln. Ist Ihnen überhaupt bewusst, wie gefährlich das ist? Wir können alle froh sein, dass Sie niemanden verletzt haben. Oder umgebracht! Dann kämen Sie nämlich nicht mit einer läppischen Buße davon.»

«Dieser Schuss, das war doch nur ein Versehen», murmelte sie.

«Ein Versehen? Das glauben Sie doch selbst nicht!»

«Na ja, ein Warnschuss.»

«Wie auch immer. Der Tatbestand des Diebstahls und des Einsatzes meiner Waffe ist nun mal eindeutig, und das bestreiten Sie nicht, oder?»

Sie räusperte sich. «Nein, nicht in dem Sinne.»

«Eben. Und Sie können von Glück sagen, dass berücksichtigt wurde, dass Sie in Notwehr gehandelt haben. Nicht beim Diebstahl, aber beim Einsatz der Pistole. Wenn dem nämlich nicht so wäre, würden ein Gerichtsverfahren und eine Gefängnisstrafe auf Sie warten.»

«Herr Bader, ist das wirklich Ihr Ernst?» Sie stemmte sich die freie Hand in die Hüfte.

«Es tut mir leid, ich kann nichts tun. Mehrere meiner Kollegen waren Zeugen der Situation, einer von ihnen hat die Kugel aus der Bretterwand geklaubt. Sie haben eine Straftat begangen, daran gibt es nichts zu rütteln.»

«Dann sagen Sie mir doch mal, welcher Polizist eine Zeugin allein in seinem Büro zurücklässt und vergisst, seine Waffe einzustecken. Ich hoffe, Sie wurden für diese Versäumnisse auch entsprechend bestraft!»

Am anderen Ende der Telefonleitung blieb es für einen Moment still. Dann brummte Bader: «Ich habe einen Verweis bekommen.»

«Na bitte!», triumphierte sie.

«Wäre das dann alles?», kam es eisig zurück.

«Wenn Sie sich nicht in der Lage sehen, den Sachverhalt bei Ihren Vorgesetzten richtigzustellen und mir damit die Buße zu erlassen, dann ist das alles.» Warum waren diese Polizisten nur immer solche Dickköpfe!

«Ich kann Ihnen höchstens anbieten», lenkte er ein, «die Buße in Raten zu zahlen. Da könnte ich bestimmt ein gutes Wort für Sie einlegen, wenn ich meinem Chef die Situation nochmals genau schildere.»

«Bestimmt nicht, ich bin nicht auf Ihre Almosen angewiesen.» Sie knallte den Hörer auf die Gabel, ging um den wuchtigen Schreibtisch herum und ließ sich auf den Stuhl fallen. Was fiel ihm eigentlich ein! War das der Dank dafür, dass sie der Polizei schon zum zweiten Mal geholfen hatte, einen Mörder zu fassen?

Seufzend legte sie den Mahnbescheid zu den anderen Rechnungen. Es hatte keinen Wert, länger darüber nachzudenken. Wie auch immer sie es drehte und wendete, sie konnte sich nicht vorstellen, wie sie den Betrag bis zum Monatsende bezahlen sollte. Auch wenn sie mittlerweile doch ab und zu Anfragen für die Auskunftsstelle erhielt, so waren diese schlecht bezahlt und sehr unregelmäßig. Flüchtlinge und Kriegsgefangene wurden nicht mehr gesucht, der Krieg war vorbei. Darum hatte sie die Auskunftsstelle, die Fred gegründet hatte, auch in «Privatdetektei» umbenannt. Ein weiteres Hindernis war, dass viele der potenziellen Kunden ihre Anfragen wieder zurückzogen, sobald sie erfuhren, dass sich nicht Alfred Wyss um ihre Angelegenheiten kümmern würde, sondern seine Witwe. Ihr trauten die wenigsten zu, dass sie ihnen kompetent helfen konnte. So schlug sie sich mit kleinen Aufträgen herum, die sie meistens innerhalb weniger Tage erledigt hatte. Einzig der Fall im Frühling hatte ihr einen ordentlichen Batzen in die Kasse gespült. Einen großen Teil davon würde sie nun aber an die Stadtpolizei abgeben müssen.

Sie schob die Papierstapel auf dem Tisch ordentlich zusammen und stützte das Kinn in die Hände. Immerhin konnte sie die Miete für das Büro aufbringen und ein Dach über dem Kopf hatte sie auch. Seit sie kostenfrei in einem der

Häuser ihres Schwagers wohnen konnte, hatte sich ihre finanzielle Situation etwas entspannt.

Die Standuhr mit den verbogenen Zeigern und dem zerkratzten Zifferblatt zeigte halb fünf. Heute würde hier wohl nichts mehr passieren. Da konnte sie auch Feierabend machen. Beim Gedanken daran, nach Hause zu gehen und sich von Fräulein Zimmermann, ihrer von ihren Eltern finanzierten Haushälterin, mit einem kalten Getränk verwöhnen zu lassen, hob sich ihre Laune etwas. Die gute Seele hatte bestimmt auch ein paar aufbauende Worte für sie bereit.

Sie erhob sich, setzte ihren Hut auf und nahm ihre Tasche und die Handschuhe. Kurz ließ sie den Blick durch den kleinen Raum schweifen. Sie würde morgen weiter versuchen, an einen neuen Auftrag zu kommen, hoffentlich einen lukrativen. Sie schloss die Tür hinter sich und nahm beim Heruntergehen zwei Treppenstufen auf einmal. Unten angelangt, zog sie die schwere Eingangstür auf und prallte beinahe mit einem Mann zusammen, der gleichzeitig die Tür von außen hatte öffnen wollen.

«Entschuldigen Sie bitte, ich habe Sie gar nicht gesehen», sagte sie und ging an ihm vorbei in den Vorhof.

«Warten Sie!», rief er hinter ihr her, «sind Sie zufälligerweise Josephine Wyss?»

Erstaunt drehte sie sich um. Erst jetzt sah sie, dass sich ein junges Mädchen am Arm des Mannes festhielt und sich halb hinter seinem Rücken versteckte. Ängstlich sah es sie an, Josephine schätzte es auf etwa vierzehn Jahre. Beide waren sehr elegant und gepflegt gekleidet und passten so gar nicht in diese Gegend der Stadt.

«Was möchten Sie von ihr?» Nach den Ereignissen in den letzten Monaten war sie vorsichtiger geworden, ihre Identität sofort preiszugeben.

Der Mann lüftete seinen Hut und nickte ihr höflich zu. «Wir möchten sie in einer – wie soll ich sagen – etwas eigenartigen Angelegenheit um Hilfe bitten. Die Privatdetektivin wurde mir von Frau Landolt empfohlen, Frau Wyss sei mit ihrer Enkelin befreundet.»

«Das bin ich», bestätigte sie und streckte ihm die Hand entgegen, «Josephine Wyss, sehr erfreut!» Er ergriff ihre Hand mit festem Druck. «Und ich bin eine gute Freundin von Klara Landolt und kenne auch ihre Großmutter sehr gut.» Obwohl Klaras Großmutter von ihrer Tätigkeit alles andere als begeistert war, erzählte sie also ihren Bekannten von ihren Diensten. Dass die Anfrage dieses Herrn etwas Spannendes sein würde, bezweifelte sie jedoch. Großmutter Landolt würde sie niemals in eine aufregende oder gar gefährliche Situation bringen. Seit Josephine mit ihrer Arbeit als Privatdetektivin begonnen hatte, war sie immer sehr um ihre Sicherheit besorgt gewesen. Zu Recht, musste sie sich eingestehen und dachte an das Gefühl, als sie Baders Waffe abgefeuert hatte.

Sie betrachtete ihn genauer. Er stammte ganz offensichtlich aus dem Landolt'schen Bekanntenkreis, so vornehm, wie er und das Mädchen aussahen. Auch wenn Klara und ihre Großmutter schon lange nicht mehr in den noblen Kreisen der Stadt verkehrten, kannten sie doch immer noch viele Leute aus der feinen Gesellschaft. Genau wie sie selbst auch. Den Mann ihr gegenüber hatte sie jedoch noch nie zuvor gesehen.

«Könnten wir uns vielleicht irgendwo unterhalten, wo wir ungestört sind?», erkundigte er sich jetzt und schaute an den eng stehenden Altstadthäusern des Niederdorfs hoch.

Sie folgte seinem Blick und sah, wie sich der Vorhang hinter einem der Fenster bewegte.

«Natürlich. Lassen Sie uns in mein Büro hochgehen.» Mein Büro. Das klang immer noch fremd, auch wenn es nun schon seit fast einem Jahr ihr gehörte. Sie öffnete die Haustür und führte die beiden Besucher die Treppe hoch ins erste Obergeschoss.

Nachdem sich die beiden auf die Besucherstühle gesetzt hatten und sie selbst hinter dem Schreibtisch Platz genommen hatte, begann sie das Gespräch: «Also, was kann ich für Sie tun?»

«Nun, wie gesagt, handelt es sich um eine etwas spezielle Anfrage. Sie sind doch Privatdetektivin, nicht wahr?» Er nahm den Hut vom Kopf und strich sich die Haare glatt.

Sie nickte.

«Mein Name ist Ernst Ammann und das ist meine Tochter Elfriede.»

Ammann? Waren die nicht in der Seidenindustrie tätig?

«Sie wird Ihnen unser Anliegen besser schildern können als ich, doch lassen Sie mich zuerst die Umstände unseres Besuches darlegen.»

Sie griff nach ihrem Notizbuch und schlug eine leere Seite auf.

«Wir sind nicht wegen etwas hier, das uns selbst betrifft», begann er zu erzählen, «Elfriede, Frieda, möchte einer Freundin helfen. Hanna Meier heißt sie, ein Mädchen, das mit seiner Familie in Albisrieden wohnt. Sie stammt aus sehr ärmlichen Verhältnissen und muss in der Fabrik arbeiten, um zum Unterhalt der Familie beizutragen. Darum konnte sie heute auch nicht mitkommen. Sie ist die Älteste von sechs Geschwistern, ihr Vater arbeitet mal da, mal dort, und die Mutter macht Heimarbeit. Sie kommen kaum über die Runden.»

«Darf ich kurz einhaken?», unterbrach ihn Josephine. «Aufgrund Ihrer Bekanntschaft mit der Familie Landolt nehme ich an, dass Sie in ganz anderen Kreisen verkehren als Hannas Familie.» Dass die beiden auch nicht so aussahen, als ob sie jemals etwas mit einer Person aus einem Umfeld wie dem der Familie Meier zu tun hätten, ließ sie unerwähnt.

«Da liegen Sie natürlich richtig», bestätigte er. «Frieda und Hanna haben sich durch Zufall kennengelernt. Meine Tochter wollte als kleines Mädchen unbedingt einmal sehen, wie es in einer Fabrik so zugeht. Darum habe ich sie in die Seidenfabrik mitgenommen, an der ich damals beteiligt war.»

Da hatte sie also mit ihrer Vermutung richtiggelegen: Seide.

«Ich musste mich um ein paar geschäftliche Dinge kümmern und ließ Frieda deshalb für einen Moment allein. Dabei hat sie Hanna getroffen, die dort auf ihre Mutter wartete. Die beiden haben sofort einen Narren aneinander gefressen, und ich habe Frieda erlaubt, Hanna von Zeit zu Zeit zu sehen. Ich hätte die Familie auch gerne unterstützt, davon wollte Hannas Vater aber nichts wissen.»

«Ich verstehe.»

«Aber wo war ich? Ach ja, Hannas Eltern. Die Mutter ist, seit sie wegen der Kinder die Fabrikarbeit aufgeben musste, als Heimarbeiterin tätig. Also, tätig gewesen. Das muss man wohl in der Vergangenheit formulieren, oder Frieda?» Das Mädchen wiegte unbestimmt den Kopf. «Nun, die Eltern taugen nichts. Verzeihen Sie meine Direktheit, aber man kann es nicht anders sagen. Der Vater ist ein Säufer und die Mutter ... wie soll ich sagen? Ist verrückt geworden?»

«Papa!», protestierte Frieda, «sag das nicht so!»

Josephine hatte eifrig mitgeschrieben, doch jetzt schaute sie auf. «Wie meinen Sie das?»

«Was ich sagen möchte, ist, dass sie nicht fähig ist, etwas zum Familienwohl beizusteuern. Sie ist nicht mehr arbeitsfähig. Aber das ist eigentlich nicht von Belang für das, wofür wir Ihre Hilfe benötigen.»

Frieda zupfte ihren Vater am Ärmel. «Es ist schon wichtig.»

Bevor er etwas sagen konnte, hakte Josephine ein: «Wieso denkst du, dass es relevant ist, wie es Hannas Mutter geht?»

Unsicher schaute das Mädchen zu ihrem Vater. Dieser nickte ihr aufmunternd zu. «Erzähl nur, vielleicht ist es besser, wenn du Frau Wyss in deinen eigenen Worten berichtest, worum es geht.»

Das Mädchen holte tief Luft und sprudelte los: «Hannas Mutter geht es gar nicht gut. Schon seit langer Zeit. Sie sitzt den ganzen Tag in ihrem Sessel und spricht so komisches Zeug. Hanna und die zweitälteste Schwester müssen neben ihrer Arbeit in der Fabrik auch noch den ganzen Haushalt machen und bis spät in die Nacht die Heimarbeit für die Mutter erledigen. Niemand darf wissen, dass die Mutter diese nicht mehr selbst machen kann, sonst verliert sie die Aufträge. Und die Familie braucht jeden Rappen. Hanna ist so erschöpft und dann macht sie sich auch noch solche Sorgen um ihre Mutter. Am Morgen muss sie sie halb aus dem Bett tragen und in ihren Sessel setzen. Man kann kaum mit ihr sprechen. Und sie betet den ganzen Tag.»

«Sie betet?»

Frieda nickte. «Sie spricht auch mit Menschen, die nur sie sehen kann. Aber meistens betet sie. Zu Gott, zu Jesus, zum Heiligen Geist. Manchmal in ihren eigenen Worten, manchmal wiederholt sie Gebete aus der Kirche. Immer und immer wieder.»

«Weiß Hanna, warum ihre Mutter das tut? Das Beten?»

Das Mädchen rutschte auf dem Stuhl hin und her. «Bevor sie so geworden ist, hatte sie Erscheinungen.»

«Erscheinungen? Was meinst du damit?»

«Engel und so.»

Josephine schaute sie erstaunt an.

«Das musst du schon genauer erzählen, Frieda», warf Herr Ammann ein, «sonst wird Frau Wyss nicht entscheiden können, ob und wie sie Hanna helfen kann.»

Seine Tochter knetete die Hände in ihrem Schoß und schaute Josephine mit großen, wässrigen Augen an. «Ich weiß nicht, wie ich das erklären soll.»

«Sprich einfach so, wie es dir gerade einfällt. Wenn ich etwas nicht verstehe, frage ich nach, einverstanden?» Josephine griff nach dem Krug, der auf dem Tisch stand und den sie jeden Morgen für unangemeldete Besucher mit frischem Wasser füllte. Meistens blieben diese zwar aus, aber heute würde sie ihn am Abend einmal nicht unangetastet wieder ausschütten. Sie füllte ein Glas und reichte es Frieda. Diese nippte zaghaft daran.

«Das erste Mal, als ihre Mutter Hanna von einer solchen Begegnung erzählt hat, war vor etwa drei Jahren», sagte sie und stellte das Glas behutsam auf den Tisch. «Sie war auf dem Heimweg aus der Stadt, wo sie jede Woche ihre Näharbeiten abgeben musste. Es war schon fast dunkel, als sie mitten auf der Straße ein grelles Licht gesehen hat. Darin stand eine Gestalt, die wie ein Mensch ausgesehen hat, aber mit Flügeln und einer Art Heiligenschein. Helle Strahlen schienen aus ihrem Kopf heraus. So jedenfalls hat es mir Hanna beschrieben.»

Josephine machte eine Skizze in ihr Heft. Dann wollte sie wissen: «Weißt du, wie Hannas Mutter darauf reagiert hat?»

«Sie habe nur dagestanden und sich nicht rühren können. Und so plötzlich, wie der Engel erschienen war, so schnell war er wieder weg.» Frieda betrachtete ihre Hände, die sie gefaltet hatte. «Das Seltsame daran war, dass nur Hannas Mutter diese Gestalt gesehen hat. Es waren nämlich noch andere Leute auf der Straße unterwegs gewesen. Hannas Mutter hat diese Leute gefragt, was denn das war, dieser helle Schein. Doch niemand sonst hat den Engel gesehen.»

Josephine verdrehte innerlich die Augen. Ein Engel als religiöse Erscheinung! Was sollte das? Es gab bestimmt eine logische Erklärung für dieses Licht. Doch sie durfte sich von ihrer Skepsis nichts anmerken lassen. Das Mädchen sollte erst einmal weitererzählen. Vielleicht kam noch etwas Interessantes. Es ging anscheinend nicht um die Mutter, sondern um diese Hanna.

«Der Mutter sind also dann mehrfach solche Engel erschienen?»

«Ja, von da an hat sie dauernd merkwürdige Sachen gesehen. Wieder und wieder. Sie wurde immer verschlossener und hat sich irgendwann nicht mehr getraut, nach draußen zu gehen. Und so sitzt sie jetzt einfach da und betet.»

«Aber gell, Frieda, es geht eigentlich um Hanna, nicht um ihre Mutter», schaltete sich Herr Ammann ein. «Berichte doch Frau Wyss, warum wir hier sind. Was ist mit Hanna passiert?»

Frieda zauderte, sagte dann aber leise: «Meine Freundin hatte auch eine Erscheinung.»

Das wurde immer besser. Das Ganze drehte sich anscheinend um die Hirngespinste einer Halbwüchsigen. Wie sie vermutet hatte, hatte Großmama ihr einen langweiligen und harmlosen Auftrag vermittelt. Wenn es denn überhaupt etwas nachzuforschen gab. Engel verfolgen zum Beispiel.

Sie ließ sich nichts anmerken und fragte geduldig: «Was hat deine Freundin denn gesehen?»

«Es klingt blöd, ich weiß. Aber sie hat vor Kurzem beim Beerenpflücken am Waldrand drei Gestalten gesehen.»

«Was für Gestalten? Engel?» Nicht zynisch werden, das Mädchen konnte schließlich nichts dafür, dass sie keinen Bezug zu Geistern hatte.

«Nein, keine Engel. Menschen wahrscheinlich. Sie schritten ganz langsam über die Wiese oberhalb von Albisrieden. Es gab an diesem Tag ein Gewitter, und Hanna hat zwischen den Bäumen gestanden. Da sind sie plötzlich aufgetaucht.»

«Frieda, jetzt sag doch, was daran so merkwürdig war!», drängte ihr Vater.

Sie schauderte und flüsterte mit gesenktem Blick: «Sie trugen ihre eigenen Köpfe in den Händen.»

Josephine konnte sich ein Lächeln nicht verkneifen. «Du meinst nicht etwa Felix, Regula und Exuperantius, unsere Stadtheiligen?»

«Wer?» Frieda schaute auf.

«Na, die habt ihr doch bestimmt in der Schule gehabt.»

«Ich weiß nicht.» Frieda senkte wieder den Kopf.

«Felix, Regula und Exuperantius sind die Stadtpatrone von Zürich», erklärte Josephine dem Mädchen, «sie wurden der Legende nach wegen ihres Glaubens geköpft und sind dann als Märtyrer mit ihren Köpfen unter dem Arm durch die Stadt marschiert.»

Frieda starrte sie mit offenem Mund an und ihre Gesichtsfarbe wurde fahl.

«Da hat jemand deiner Freundin einen üblen Streich gespielt, glaub mir!», versuchte Josephine sie zu beruhigen, «die drei spazieren sicher nicht in Albisrieden herum.»

Das Mädchen verneinte heftig: «Ganz bestimmt nicht! Peter, der Nachbarsjunge von Hanna, war auch da. Und er hat nichts gesehen. Wenn die drei echt gewesen wären, hätte er sie doch auch sehen müssen!»

Josephine warf Herrn Ammann einen Blick zu. Was sollte sie dazu sagen?

Er hob nur ratlos die Schultern. «Es ist mir bewusst, dass das alles sehr an den Haaren herbeigezogen klingt», bemerkte er dann, «aber Frieda hat mir keine Ruhe gelassen. Darum sind wir heute hier bei Ihnen.»

«Sie müssen meiner Freundin helfen, Frau Wyss!», bettelte Frieda mit weit aufgesperrten Augen. «Sie hat solche Angst, dass sie auch verrückt wird. Wie ihre Mutter. Sie müssen herausfinden, was das war!»

2

Josephine trat in die Pedale. Der Weg nach Albisrieden war zwar nicht steil, aber er stieg stetig leicht an. Und je weiter sie kam, desto schlechter wurde der Zustand der Straßen. Seit sie die Stadtgrenze am hinteren Ende des Friedhofs Sihlfeld überquert hatte, kämpfte sie sich die unbefestigte Landstraße hoch, die in den Vorort führte. Auch wenn sie nicht schnell fahren konnte, musste sie doch aufpassen, dass sie die Reifen ihres Fahrrads nicht zu sehr beanspruchte.

Nach wie vor war sie überzeugt, dass hinter Hannas Erscheinung nur ein dummer Streich steckte. Doch sie hatte es nicht übers Herz gebracht, die verzweifelte Frieda abzuweisen. Darum hatte sie sich entschlossen, in den Zürcher Vorort zu fahren und sich anzuhören, was diese Hanna selbst zu berichten hatte. Vielleicht steckte doch mehr dahinter.

Der Schweiß rann ihr über die Stirn, obwohl die Sonne schon hinter den Bäumen verschwunden war. Sie musste alle Kraft aufwenden, um die Räder zum Drehen zu bringen und gleichzeitig den Lenker in Position zu halten. Endlich konnte sie die ersten Häuser von Albisrieden sehen. Laut Friedas Beschreibung wohnten Hanna und ihre Familie am oberen Ende des Dorfes, dort, wo die Wiesen und auch schon bald der Wald begannen. «Kratz» wurde diese Häusersiedlung genannt. Frieda hatte Josephine darauf hingewiesen, dass sie ihre Freundin wohl nicht vor halb acht Uhr dort antreffen würde. Auch wenn sie in ihrem Alter nur bis sechs Uhr in der Fabrik arbeiten musste, wäre sie vorher bei schönem Wetter bestimmt noch im Wald.

Jetzt hatte sie den Ort und bald auch den Dorfkern erreicht und bog beim Wirtshaus Bären schwungvoll um die Kurve, um den letzten Anstieg in Angriff zu nehmen.

Plötzlich drang lautes Gebrüll aus dem Garten des Restaurants. Bevor sie jedoch sehen konnte, wer da so herumgrölte, kreischte jemand auf der gegenüberliegenden Straßenseite. Sie schaute nach links, doch es waren nur ein paar Jungen, die sich johlend am Dorfbrunnen mit Wasser bespritzten. Nur eine Sekunde war sie durch das Spiel der Kinder abgelenkt gewesen, doch genau in diesem Moment musste der Mann aus dem Wirtshaus mitten auf die Straße getorkelt sein. Mit voller Kraft trat sie auf die Rücktrittbremse und konnte sich gerade noch gegen den Lenker stemmen, sonst wäre sie in weitem Bogen darübergeflogen.

«He!», rief sie, «passen Sie doch auf!» Sie stellte einen Fuß auf den Boden.

«Selber he!», lallte der Mann, der jetzt vor ihr mitten auf der Straße stand. Mit großer Mühe versuchte er, das Gleichgewicht zu halten.

Sie schimpfte: «Ich hätte Sie beinahe über den Haufen gefahren. Was marschieren Sie hier mitten auf die Straße?»

Er starrte sie wütend an, auch wenn es ihm sichtlich schwerfiel, seinen Blick zu fokussieren. Sie wollte schon an ihm vorbeifahren, als er plötzlich auf sie zukam und sie anschrie: «Und du? Was kommst du denn wie eine Furie um die Kurve, du dummi Gibe?»

Sie wich zurück. Sollte sie gleich wieder umdrehen? Der Mann war ihr unheimlich, und Betrunkene waren unberechenbar. Er schien zwar so stark alkoholisiert zu sein, dass sie daran zweifelte, dass er ihr ernsthaft gefährlich werden konnte, doch man wusste schließlich nie.

«Kurt, hör auf!», dröhnte plötzlich eine Stimme hinter ihm, und ein Bär von einem Mann trat aus dem Garten der Gaststätte.

«Entschuldigen Sie, Madame», wandte er sich an sie, «wenn er mehr als drei Bier intus hat, vergisst unser Kurt all seine Manieren. Nehmen Sie's ihm nicht übel.»

«Er kann froh sein, dass ich ihn nicht verletzt habe. Direkt vors Rad ist er mir gelaufen.»

«Jetzt wird sie auch noch frech!», wetterte der Betrunkene und trat noch näher an sie heran. Wild fuchtelte er mit den Händen vor ihrem Gesicht herum. «Weibsbilder wie du sind eine Gefahr für den Straßenverkehr!»

«Und Sie sind eine Gefahr für die ganze Welt!», konterte sie.

«Was hast du gesagt?» Er packte den Lenker ihres Fahrrads, der Geruch von Alkohol stieg ihr in die Nase.

«So, Schluss jetzt!», befahl der andere Mann und packte den Betrunkenen von hinten am Kragen. «Lass die Dame in Ruhe, es ist schließlich nichts passiert. Geh wieder rein, ich geb dir auch einen aus. Komm!»

Murrend ließ sich der Querulant zurück in den Garten des Wirtshauses führen.

«Verdammte Weiber», hörte sie ihn noch sagen.

Hanna war noch nicht aus dem Wald zurück. Das schmächtige Mädchen, das vor dem über und über mit Efeu bewachsenen Haus der Familie Meier Wäsche aufhängte, stellte sich als deren Schwester Ida vor und bat Josephine in das in der Mitte einer Reihe zweistöckiger Gebäude eingezwängte Haus. Sie könne dort auf Hanna warten, die bald eintreffen sollte.

Es verschlug Josephine fast den Atem, als sie den Flur betrat. Wenn es draußen um diese Tageszeit angenehm warm war, so fühlte es sich hier drinnen an wie in einem Backofen. Ihr brach am ganzen Körper der Schweiß aus. Die Luft war abgestanden, und ein übler Geruch strömte aus dem Wohnraum, in den das Mädchen sie nun führte. Reflexartig hielt sie sich die Hand vor die Nase. Als sie jedoch Idas Blick begegnete, nahm sie sie wieder weg und versuchte, durch den Mund zu atmen.

Sie hatte noch nie eine solch ärmliche Behausung gesehen. Ihre Wohnung, die sie mit Fred geteilt hatte, war zwar klein gewesen, aber doch gepflegt und sauber. Und die Villa ihrer Eltern erst!

Jetzt entdeckte sie zwei kleine Kinder, die auf dem staubigen Boden halb unter dem Tisch mit ein paar Holzstücken spielten. Die beiden schauten sie neugierig an, gaben jedoch keinen Ton von sich, als Josephine sie grüßte.

«Geht aus dem Weg, ihr zwei», befahl Ida, «wir haben einen Gast.»

Noch immer blieben die Kleinen stumm, gehorchten ihrer Schwester aber und verzogen sich mit ihrem improvisierten Spielzeug zum Ofen in die hintere Zimmerecke. Dort warteten sie gespannt, was jetzt passieren würde.

«Setzen Sie sich», sagte Ida und deutete auf einen der Holzstühle am Tisch, auf dem ein schmutziges, flach gedrücktes Kissen lag. Zögernd nahm Josephine auf der Kante Platz.

«Hanna wird bald hier sein.» Ida lehnte sich an den Türrahmen und spielte mit den Bändern ihrer Schürze. Sie wusste wohl nicht, was sie mit dem seltsamen Besuch anfangen sollte.

«Hast du noch mehr Geschwister?», versuchte Josephine sie in ein Gespräch zu verwickeln, um die Situation aufzulockern.

«Noch eine Schwester und einen Bruder. Wir sind zu sechst, vier Mädchen und zwei Jungen. Meine Schwester ist noch bei der Familie, bei der sie im Haushalt hilft, und Theo treibt sich sonst wo rum.»

«Und deine Eltern?»

Ida kratzte sich am Arm und schwieg.

«Sind sie auch noch bei der Arbeit?»
Ida schüttelte den Kopf.
«Eure Mutter?»
«Sie schläft.» Ida löste sich vom Türrahmen und begann mit dem Geschirr zu hantieren, das schon für das Abendessen bereitstand.
«Sie schläft? Zu dieser Zeit?»
«Ja.»
Josephine überlegte. Sollte sie noch weiter probieren, etwas aus ihr herauszukriegen? Es war Ida sichtlich unangenehm, über ihre Eltern zu sprechen. Und sie war schließlich nicht hierhergekommen, um dieses fremde Mädchen mit Fragen zu löchern. Sie wollte von Hanna hören, was passiert war, und hoffentlich würde ihr diese mehr erzählen wollen. Aber wusste sie überhaupt, dass ihre Freundin und deren Vater eine Privatdetektivin um Hilfe gebeten hatten? Sie musste auf jeden Fall behutsam vorgehen, wenn sie Hannas Vertrauen gewinnen wollte.

Ida verteilte die Teller und das Besteck auf dem Tisch und ging dann zum Fenster. Sie zog den verschlissenen Vorhang, der eigentlich nur noch ein Lumpen war, zur Seite. Die Scheiben waren so blind, dass man fast nichts erkennen konnte von der Umgebung.

«Da kommt Hanna!», rief Ida jetzt erleichtert, ging in den Flur hinaus und öffnete die Tür. Dann lief sie ihrer Schwester entgegen.

Josephine sprang auf. Wenn sie Ida folgen würde, konnte sie vielleicht an der frischen Luft mit Hanna sprechen. In dieser beklemmenden Stube mit der niedrigen Decke wollte sie sich keine weitere Sekunde mehr aufhalten. Bevor sie jedoch über die Schwelle nach draußen treten konnte, verdunkelte ein Schatten den Hauseingang. Wütende Augen starrten sie aus einem aufgedunsenen Gesicht an. Als sie einen Schritt zurück in die Stube machte, stolperte sie über ein Holzscheit, das die Kinder vorhin dort liegen gelassen hatten. Im letzten Moment konnte sie sich am Holzregal neben der Tür festhalten, sonst wäre sie rücklings hingefallen.

«Was machen Sie in meinem Haus?», rief der Mann, der nun in den kleinen, dunklen Raum trat. In ihr zog sich alles zusammen. Es war der Betrunkene aus dem Wirtshaus.

Sie stellte sich neben den Esstisch und verschränkte die Arme.

«Verdammte Scheiße», fluchte der Mann und stützte sich an der Wand neben der Tür ab. Er schien noch alkoholisierter als vorhin.

Jetzt kam Ida mit einem zweiten, ebenso zierlichen und mageren Mädchen ins Haus gestürmt. Das musste Hanna sein.

«Vater, es ist alles in Ordnung», sagte sie und betrat mit ihrer Schwester die Stube. «Diese Frau will nur mit Hanna sprechen.»

Der Mann stieß sich von der Wand ab und fauchte: «Was soll das heißen? Was wollen Sie von meiner Tochter?»

Verschüchtert verkrochen sich die beiden kleinen Kinder hinter den Ofen. Sie musste weg hier. Wer wusste schon, wozu Hannas Vater fähig war? Sein Kopf war hochrot und jetzt ballte er die Fäuste.

«Ich möchte mich nur kurz mit Ihrer Tochter unterhalten», sagte sie ruhig und machte einen Schritt auf ihn zu. Um aus dem Haus zu kommen, musste sie irgendwie an ihm vorbei.

Doch so einfach würde er sie wohl nicht gehen lassen.

Er stieß sich von der Wand ab und baute sich vor ihr auf. Jetzt sah sie seine weit aufgesperrten Augen, mit denen er krampfhaft versuchte, ihren Blick zu erwidern. «Sie haben nichts mit meiner Tochter zu besprechen!» Mit einem Ruck hob er seine rechte Faust. Diese Bewegung brachte ihn so aus dem Gleichgewicht, dass er Richtung Esstisch taumelte und sich gerade noch darauf abstützen konnte. Instinktiv wich sie zur Seite, nutzte den Moment und schlüpfte an ihm und den beiden Mädchen vorbei zur Tür. Doch noch bevor sie in den Flur gelangen konnte, hallte ein lauter Schrei durch den Raum.

Der Mann hatte Hanna an den Haaren gepackt und schüttelte sie heftig.

«Was will die von dir? Hä?», schrie er und zog dann Hannas Kopf nach hinten.

«Nichts, Vater», jammerte das Mädchen, «ich weiß es nicht. Ich kenne diese Frau nicht.» Vergeblich versuchte sie, sich aus seinem Griff zu winden.

Josephine stand wie erstarrt auf der Türschwelle. Sollte sie eingreifen? Aber was würde dann passieren? Ein leises Wimmern drang hinter dem Ofen hervor und sie blickte in die entsetzten Augen der beiden kleinen Kinder.

«Lassen Sie sie sofort los!» Ihre Stimme klang heiser.

Er lachte auf, riss Hannas Kopf nach vorne und schubste sie gegen die Wand. Diese jaulte auf und hielt ihre Hände schützend über den Kopf.

«Was ich mit meinen Töchtern mache, geht Sie einen feuchten Dreck an! Und jetzt scheren Sie sich zum Teufel! Sie haben hier nichts zu suchen!»

Sie holte tief Luft, doch Hanna flüsterte hastig: «Gehen Sie!» Sie schaute Josephine an ihrem Vater vorbei flehend an. «Bitte!»

Was sollte sie tun? Konnte sie die Mädchen und die beiden kleinen Kinder mit diesem Ungeheuer allein lassen? Und wo war eigentlich die Mutter? War die tatsächlich am Schlafen? Bei diesem Radau?

«Sie haben es gehört! Meine Tochter will nicht mit Ihnen sprechen. Hauen Sie ab und lassen Sie uns in Ruhe!» Kurt Meier machte einen großen Schritt auf sie zu, griff nach der Tür und schlug ihr diese mit voller Kraft entgegen. In letzter Sekunde konnte sich Josephine nach hinten in den Flur retten, sonst wäre ihr die Tür frontal gegen den Kopf geknallt. Sie stürzte nach draußen, packte zitternd ihr Rad, das sie an der Hauswand abgestellt hatte, stieg auf und raste so schnell sie konnte zurück auf die Landstraße und aus dem Dorf.

3

Wilhelm Bader, Detektiv-Wachtmeister stand auf dem kleinen Schild neben der Tür, an die der Hilfspolizist am nächsten Morgen klopfte. Josephine stand neben ihm und ging gedanklich in Sekundenschnelle durch, wie sie Bader mit ihrer Argumentation auf ihre Seite holen wollte. Einfach würde es nicht werden, er hatte einen sturen Kopf.

«Herein», kam es aus dem Zimmer.

«Eine Frau Wyss ist hier und möchte Sie dringend sprechen», meldete der Polizist sie an. Sein breiter Rücken versperrte ihr die Sicht in das Büro auf dem Posten der Stadtpolizei Zürich.

«Nicht schon wieder», hörte sie Bader stöhnen, «bitte sagen Sie ihr, dass ich nichts machen kann wegen dieser blöden Buße. Sie ist selbst schuld, wenn sie sich immer in Angelegenheiten einmischt, die sie nichts angehen.»

Dieser freche Kerl! Sie schob sich am Hilfspolizisten vorbei und ging schnurstracks auf Baders Schreibtisch zu. Dieser schaute erstaunt auf.

«Ah, Sie sind schon hier! Das hätt' ich mir denken können.»

«Ja, ich bin schon hier und habe gehört, was Sie gesagt haben.»

«Kein Problem, ich meine jedes Wort so, wie ich es sage.»

Der Polizist unter der Tür räusperte sich. «Soll ich die Dame entfernen lassen?»

«Nein, nein, lassen Sie nur. Sie wird mir sowieso keine Minute Ruhe gönnen, bevor sie nicht gekriegt hat, was sie will.»

«Wie Sie meinen.» Der Polizist deutete eine Verbeugung an und verließ den Raum.

«Nun, Frau Wyss, setzen Sie sich doch.» Bader deutete auf den Besucherstuhl vor seinem Schreibtisch. «Aber wie gesagt: Wenn es um die Buße geht, kann ich Ihnen wirklich nicht weiterhelfen.»

«Es geht nicht um die Buße», sagte sie und setzte sich hin.

Er nahm ihr gegenüber hinter dem Schreibtisch Platz, lehnte sich zurück und verschränkte die Arme. «Was ist denn los? Sie scheinen etwas aufgewühlt zu sein.»

«Ich brauche Ihre Hilfe.» Sie nahm ihren Hut ab und legte ihn auf den Schoß. «Die Sache ist die: Ich hatte gestern eine sehr unangenehme Begegnung in Albisrieden.» Dann schilderte sie, was sie gestern bei Hanna zu Hause erlebt und welche Zustände sie angetroffen hatte. «Es ist mir bewusst, dass dies eine heikle Situation ist, aber es muss dringend etwas unternommen werden. Wahrscheinlich dauert es nicht mehr lange, bis dieser Unmensch eins seiner Kinder ernsthaft verletzt.» Es schauderte sie, wenn sie daran dachte, mit welcher Kraft Hannas Vater seine Tochter gegen die Wand gestoßen hatte. Auch den Ausdruck in Hannas Augen würde sie so bald nicht vergessen. «Jemand muss dort nach dem Rechten schauen und die Kinder und wahrscheinlich auch die Mutter vor ihm schützen», schloss sie.

Bader sagte nichts und schaute sie mit undurchsichtiger Miene an.

«Also, was denken Sie?», insistierte sie. «Muss die Polizei da nicht eingreifen?»

Langsam löste er sich aus seiner zurückgelehnten Haltung und griff nach seinem Notizheft. «Ich kann Ihre Meldung gerne aufnehmen.» Er nahm einen Bleistift und schlug eine leere Seite auf.

«Gut. Was müssen Sie alles wissen?»

«Nichts weiter, Sie haben so weit alles gut geschildert.»
Er begann zu schreiben.

Sie beugte sich über den Tisch und versuchte zu erkennen, was er notierte. Doch sie konnte seine krakelige Schrift nicht entziffern, schon gar nicht verkehrt herum.

Nach wenigen Worten setzte Bader demonstrativ einen Punkt und schloss das Heft.

«Sie haben fast nichts aufgeschrieben», beschwerte sie sich und schnappte sich das Notizbuch, bevor er sie zurückhalten konnte. Sie blätterte nach vorne und las: *Albisrieden, gewalttätiger Vater, gestörte Mutter, sechs Kinder.*

«Das reicht doch nicht», protestierte sie und hielt ihm die Seite unter die Nase. «Sie müssen den genauen Ort aufschreiben, die Namen und so weiter. Sonst finden Sie diese Familie doch gar nicht.»

Er nahm das Heft wieder an sich und schrieb noch etwas dazu, das er mit einer kräftigen Bewegung doppelt unterstrich.

«Zeigen Sie her!», forderte sie ihn auf.

Er drehte das Notizbuch. *Ad acta* las sie.

«Was soll denn das? Nehmen Sie diese Sache nicht ernst?»

«Doch, ich nehme sie insofern ernst, als ich Ihre Meldung aufgenommen habe und diese zu den Akten legen lasse.»

«Sie werden also nichts unternehmen und diese Kinder ihrem Schicksal überlassen? Auf die Gefahr hin, dass früher oder später etwas Schlimmes passieren wird?» Das war doch nicht zu fassen.

«Ich verstehe, dass das nicht das ist, was Sie sich vorstellen. Und es ist sehr ehrenwert von Ihnen, dass Sie helfen wollen.»

«Ehrenwert? Es geht doch hier nicht um meine ‹ehrenwerte› Absicht! Jeder normale Mensch würde hier Mitgefühl haben, oder etwa nicht, Herr Bader?»

«So habe ich das nicht gemeint», verteidigte er sich, «was ich sagen möchte, ist: Wir können leider nicht jedem prügelnden Alkoholiker nachgehen, sonst würden wir nichts anderes mehr tun. Wir haben schlicht und einfach nicht die Kapazitäten. Und übrigens: Ihr Hut kann nichts dafür, dass die Welt ungerecht ist.» Er deutete auf ihre Hände.

Erst jetzt merkte sie, dass sie den Hut auf ihrem Schoß so fest umklammert hielt, dass er schon ganz eingedrückt war. Sie löste ihre schwitzenden Hände und legte ihn auf den Tisch.

«Aber wir können doch nicht einfach wegschauen!»

«Ich möchte Ihnen nicht zu nahe treten, aber anscheinend wissen Sie nicht Bescheid, wie die ärmeren Schichten leben.»

«Was wollen Sie damit sagen?»

«Nun, so wie Sie aufgewachsen sind, hatten Sie wohl kaum Kontakt mit weniger gut betuchten Leuten.»

Sie schwieg. In der Villa ihrer Eltern war Armut natürlich nie ein Thema gewesen.

«Und auch jetzt leben Sie wieder in einem komfortablen Haus mit Bediensteten.»

«Es ist nur eine», berichtigte sie.

Er ging nicht darauf ein und fuhr unbeirrt fort: «Zudem scheint Ihr Mann trotz seiner beschränkten finanziellen Mittel immer gut für Sie gesorgt zu haben.»

«Fred hat nicht für mich ‹gesorgt›», widersprach sie ihm, «wir haben unseren Lebensunterhalt gemeinsam erwirtschaftet.»

«Wie auch immer. Jedenfalls wissen Sie allem Anschein nach nichts über die Armut, die in weiten Teilen der Schweiz herrscht.»

Sie senkte den Blick. Obwohl sie seit ihrem Auszug und Bruch mit ihrem Elternhaus in viel bescheideneren Verhältnissen gelebt hatte, hatte sie sich nie arm gefühlt. Es war immer genug da gewesen, um ein gutes Leben zu führen. Auch wenn sie letztes Jahr für einen Moment nicht mehr gewusst hatte, wie sie ohne Fred zurechtkommen sollte, hatte sie doch immer eine Lösung gefunden. Sie hatte nach wie vor nicht viel, doch mit der Unterstützung ihres Schwagers, in dessen Haus sie wohnen konnte, kam sie ganz gut zurecht. Und sie hatte immer die Gewissheit gehabt, dass es Menschen gab, die ihr im Notfall helfen würden, auch wenn sie immer hoffte, dass sie nie darauf angewiesen sein würde. Bader hatte recht: Sie hatte keine Vorstellung, was Armut bedeutete.

«Diese Dinge sind leider weitaus komplizierter, als sie auf den ersten Blick erscheinen.» Seine Stimme klang jetzt etwas versöhnlicher.

Sie schaute auf und begegnete seinem Blick.

Er sah sie ratlos an. «Was können wir denn tun? Ihm eine Buße ausstellen, die er sowieso nicht bezahlen kann? Vielleicht würde er dadurch noch viel aggressiver werden, und an wem würde er dies auslassen?»

«Könnten Sie ihn nicht verhaften und so die Familie vor ihm schützen?»

«Das könnten wir schon, zumindest für eine Weile. Aber was würde dann mit seiner Frau und seinen Kindern geschehen? So wie Sie erzählt haben, ist die Mutter nicht fähig, allein für die Familie zu sorgen. Im schlimmsten Fall würden ihr dann die Kinder weggenommen und verdingt werden. Ob sie es dann besser hätten?»

Sie lehnte sich zurück und sagte resigniert: «Das ist so ungerecht!»

«Ja, das ist es. Glauben Sie mir: Es ist auch für uns bei der Polizei unbefriedigend, dass wir in solchen Fällen nichts tun können. Oder, wenn wir etwas tun, dabei riskieren, dass danach alles noch viel schlimmer wird.»

Sie griff nach ihrem Hut. «Na, dann gehe ich jetzt wohl besser und lasse Sie weiterarbeiten. Für Dinge, die sich lohnen.» Sie erhob sich.

Er stand ebenfalls auf und fuhr sich durch die Haare. «Es tut mir leid.»

Sie setzte den Hut auf und verabschiedete sich.

Als sie schon halb zur Tür hinaus war, rief er ihr nach: «Frau Wyss, was hat Sie eigentlich nach Albisrieden und zu dieser Familie verschlagen?»

Sie drehte sich um. «Ach, nur ein neuer, seltsamer Auftrag.»

«Ein Auftrag?»

«Sie erinnern sich: Ich arbeite als Privatdetektivin.»

«Das werde ich wohl nie vergessen.» Seine Mundwinkel zuckten. «Dann hoffe ich einfach, dass dieser Auftrag keine Polizeiarbeit erfordern wird und Sie mir nicht wieder in die Quere kommen mit Ihren Ermittlungen.»

«Das verspreche ich Ihnen. Es handelt sich wohl lediglich um einen dummen Kinderstreich.»

Josephine zog die Tür zur Auskunftsstelle hinter sich zu. Obwohl draußen die Sonne vom Himmel strahlte, war es hier drinnen wie immer dunkel. Das Haus stand zurückversetzt von der Straße und war zwischen anderen Altstadthäusern eingezwängt. So kam hier in der ersten Etage kaum Licht herein, und es war jahrein, jahraus düster. Normalerweise störte sie das nicht, sie mochte die gemütliche Atmosphäre und fühlte sich hier manchmal wie in einem Nest. Doch heute erinnerten sie die niedrigen Decken und das fehlende Licht an die deprimierende Stimmung in der Stube der Familie Meier. Sie ging zum Fenster und öffnete es weit. Wenn sie sich ein wenig hinauslehnte, konnte sie über dem Hinterhof ein kleines Stück Himmel sehen.

Sie atmete tief ein und setzte sich dann hinter den wuchtigen Schreibtisch, an dem früher immer ihr Mann gearbeitet hatte. Ihren eigenen kleinen Tisch in der Ecke beim Fenster hatte sie seit seinem Tod nicht mehr benutzt, er diente nur noch als Ablagefläche. Sollte sie sich langsam daranmachen, hier ein wenig Ordnung zu schaffen? Es lagen immer noch so viele Sachen von Fred herum, und auch eine seiner Jacken hing noch am Garderobenständer. Bis jetzt hatte sie es nicht übers Herz gebracht, hier aufzuräumen und seine Dinge wegzugeben. Nachdem ihre gemeinsame Wohnung letztes Jahr komplett ausgebrannt war, waren diese Gegenstände die einzigen, die ihr von Fred geblieben waren. Als er noch lebte, hatte seine Unordentlichkeit sie immer gestört. Aber jetzt gab es ihr ein Gefühl von Geborgenheit, wenn sie die Stapel von Akten, die schief aufgetürmten Kaffeetassen und die vollgestopften Schubladen sah.

Vor ihr lag das kleine Messingschild mit ihrem Namen darauf. Sie strich mit dem Daumen über das Wort *Privatdetektivin*, das unter ihrem Namen eingeprägt war. Als Klara ihr dies nach der Lösung ihres ersten Falls geschenkt hatte, hatte sie sie noch ausgelacht. Doch mittlerweile hatte sie bereits einen zweiten Mordfall aufgeklärt, beziehungsweise waren es insgesamt sogar drei Morde gewesen, zu deren Aufklärung sie beigetragen hatte. Das sollte sie doch endgültig dazu berechtigen, sich Privatdetektivin zu nennen und das Büro auch dementsprechend anzuschreiben. Auch wenn sie sich jetzt anscheinend bis auf Weiteres wieder mit irgendwelchen kleinen Aufträgen herumschlagen musste.

Sie zog ihr Notizbuch aus der Tasche und blätterte zu der Seite, auf der sie notiert hatte, was Frieda und ihr Vater vorgestern berichtet hatten. Sollte sie überhaupt noch ergänzen, was sie gestern bei Hanna zu Hause erlebt hatte? Bader hatte ihr vorhin klargemacht, dass sie nicht helfen konnte. Zudem war es nicht ihre Aufgabe als Privatdetektivin, sich in Familienprobleme einzumischen. Sie hatte lediglich herausfinden sollen, was hinter diesen seltsamen Erscheinungen steckte. Hanna und ihre Geschwister zu retten, gehörte nicht zu ihrem Auftrag.

Sie schlug das Heft zu.

Der Fall als solches interessierte sie nicht besonders. Wenn es denn überhaupt ein Fall war. Das Geld von Friedas Vater hätte sie zwar gut gebrauchen können, aber sie konnte es unmöglich mit gutem Gewissen annehmen. Was sollte sie denn überhaupt ermitteln? Sie zweifelte daran, dass Hanna irgendetwas gesehen hatte. Wahrscheinlich waren es nur ein paar Rehe gewesen. Im strömenden Regen war es doch bei dieser Distanz praktisch unmöglich zu sagen, was sich da am Waldrand bewegt hatte. Wahrscheinlich hatte das Mädchen einfach eine blühende Fantasie, war übermüdet und erschöpft.

Aber konnte sie einfach nichts tun? Ignorieren, was in dieser Familie vor sich ging? Sie rieb sich die Schläfen. Baders Worte kreisten in ihrem Kopf. Wenn der Vater weg wäre, würden die Kinder verdingt werden. Sie wusste zwar nicht viel über Verdingkinder, aber der Polizist hatte sicherlich recht damit, dass sie bei fremden Leuten nicht besser dran wären als jetzt. Sehr wahrscheinlich sogar schlechter. In ihrer jetzigen Situation hatten sie immerhin einander, und die Mutter, die sie trotz allem zu lieben schienen, war bei ihnen.

Es gab keinen Ausweg. Was immer ihr auch einfiel, wie sie diese Familie unterstützen konnte, barg die Gefahr, die Situation der Kinder zu verschlechtern.

Sie legte das Heft neben den Aktenstapel, der sich vor ihr auf dem Tisch erhob. Es hatte keinen Sinn, weiter darüber nachzudenken. Besser, sie kümmerte sich um etwas, über das sie Kontrolle hatte, zum Beispiel die Ablage. Sie zog den Stapel Papier zu sich heran und begann, die Unterlagen durchzublättern. Das waren alles Aufträge, die schon lange erledigt waren. Mit Unbehagen stellte sie fest, dass die untersten aus der Zeit stammten, als Fred noch da war. Diese sollte sie nun endlich archivieren.

Sie stand auf, öffnete den Schrank und bückte sich zu den ordentlich aufgereihten braunen Kartonschachteln im unteren Teil. Dieses System hatte immer sie gepflegt, deshalb wusste sie genau, wo die neuesten Unterlagen aufbewahrt wurden. Sie zog die Schachtel mit der Aufschrift *1919* hervor, als ihr Blick auf eines von Freds Büchern fiel. *Zürcher Legenden – Auf den Spuren von Felix, Regula und Exuperantius* stand auf dem Buchrücken.

Sie stellte die Archivschachtel auf den Schreibtisch und griff nach dem Buch. Was für ein Zufall! Fred hatte sich sehr für die Politik und Geschichte der Schweiz und insbesondere von Zürich interessiert. Es war also eigentlich kein Wunder, dass ein Buch über die hiesigen Stadtpatrone zu seiner Sammlung gehörte. Sie selbst hatte auch einige dieser Bücher gelesen, doch dieses kam ihr nicht bekannt vor.

Sie ließ sich zurück auf den Stuhl sinken und blätterte nach dem Inhaltsverzeichnis. Außer dass die drei Stadtheiligen nach ihrem Tod mit ihren Köpfen in den Händen durch die Altstadt von Zürich spaziert waren, wusste sie eigentlich nichts über sie. Wer hatte sie umgebracht und warum?

«Was erzählst du da, Josy?», wollte Klara wissen und reichte Josephine ein Glas Wein. «Ich verstehe kein Wort.»

«Na, du weißt schon: Felix, Regula und Exuperantius, unsere Stadtheiligen. Die hast du doch bestimmt auch in der Schule gehabt, oder?»

«Äh ja, selbstverständlich. Aber warum willst du Geschichtsunterricht mit mir machen? Ich habe Feierabend.» Ihre Freundin nahm sie am Arm und schob sie aus dem Wohnzimmer auf die Veranda. «Nun setz dich doch erst mal. Und entspann dich.»

Josephine gehorchte und ließ sich in einen der Korbsessel sinken, die zum Garten hin ausgerichtet waren. «Erzählst du deinen Schülern auch von den Stadtpatronen? Kennst du dich damit aus?»

«Das ist zum Glück kein Thema auf der Stufe, die ich unterrichte. Dafür sind meine Schüler noch zu klein. Zudem ist das doch sowieso nur eine Sage.»

«Ja, natürlich. Aber wir mussten sie zumindest kennen.»

«Tja, vielleicht ist es einfach Zürcher Kulturgeschichte oder so ähnlich.» Klara lachte auf. Dann stellte sie ihr Glas auf den kleinen Salontisch und schaute Josephine forschend an. «Aber um was geht es denn nun eigentlich? Du bist doch nicht zu mir gekommen, um dich mit mir über Legenden zu unterhalten. Was führst du im Schilde?»

Josephine wiegte den Kopf. «Es ist eine merkwürdige Geschichte. Ich habe einen neuen Auftrag. Also, eigentlich bin ich noch nicht sicher, ob ich ihn überhaupt annehme.»

«Das klingt wieder einmal spannend. Um was geht es denn? Hoffentlich nicht wieder um einen Mord?»

«Nein, nein, keinen Mord.» Josephine begann, ihrer Freundin alles zu erzählen, was sie von Frieda und ihrem Vater über die Vorfälle in Albisrieden gehört hatte, und natürlich auch von ihren Erlebnissen bei Hannas Familie. «Es war so schrecklich, dieser Mann ... es läuft mir jedes Mal kalt den Rücken hinunter, wenn ich daran denke, wie er Hanna gegen die Wand gestoßen hat.»

«Ach, du lieber Gott, wie fürchterlich! Müsste man das nicht der Polizei melden?»

«Stell dir vor: Genau das habe ich getan. Oder besser gesagt, das habe ich versucht. Doch Bader hat mich nur wieder belächelt.»

«Du warst bei Herrn Detektiv-Wachtmeister Bader? Deinem Freund bei der Stadtpolizei?» Klara zwinkerte ihr zu.

«Er ist nicht mein Freund, ganz bestimmt nicht! Wenn, dann war ich *ihm* eine Freundin, so viel, wie ich ihm schon geholfen habe. In diesem Fall scheint er aber noch weniger als sonst bereit zu sein, irgendetwas zu unternehmen.»

«Was? Warum denn nicht?»

Josephine erklärte Klara, was Bader ihr dargelegt hatte.

«Das ist aber verzwickt! Was willst du denn jetzt tun?»

«Ich habe nicht die geringste Ahnung. Ich werde darüber schlafen und mal schauen, ob ich am Wochenende noch auf eine zündende Idee komme.» Sie ließ den Blick durch den Garten schweifen und stellte fest: «Es ist ziemlich hoffnungslos. Bader hatte schon recht: Ich kann mir doch gar nicht ausmalen, was Armut bedeutet.»

«Das können wir wohl beide nicht.» Klara legte ihr die Hand auf den Arm. «Und noch weniger können wir die Welt retten.»

«Nein, leider nicht. Doch vielleicht wenigstens diese Hanna?»

Sie schwiegen für einen Moment und nippten an ihren Gläsern.

«Was ist denn jetzt mit diesen kopflosen Gestalten? Wenn du Hanna schon nicht aus ihrem Elend befreien kannst, dann könntest du doch wenigstens dieses Rätsel lösen.»

«Ich weiß nicht. Was auch immer Hanna dort oben am Waldrand gesehen hat, es gibt bestimmt eine logische Erklärung dafür. Dass die Mutter meint, sie sähe Engel oder andere religiöse Dinge, kann ich mir vorstellen. Sie scheint schon ein bisschen verrückt zu sein. Aber Hanna? Auch wenn ich sie nur kurz gesehen habe, hat sie einen durchaus normalen Eindruck auf mich gemacht.»

«Aber warum sollte jemand dem Mädchen einen Streich spielen? Und was um Himmels willen haben die Zürcher Stadtheiligen damit zu tun?»

«Frag mich nicht! Es muss irgendeinen Zusammenhang geben. Hätte ich doch nur mit Hanna sprechen können!»

«Weißt du denn etwas über diese Legende? Ich kann mich nicht mehr erinnern, was man uns damals in der Schule erzählt hat. Ich weiß nur, dass sie getötet worden waren und dann kopflos durch die Gegend spazierten.» Sie kicherte.

Josephine bückte sich nach ihrer Handtasche, die sie neben sich auf den Boden gestellt hatte. «Schau mal, das habe ich in Freds Büchersammlung gefunden.» Sie zog das Buch aus der Tasche. «Hier drin steht die Geschichte der drei.» Sie blätterte. «Dieses Bild.» Sie reichte ihrer Freundin das Buch.

«Ach, da sind aber nur zwei Geköpfte darauf.»

«Das sind Felix und Regula. Exuperantius wurde erst später dazugedichtet. Und hast du gesehen, dass dieses Wandbild an der Fassade des Fraumünsters ist? Ich habe noch nie darauf geachtet, obwohl ich doch fast jeden Tag dort mit dem Velo vorbeifahre.»

«Stimmt, das ist mir auch noch nie aufgefallen. Aber was war denn nun los mit diesen drei, weshalb wurden sie getötet?»

«Sie waren Christen, weshalb sie damals von den Römern verfolgt wurden. Das war ungefähr im Jahr 300. Die Legende besagt, dass sie vom Wallis durchs Glarnerland und entlang der Linth nach Zürich kamen. Dort machten sie Rast beim Kastell Turicum, dem heutigen Lindenhof, wurden aber nach kurzer Zeit von ihren Verfolgern entdeckt. Damals war der christliche Glauben nämlich verboten, und der Römische Kaiser hatte seine Häscher überall. Da sie sich weigerten, ihrem Glauben abzuschwören, wurden sie gefoltert und schließlich getötet. Es heißt, sie seien am heutigen Standort der Wasserkirche hingerichtet worden. Damals war dieser Ort eine kleine Insel in der Limmat.»

«Interessant, das habe ich nicht gewusst.»

«Heute steht die Wasserkirche zwar immer noch zur Hälfte in der Limmat, aber es ist keine Insel mehr. Das Limmatquai wurde vor langer Zeit aufgeschüttet. Man sagt, dass der Ort seit frühester Zeit eine heilige Stätte war.» Josephine nahm Klara das Buch aus der Hand und blätterte ein paar Seiten weiter.

«Hier kommt jetzt der Teil mit den Köpfen: Nachdem sie auf einem Stein enthauptet worden waren, seien sie aufgestanden, hätten ihre Köpfe genommen und seien vierzig Dextri bis zum heutigen Standort des Großmünsters gegangen.»

«Vierzig was?»

«Dextri. Das bedeutet Schritte auf Lateinisch.»

«Ach so. Und was haben sie dann beim Großmünster gemacht?»

«Die Kirche gab es natürlich damals noch nicht. Die drei wurden dort begraben und das Großmünster wurde im 12. Jahrhundert unter anderem wegen dieser Grabstätte dort errichtet. Während der Reformation wurden die Gräber dann aufgehoben. Das war ... lass mich nachschauen. Ah ja, hier: 1524. Auch der Altar, der Felix und Regula zu Ehren dort stand, wurde abgebrochen, und ihre Reliquien wurden in andere katholische Klöster und Kirchen verteilt, unter anderem auch ins Fraumünster. Einige davon sind auch verschollen.»

Klara schüttelte sich. «Reliquien, ach wie gruselig. Sind die Köpfe auch noch irgendwo?»

«Das ist alles ziemlich unklar. Es heißt, die Häupter seien versteckt und aus der Stadt geschmuggelt worden. Anscheinend werden sie seither in der Kirche in Andermatt aufbewahrt. Aber eben, es ist nur eine Legende, und auch wenn es da noch Reliquien gibt, muss es nicht heißen, dass irgendetwas davon stimmt.»

Klara nahm einen Schluck Wein. «Aber warum die drei Hanna jetzt Angst einjagen wollen, ist schon sehr mysteriös. Sie scheinen doch ganz nett zu sein, auch wenn sie das mit den Köpfen unter den Armen etwas gruselig macht.»

«Es ergibt keinen Sinn.» Josephine klappte das Buch zu. «Und das Risiko, dass meine Nachforschungen Hanna und ihre Geschwister noch mehr dem Jähzorn ihres Vaters aussetzen, ist einfach zu groß. Zudem hat nicht Hanna mich um Hilfe gebeten, sondern ihre Freundin. Die ahnt wahrscheinlich nicht, was es bei den Leuten auslösen kann, wenn plötzlich eine Privatdetektivin auftaucht und sich in persönliche Angelegenheiten einmischen will. Ich werde also nichts weiter unternehmen.»

4

Nach acht Stunden Akten sortieren, aufräumen und putzen hatte Josephine am Montag darauf genug. Sie war zwar nicht fertig geworden, doch sie würde das immer noch herrschende Chaos bis morgen sein lassen. Es kam niemand außer ihr ins Büro, spontane Kunden waren selten. Abgesehen davon wartete Fräulein Zimmermann bestimmt schon mit dem Abendessen auf sie. Und wenn es jemanden gab, der ein Zuspätkommen nicht akzeptierte, dann war das ihre Gouvernante.

Sie schloss die Tür hinter sich und sprang die Treppe hinunter hinaus in den Hof. Dort schnappte sie sich ihr Fahrrad und wollte sich schon daraufschwingen, als sie ein leises Wimmern hörte. War das eine Katze? Sie schaute sich um, doch da war nichts. Woher kam das seltsame Geräusch? Jetzt wurde es lauter und ging in ein regelrechtes Schluchzen über. Das war kein Tier, sondern ein Mensch! Doch wer heulte im Hinterhof am helllichten Tag herum? Normalerweise hörte man hier eher Schimpfen und Grölen als Weinen.

«Hallo?», rief sie, «ist da jemand?» Das Schluchzen verstummte.

Sie stellte ihr Rad wieder an die Wand zurück und horchte. Doch nur noch der Lärm von der Hauptgasse drang zu ihr. Wo konnte diese Person sein? Im Hochsommer war es am späten Nachmittag sogar hier zwischen den Häusern der Altstadt hell.

Da! Die Treppe zum Kohlenkeller des Nachbarhauses war der einzige Ort, der im Schatten lag und wo sich jemand verstecken konnte.

Sie ging darauf zu und tatsächlich bewegte sich dort im Dunkeln etwas.

«Wer ist da?», rief sie erneut. Normalerweise hätte sie sich keine großen Gedanken gemacht und wäre direkt auf die Treppe zugegangen. Seit den Einbrüchen in die Auskunftsstelle letztes Jahr war sie jedoch nicht mehr so mutig. Langsam ging sie auf die Nische zu. Sie nahm den Fahrradschlüssel, den sie noch immer in der Hand hielt, zwischen die Finger. Damit könnte sie sich immerhin ein wenig verteidigen, falls jemand sie angreifen sollte. Dieses Schluchzen war vielleicht nur ein Trick, um sie anzulocken.

Entschlossen trat sie oben an die Treppe hin und hob ihre Hand.

«Kommen Sie heraus!», befahl sie.

Zwei große, mit Tränen gefüllte Augen schauten sie aus einem bleichen Gesicht heraus an. Sie ließ ihren Arm sinken.

«Frieda, was machst du denn hier unten?»

Das Mädchen erhob sich langsam von den schmutzigen Treppenstufen.

«Komm her», sagte Josephine, «du bist voller Dreck.» Sie steckte den Schlüssel in ihre Jackentasche und streckte Frieda die Hand entgegen. Diese griff unsicher danach. Josephine zog sie die Treppe hoch.

«Frau Wyss», stotterte sie, «bitte nicht böse sein.»

«Warum sollte ich böse sein? Sag mir nur, was du hier tust. Wolltest du etwa zu mir?»

Frieda nickte.

«Aber warum versteckst du dich denn hier im Hof und kommst nicht ins Büro?»

Das Mädchen wischte sich die Tränen von den Wangen. Ihre schmutzigen Finger hinterließen schwarze Striemen.

«Ich habe mich nicht getraut.»

«Wieso?»

Frieda schniefte. «Beim letzten Mal, als mein Vater und ich hier waren, da waren Sie nicht so erfreut.»

«Na ja, ehrlich gesagt, wusste ich nicht so recht, was ich mit deiner Geschichte von Hanna und ihrer Familie anfangen sollte.»

Friedas Schultern fingen an zu zittern, und Tränen liefen über ihre Wangen.

«Komm, wir gehen nach oben in mein Büro. Dann kannst du mir in Ruhe erzählen, was los ist. Einverstanden?» Das Mädchen nickte.

Schon im Treppenhaus hörte Josephine, dass das Telefon in der Auskunftsstelle klingelte. Sie nahm zwei Treppenstufen auf einmal und zog Frieda hinter sich her. Rasch schloss sie die Tür auf und griff nach dem Hörer.

«Frau Wyss!», dröhnte die Stimme von Fräulein Zimmermann in ihr Ohr. «Was machen Sie noch im Büro? Sie sollten längst hier sein, das Essen ist fertig. Es wird alles zu Brei, wenn Sie sich nicht augenblicklich auf den Weg machen.»

Josephine unterdrückte ein Lächeln. Frieda, die bestimmt jedes Wort verstanden hatte – so laut wie die Gouvernante gesprochen hatte –, schaute sie neugierig an.

«Meine Gouvernante», flüsterte sie ihr zu.

«Was flüstern Sie da?», klang es aus dem Hörer. «Ich wäre Ihnen wirklich sehr verbunden, wenn Sie sich beeilen würden. Die guten Zutaten! Sie wissen doch, dass ich jeden Franken umdrehen muss, um Ihnen ein anständiges Essen auf den Tisch zu bringen.»

«Ist ja gut! Ich mache mich sofort auf den Weg. Aber ich bringe einen Gast mit.»

«Einen Gast? Ich habe doch nur für eine Person gekocht!»

«Es ist ein kleiner Gast, und ich teile sehr gern mit ihm. Er sieht aus, als ob er etwas Warmes im Magen vertragen könnte.»

«Sie sprechen wieder einmal in Rätseln, Frau Wyss. Aber kommen Sie jetzt einfach nach Hause. Ich werde Sie und Ihren Gast sicher satt kriegen.»

«Wird gemacht!», sagte Josephine und legte auf. «Komm, Frieda, wir müssen los. Du hast doch nichts gegen ein gutes Abendessen, oder?»

Frieda schaute sie unschlüssig an.

Josephine hielt inne. «Wissen deine Eltern, dass du hier bist?»

Das Mädchen schüttelte den Kopf und starrte auf den Boden. «Sie denken, ich bin bei einer Freundin.»

«In Ordnung. Ich nehme dich mit zu mir nach Hause und rufe dann gleich deine Eltern an. Nicht dass sie sich Sorgen machen.» Sie nahm Frieda an der Hand und ging mit ihr die Treppe hinunter. Im Hof half sie ihr auf den Gepäckträger des Fahrrades.

«Gut festhalten!»

Nach einer rasanten Fahrt quer durch die Stadt stürmte Josephine kurz darauf mit Frieda zusammen in ihr Haus.

«Hier sind wir», rief sie und trat durch den Windfang in den Flur.

«Das wurde auch Zeit», meckerte es aus der Küche.

«Komm», sagte Josephine zu Frieda, «jetzt rufen wir zuerst deine Eltern an und geben ihnen Bescheid, dass du hier bei mir bist. Ich bringe dich dann nach dem Essen nach Hause.»

«Fahren wir dann wieder mit dem Velo?»

«Das kommt darauf an. Wo wohnst du denn eigentlich?»

«Im Mühlebach-Quartier. In der Nähe der Villa Patumbah, falls Sie die kennen.»

Josephine lief ein kalter Schauer über den Rücken. Die Villa im Zürcher Kreis 8 kannte sie nur allzu gut. Im Frühling war dort ein Mann umgebracht worden, und sie war mit der Lösung des Falls beauftragt worden. Was ihr zwar gelungen war, doch die Sache hatte sie mit Dingen aus ihrer Vergangenheit konfrontiert, die sie lieber nicht hätte wissen wollen.

«Ja, die Villa Patumbah kenne ich», erwiderte sie, «aber da fahren wir lieber mit dem Tram hin, da müssen wir wieder quer durch die Stadt, und die Strecke ist noch länger als bis zu meinem Büro. Und es geht bergauf.»

«Schade, es war lustig, mit Ihnen auf dem Velo zu fahren.»

«Du musstest auch nicht strampeln.» Sie schob sie in den Salon. «Warte hier, bis ich mit deinen Eltern telefoniert habe.»

«Nichts da, Frau Wyss», klang es hinter ihnen. «Sie können sich gleich ins Esszimmer setzen, das Essen ist seit einer halben Stunde parat.»

«Fräulein Zimmermann, guten Abend», sagte Josephine und versuchte, sie mit einem Lächeln sanfter zu stimmen. «Das hier ist Frieda, sie ist meine neue Klientin.»

Fräulein Zimmermann musterte das Mädchen über den Rand ihrer Brille hinweg. «Soso, Ihre neue Klientin. Ich habe gar nicht gewusst, dass Sie jetzt auch Kindern helfen, Mordfälle zu lösen.»

Frieda sah die ältliche Frau entsetzt an. «Mordfälle?», flüsterte sie.

«Fräulein Zimmermann, also wirklich! Erschrecken Sie das Mädchen doch nicht so! Natürlich geht es nicht um einen Mordfall.» Sie legte den Arm um Frieda und sagte dann zu ihrer Gouvernante: «Wenn Sie es erlauben, rufe ich jetzt die Eltern des Mädchens an. Mit meinem Telefon, in meinem Haus.»

Friedas Vater hatte sich tatsächlich schon Sorgen gemacht, war aber erst mal beruhigt gewesen, dass seine Tochter bei Josephine war. Er war einverstanden gewesen, dass sie noch zum Essen blieb und Josephine versuchen würde, herauszukriegen, was mit ihr los war.

Nachdem Fräulein Zimmermann das Essen serviert hatte und wieder zurück in die Küche verschwunden war, fragte Frieda zwischen zwei Löffeln Suppe: «Spricht Ihre Gouvernante immer so mit Ihnen?»

Josephine lachte. «Ja, das tut sie!»

«Aber Sie sind doch ...», setzte das Mädchen an, verstummte dann aber gleich wieder.

«Was bin ich?»

«Ich meine, Sie sind doch die Hausherrin, oder?»

«Offiziell schon, aber eigentlich hat hier Fräulein Zimmermann das Zepter in der Hand.»

«Warum denn das? Bei uns zu Hause spricht das Personal nicht so.»

«Weißt du, ich halte nichts von Hierarchien.»

«Von was?»

«Hierarchien. Das bedeutet, dass die einen oben und die anderen unten sind.»

«Aber das ist doch einfach so?»

«Da hast du recht, an vielen Orten ist das leider so. Ich bin auch so aufgewachsen, wahrscheinlich in einem ähnlichen Haus wie du. Meine Eltern sind wohlhabend, und wir hatten immer viel Personal. Jetzt möchte ich das nicht mehr. Fräulein Zimmermann ist nur durch Zufall bei mir gelandet. Und irgendwie bin ich sie nicht mehr losgeworden. Wir sind eher gute Bekannte als Hausherrin und Angestellte. Sie hat mir auch schon mal geholfen, einen Fall zu lösen.»

«Was?»

«Stell dir vor! Ihr biederes und strenges Aussehen täuscht. Sie ist eine kluge und auch sehr fürsorgliche Frau.»

Frieda sah sie zweifelnd an.

«Glaub mir, ich möchte nicht mehr auf ihre Anwesenheit verzichten, auch wenn sie mir immer wieder mal auf die Nerven geht. Jetzt essen wir aber, sonst ärgert sich Fräulein Zimmermann noch mehr, wenn wir ihre Suppe kalt werden lassen.»

Sie löffelten weiter, und Josephine dachte für einen kurzen Moment daran, wie schön es gewesen wäre, mit eigenen Kindern zusammen zu Abend zu essen. Fred und sie hatten leider keinen Nachwuchs haben können. Seit seinem Tod fragte sie sich hin und wieder, ob sie sich weniger einsam fühlen würde, wenn sie wenigstens ein Kind von ihm hätte. Ein tiefer Seufzer entfuhr ihr. Frieda hielt inne und schaute sie fragend an. Sie lächelte ihr zu und senkte dann den Blick wieder. Das Mädchen sollte nichts über ihre traurigen Gedanken wissen.

Da trat auch schon Fräulein Zimmermann ins Esszimmer und servierte den Hauptgang.

Als sie satt waren, fragte Josephine behutsam: «Frieda, was wolltest du denn jetzt eigentlich von mir?»

Das Mädchen knetete ihre Serviette in den Händen und wirkte plötzlich wieder sehr bedrückt. «Sie müssen mir helfen, Frau Wyss», sagte es flehend.

«Ach, Frieda, ich weiß nicht, was ich für dich tun kann. Nach dem Besuch von dir und deinem Vater bin ich nach Albisrieden gefahren zu Hanna. Aber ich konnte nichts ausrichten.» Sie würde dem Mädchen nichts von ihren Erlebnissen bei Hannas Familie erzählen, das würde sie noch mehr aufwühlen.

«Hanna ist verschwunden», flüsterte Frieda.

5

«Moment, jetzt beruhig dich doch!» Josephine streichelte die zitternden Schultern des Mädchens.

«Was ist denn los?», schallte Fräulein Zimmermanns Stimme von der Tür.

«Meine Freundin ist weg, und vielleicht ist das jetzt ein Mordfall» schniefte Frieda.

«Na, na, so schlimm kann es doch nicht sein», versuchte sie die Gouvernante zu beschwichtigen. «Ich mache dir jetzt eine Tasse heiße Milch mit Honig, das hilft immer.»

Sie verließ das Esszimmer und kehrte kurz darauf mit einer dampfenden Tasse zurück. In der Zwischenzeit hatte Frieda kein weiteres Wort herausgebracht, und Josephine wusste immer noch nicht mehr, als dass Hanna anscheinend vermisst wurde.

Frieda griff nach der Tasse und blies in die heiße Flüssigkeit. Fräulein Zimmermann war schon auf der Schwelle, als Josephine sie zurückhielt: «Bleiben Sie! Vielleicht schaffen Sie es, sie zu beruhigen.»

Die Gouvernante nickte, zog einen Stuhl heran und setzte sich vor das Mädchen. «Jetzt trink erst mal, das wird dir guttun. Und dann erzählst du uns, welche Laus dir über die Leber gelaufen ist.»

Frieda sah sie mit Tränen in den Augen an.

«Worum geht es hier eigentlich?», wollte Fräulein Zimmermann dann von Josephine wissen. Diese fasste die Ereignisse kurz zusammen, ließ jedoch den Teil über das Verhalten von Hannas Vater bei ihrem Besuch in Albisrieden aus. Davon musste Frieda nichts wissen. Obwohl sie wahrscheinlich alt genug war, um zu ahnen, dass es ihre Freundin und deren Geschwister nicht einfach hatten mit ihrem Vater.

Während sie sprachen, wurden die Abstände zwischen den Schluchzern des Mädchens länger und schließlich nippte es nur noch stumm an der Tasse. Fräulein Zimmermann zog ein Taschentuch aus ihrer Schürze und trocknete Friedas Tränen. «So, und jetzt schnäuzt du dich ordentlich, und dann raus mit der Sprache.»

Frieda tat, wie ihr befohlen, und erklärte dann: «Ich wollte, dass Frau Wyss Hanna hilft, damit sie nicht so endet wie ihre Mutter. Aber jetzt ist Hanna verschwunden.» Ihre Stimme zitterte. Bevor sie jedoch erneut anfangen konnte zu weinen, nahm ihr Fräulein Zimmermann die Tasse aus der Hand. «Frieda, bitte reiß dich zusammen. Wir verlieren nur Zeit, wenn du wieder anfängst zu heulen, anstatt uns zu berichten, was passiert ist.»

Josephine sah sie von der Seite an. Ihre Gouvernante konnte schon sehr direkt sein. Aber vielleicht war das genau die richtige Methode, um Frieda zum Reden zu bringen. Es schien nämlich zu wirken.

Das Mädchen faltete die Hände im Schoss und begann: «Ich war am Sonntag mit meiner Mutter bei Hannas Haus und wollte mich mit ihr treffen. Da hat mir ihre Schwester Ida gesagt, dass Hanna seit einer Woche verschwunden sei. Niemand hat sie seither gesehen.»

«Warte, lass mich kurz rechnen.» Josephine sprang auf und ging in den Flur, um ihr Notizheft aus der Tasche zu holen. «Also: Ich war vor knapp zwei Wochen bei Hanna. An einem Donnerstag. Du sagst, dass Hanna am Sonntag vor einer Woche das letzte Mal gesehen worden ist?»

Frieda überlegte. «Ich weiß nicht genau, wann sie jemand zuletzt gesehen hat. Ida hat nur gesagt ‹vor einer Woche›.»

«Gut, das muss ich in dem Fall abklären.»

«Sie werden mir also helfen?»

Sie ignorierte die Frage und schrieb in ihr Heft. Dann sagte sie vor sich hin: «Am Donnerstag, 5. August, war ich bei Hanna, am Sonntag, 8. August, ist sie verschwunden. Das wäre vorgestern vor einer Woche gewesen.» Sie trommelte mit dem Bleistift auf das Heft. Dann fragte sie Frieda: «Hat Ida sonst noch etwas gesagt?»

«Sie macht sich natürlich große Sorgen. Ihr Vater ist fuchsteufelswild, weil Hannas Lohn wegfällt. Ida versucht, sich und die kleineren Geschwister so gut wie möglich vor ihm zu schützen. Aber er hat schon einen Stuhl zertrümmert.» Sie begann wieder zu zittern. «Und gedroht, dass er sie alle umbringen würde», fügte sie flüsternd hinzu.

Das Mädchen wusste also sehr wohl Bescheid, wie die Situation bei Hanna zu Hause war. Wenn nur jemand dieser Familie, vor allem den Kindern, helfen könnte. Vielleicht musste sie doch versuchen, etwas zu unternehmen.

Frieda nestelte einen Moment an ihrer Bluse herum und berichtete dann: «In der Fabrik, wo Hanna und Ida arbeiten, sind sie auch ganz wütend, dass Hanna nicht mehr aufgetaucht ist. Ida kriegt den ganzen Ärger ab. Es wäre wirklich gut, wenn Sie etwas tun könnten, Frau Wyss. Mein Vater ist bestimmt immer noch bereit, Sie dafür zu bezahlen.»

Josephine dachte an die Polizeibuße, für die heute Morgen eine Betreibungsandrohung eingetroffen war.

«Was ist das für eine Fabrik?», fragte Fräulein Zimmermann.

«Die Seifenfabrik Bergmann & Co in Wiedikon, gleich hinter dem Friedhof Sihlfeld.»

Der Friedhof Sihlfeld. Dort lag Freds Grab. Rasch verscheuchte Josephine den Gedanken an ihn und sagte: «Ach, wirklich? Da bin ich doch auf dem Weg zu Hanna vorbeigefahren!»

Frieda schaute sie hoffnungsvoll an.

«Ich glaube, ich weiß, wo das ist. Backsteingebäude, die direkt an den Friedhof zu grenzen scheinen. Sie ist eher klein für eine Fabrik, oder? Ich meine, man stellt sich doch immer ein großes Gelände vor, mit mehreren Gebäuden und einem rauchenden Kamin.»

Frieda verzog die Mundwinkel. «Ich kenne mich nicht so gut aus mit Fabriken.»

«Ich leider auch nicht», warf Fräulein Zimmermann ein.

«Dann muss ich mich schlaumachen», murmelte Josephine und schrieb den Namen der Fabrik in ihr Heft. «Fabriken sind auch nicht gerade mein Steckenpferd.»

6

Als sie tags darauf an der Seifenfabrik Bergmann vorbeiradelte, ließ sie den Blick nur kurz nach links schweifen. Hier also arbeiteten Hanna und Ida. Sie bremste ein wenig ab, viel konnte sie von der Straße aus jedoch nicht sehen. Zwei längliche Backsteingebäude standen parallel zueinander, die Kopfseiten zeigten in ihre Richtung. Vor dem einen standen ein paar Männer und rauchten. Sonst war niemand zu sehen.

Sie beschleunigte wieder und bog nach links in die Albisriederstraße ein. Glücklicherweise war es heute nicht mehr so heiß wie vor zwei Wochen, und da sie den Weg schon kannte, kam sie zügig voran. Auch die Steigung machte ihr heute weniger aus. Dafür war sie angespannter als bei ihrem letzten Ausflug. Jetzt wusste sie, wie Hannas Vater war und was sie riskierte, sollte sie ihm wieder über den Weg laufen.

Nachdem Frieda ihr gestern Abend von Hannas Verschwinden erzählt hatte, gab es für sie keinen Zweifel mehr: Sie musste sich um die Sache kümmern. Auch wenn es im Moment noch nicht nach einem richtigen Fall aussah und Hanna vielleicht einfach fortgelaufen sein könnte, musste sie sicher sein, dass ihr nichts zugestoßen war.

Heute Abend wollte sie Ida treffen. Sie hoffte, dass das Mädchen bereits von der Arbeit zu Hause war und sie sie vielleicht unbemerkt von ihrem Vater erwischen konnte.

Sie radelte die letzten Meter nach Albisrieden hoch und dachte dabei an Hannas Mutter und deren bemitleidenswerten Zustand. Würde sie vielleicht auch die Möglichkeit haben, mit ihr zu sprechen?

Die ersten Häuser des Vorortes tauchten auf und sie drosselte das Tempo. Heute würde sie einen anderen Weg wählen und nicht mehr am Bären vorbeifahren. Sie bog kurz vor der

Kreuzung, an der das Restaurant stand, von der Hauptstraße ab und fuhr parallel dazu auf einer kleineren Straße den Hügel hinauf. War sie hier noch richtig? Rechts sah sie die Kirche und einen kleinen Weg, der zu ihr hochführte. Oben an der Straße, gleich in der Kurve, stand eine herrschaftliche Villa, eingerahmt von blühenden Sträuchern. Kurz entschlossen stoppte sie und stieg vom Rad. Vielleicht war es besser, wenn sie auf Schleichwegen zu Hannas Haus ging und nicht hier auf der Straße fuhr, wo jeder sie sehen konnte. Sie schob ihr Rad durch ein kleines Tor und auf den holprigen Weg, an dessen Ende die Kirche aufragte.

«Hände hoch, fremder Fötzel!», rief da eine hohe Stimme, und mehrere Gestalten sprangen hinter einem Zaun hervor und verstellten ihr den Durchgang. Ein Gewehr wurde auf sie gerichtet. Sie erstarrte. Ein Bild erschien vor ihrem inneren Auge. Die Erinnerung daran, wie sie vor Kurzem selbst eine Waffe auf jemanden gerichtet hatte. Wie sie den Abzug gezogen hatte und wie der Rückstoß des Schusses sie beinahe zu Fall gebracht hatte.

«Ergeben Sie sich!», schrie jetzt eine andere Stimme.

Nachdem sie den ersten Schreck überwunden hatte, erkannte sie, dass da lediglich vier Jungen vor ihr standen. Jetzt sah sie auch, dass das Gewehr natürlich kein echtes war, sondern aus Holz geschnitzt. Der Größte, der vorne in der Mitte stand, zielte damit auf sie. Alle schauten grimmig und schienen entschlossen, sie nicht weitergehen zu lassen. Sie verkniff sich ein Lächeln und ihre Hände, mit denen sie den Lenker umklammert hatte, entspannten sich.

Sie hob eine Hand hoch und fragte: «Reicht das? Ich möchte mein Velo nicht unbedingt fallen lassen.»

Der Junge mit dem Gewehr sah sich unsicher nach seinen Freunden um. Ein anderer trat vor und packte Josephines Rad am Lenker. «Nein, Hände hoch!», ordnete er an und schaute sie aus seinem mit Sommersprossen übersäten Gesicht böse an.

Sie ließ ihr Rad los und hob nun auch die andere Hand. «Gut so?», fragte sie.

Die Jungen nickten.

«Ich komme in friedlicher Absicht», sagte sie.

«Das spielt keine Rolle, wir müssen Sie festnehmen.» Der Junge mit dem Gewehr machte einen Schritt auf sie zu.

«Ruedi», flüsterte ein anderer hinter ihm, «wir haben doch abgemacht, dass wir heute Bankräuber spielen und nicht Polizei. Du kannst sie nicht verhaften.»

«Schnauze!», sagte der Junge über die Schulter. «Und warum bist du so blöd, meinen Namen zu sagen! Das nächste Mal bleibst du zu Hause.»

«Ihr Saugoofen, was treibt ihr denn jetzt schon wieder hier!», schimpfte plötzlich eine Stimme von oben. Eine Frau mit hochrotem Kopf lehnte sich aus einem der Fenster über ihnen. «Seid ihr eigentlich von allen guten Geistern verlassen? Leute mitten auf der Straße belästigen? Verzieht euch sofort, und ihr beide», sie zeigte auf den Jungen mit dem Gewehr und den Kleineren, der diesen «Ruedi» genannt hatte, «ihr kommt sofort rein! Ihr könnt Gift drauf nehmen, dass ihr heute nicht mehr rausgeht. Ich habe hier ein paar schöne Arbeiten für euch. Und wenn ich eurem Vater davon erzähle, dann setzt es was!» Sie hob drohend den Zeigefinger. «Bitte entschuldigen Sie, gnädige Frau», wandte sie sich dann mit etwas ruhigerer Stimme an Josephine, «diese Kinder sind außer Rand und Band.»

«Kein Problem», Josephine lächelte ihr verständnisvoll zu, «ich bin ja noch einmal davongekommen.»

Die Frau nickte ihr dankbar zu und verschwand dann vom Fenster. Die Buben trollten sich mit gesenkten Köpfen. Sie schaute ihnen nach.

«Ihr Velo», murmelte es da leise neben ihr. Der Junge mit den Sommersprossen hielt noch immer ihr Fahrrad und traute sich anscheinend nicht, dieses einfach fallen zu lassen.

«Danke», sagte sie und griff nach dem Lenker.

Erleichtert ließ er es los, drehte sich um und ging mit zügigen Schritten den Weg zur Kirche hoch.

«He, warte mal!», rief sie und eilte ihm hinterher.

Er war bereits auf der Rückseite der Kirche angelangt und wägte ab, ob er nach rechts zwischen den Bäumen verschwinden oder nach links auf den kleinen Platz vor dem Gotteshaus gehen sollte.

«Ich will dich nur etwas fragen. Du brauchst keine Angst zu haben.» Sie schloss zu ihm auf.

Der Junge drehte sich um und stemmte die Hände in die Seiten. «Ich habe keine Angst vor Ihnen.»

«Natürlich nicht», versicherte sie.

«Was wollen Sie denn von mir?», fragte er mit zitternder Stimme und stellte sich breitbeinig vor sie hin, obwohl er ihr kaum bis zur Schulter reichte.

«Hör zu, ich wollte dich nur fragen, ob du die Familie Meier kennst, die gleich hier oben wohnt.» Sie zeigte nach links zu den Holzhäusern, die sich auf der anderen Seite der Straße eng aneinanderdrängten.

«Die Meiers aus dem Kratz? Natürlich kenn ich die.»

«In dem Fall kennst du auch Hanna, die älteste Tochter?»

Er nickte und scharrte mit einem Fuß auf dem staubigen Boden.

«Ich wollte sie besuchen, aber man hat mir gesagt, dass sie verschwunden sei.» Keine Reaktion. «Hast du davon gehört?»

Der Bub begann, ein paar Kieselsteine auf dem Boden hin und her zu schieben.

Josephine stupste ihn an. «He, ich spreche mit dir.»

Er trat einen Schritt zurück und verschränkte die Arme. Dann sah er zu ihr hoch und erwiderte standhaft ihren Blick. «Keine Ahnung.» Sein linkes Auge zuckte. Er schluckte schwer und kratzte sich am Kopf.

«Wie heißt du?», fragte sie und versuchte, sanft und beruhigend zu klingen.

Er räusperte sich. «Peter.»

Peter. Frieda hatte doch von einem Nachbarsjungen namens Peter erzählt. Der war anscheinend auch oben auf der Wiese gewesen, als Hanna die drei Stadtheiligen gesehen hatte. «Also, Peter», fuhr sie fort, «ich will weder dir noch Hanna oder ihrer Familie etwas Böses. Ich möchte ihnen sogar helfen.» Sie musste mit offenen Karten spielen, sonst würde er ihr gar nichts verraten. Kinder spürten doch, wenn etwas faul war. «Hannas Freundin Frieda hat mich gebeten, nach Hanna zu suchen.»

Erstaunt sah er sie an. «Warum denn das?»

«Ich bin Privatdetektivin.»

«Privatdetektivin? Sie?»

Sie nickte. «Frieda hat mir den Auftrag gegeben, herauszufinden, wo Hanna ist. Anscheinend ist sie vor zehn Tagen verschwunden und niemand weiß, wo sie steckt.»

«Frieda ist ein Kind. Wie kann sie Ihnen einen Auftrag geben?»

«Offiziell ist es ihr Vater, der mich beauftragt hat, aber Hanna ist nun mal die Freundin von Frieda, und die weiß besser über sie Bescheid als er. Du kennst Frieda also auch?»

«Nicht gut. Ich hab sie ein paarmal mit Hanna zusammen gesehen, das ist alles.» Er zog seine Mütze vom Kopf und fuhr sich durch seine struppigen Haare.

«Aber du hast davon gehört, dass Hanna verschwunden ist?»

Er wiegte nur vage den Kopf.

«Ja oder nein?», insistierte Josephine.

«Ja. Alle wissen das. Ihr Vater schreit es im ganzen Dorf rum.»

«Hast du irgendeine Idee, wo sie sein könnte?»

«Warum sollte ich?» Er knetete seine Mütze in den Händen.

Am liebsten hätte sie gesagt, dass es sonnenklar war, dass er etwas wusste, so nervös, wie er sich verhielt. Aber vielleicht schüchterte es ihn einfach nur ein, wenn eine Frau aus der Stadt kam und Fragen stellte. Noch dazu eine Privatdetektivin. Sie musste behutsam vorgehen, wenn sie irgendetwas von ihm erfahren wollte.

«Wenn du die Familie kennst, dann kennst du die schwierige Situation der Mutter, oder?», versuchte sie eine andere Richtung.

«Die Irre, die Stimmen hört und den ganzen Tag im Bett liegt? Die kennen alle, auch wenn sie schon lange niemand mehr gesehen hat. Seit ihr ein Engel erschienen ist, verlässt sie das Haus nicht mehr.» Er grinste sie frech an, wobei sich tiefe Grübchen in seinen Wangen bildeten.

«Du findest das lustig? Laut Frieda hatte Hanna kürzlich auch eine solche Erscheinung.» Josephine schaute ihn durchdringend an.

Er senkte den Blick und murmelte etwas.

«Was meinst du? Hat sie dir vielleicht davon erzählt?»

Er setzte seine Mütze auf. «Warum sollte sie?»

«Oder warst du sogar dabei?», versuchte sie ihm auf den Zahn zu fühlen. «Frieda hat einen Jungen namens Peter erwähnt, den Hanna auf der Wiese oben getroffen hat an diesem Tag.»

Er kniff den Mund zusammen.

Was für ein harter Brocken! Sie wurde das Gefühl nicht los, dass er etwas verbarg. «Peter, wenn du irgendetwas weißt, dann sag es mir bitte. Es könnte wichtig sein. Vielleicht ist Hanna in Gefahr.»

Er schnaubte spöttisch. «Ich habe nichts gesehen! Das habe ich Frieda schon gesagt. Wahrscheinlich ist sie nur abgehauen. Das würde ich auch tun, wenn ich solche Eltern hätte.»

Sie seufzte. So kam sie nicht weiter und langsam verlor sie auch zu viel Zeit mit diesem Jungen. Sie musste unbedingt noch Ida treffen, bevor der Vater aus dem Wirtshaus zurückkam. Wo er hoffentlich mittlerweile saß. Sie zog ein Kärtchen aus ihrer Jackentasche und reichte es Peter. «Hier sind meine Telefonnummer und die Adresse meiner Detektei. Falls dir doch noch etwas in den Sinn kommen sollte, was du mir über Hannas Verschwinden erzählen kannst.»

Widerwillig nahm er ihr die Karte aus der Hand. «Ich weiß nichts.»

«Wohnst du auch hier im Kratz? Deine Eltern hätten sicher keine Freude, wenn sie erfahren, dass du fremde Frauen auf der Straße überfällst.» Wie kläglich, jetzt versuchte sie schon, kleine Kinder zu erpressen.

Er schüttelte vehement den Kopf. «Ich habe keine Eltern. Ich wohne bei meinen Großeltern auf der anderen Seite der Kirche.» Er deutete über den kleinen Platz.

Der Junge hatte keine Eltern! Und sie versuchte, ihn unter Druck zu setzen. «Das tut mir leid», sagte sie etwas freundlicher.

«Ist halt so. Hab meinen Vater nie gekannt und meine Mutter ist vor einigen Jahren gestorben.»

Josephine streckte die Hand nach ihm aus und wollte ihm über die Schulter streichen.

Er duckte sich geschickt weg und sagte: «Ich muss jetzt los.»

Bevor sie noch etwas sagen konnte, machte er sich aus dem Staub. Sie sah ihm nach, bis er auf der anderen Seite des Kirchplatzes zwischen den Häusern verschwunden war.

Sie lehnte das Fahrrad an eine Holzscheune im Kratz und näherte sich dann von hinten der Häuserreihe, zu der das Haus der Meiers gehörte. Die zweistöckigen Häuschen standen schief und ineinander verwinkelt da und boten zum Glück viele dunkle Ecken, in denen sie sich bei Bedarf verstecken konnte. Auf keinen Fall wollte sie Hannas Vater vor dem Haus über den Weg laufen. Von hier hinten konnte sie hoffentlich herausfinden, ob er hier war.

Leider war es nicht so einfach zu erkennen, welche Fenster zu Hannas Zuhause gehörten. Sie stellte sich auf die Zehenspitzen und versuchte, durch eines der spinnwebenverhangenen Fenster etwas zu sehen. Eine Küche. Aber wie sollte sie wissen, ob das diejenige der Familie Meier war? Wenn sie doch bei ihrem letzten Besuch nur besser darauf geachtet hätte, auf welcher Höhe sich das Häuschen befand.

Sie schlich an den Fenstern vorbei und schaute in eines nach dem anderen. Aus einigen drangen Stimmen, sie konnte jedoch nicht ausmachen, aus welchen. Sehen konnte sie niemanden. Wahrscheinlich saßen die Leute in den vorderen, den Wiesen zugewandten Zimmern oder waren sogar draußen vor den Häusern.

Jetzt hatte sie das nächste Fenster erreicht. Es stand halb offen. Da! Etwas bewegte sich. Sie zog den Kopf ein. Dann streckte sie sich vorsichtig nach oben. Gerade so weit, dass sie in den Raum hineinsehen konnte. Vor ihr lag auch wieder eine Küche. Sie war leer. Was hatte sich denn vorhin bewegt?

Die Tür ihr gerade gegenüber stand weit offen, und sie sah bis in den Flur. Ein leises Glucksen ertönte. Und dann bewegte sich etwas im Dunkeln des Korridors. Das war doch das Mädchen, das sich bei ihrem Besuch zusammen mit seinem Bruder hinter dem Ofen versteckt hatte, als der Vater hereingestürmt war! Die Kleine saß auf dem Fußboden und spielte mit einer alten Puppe.

War sonst noch jemand da außer dem Mädchen? Höchstwahrscheinlich schon, sie würden das kleine Kind wohl kaum allein lassen. Oder doch?

Sie sah sich um und entdeckte eine alte Holzkiste. Kurz entschlossen packte sie diese, stellte sie unter das Fenster und stieg darauf. Dann schob sie das Fenster ein bisschen weiter auf.

«Hallo, du da», flüsterte sie. Hoffentlich erschreckte sie die Kleine nicht. Und hoffentlich begann sie nicht zu schreien.

Das Mädchen sah hoch und betrachtete sie ruhig. «Wer bist du?», fragte es dann und stand auf. Es hielt sich die Puppe schützend vor die Brust.

«Du brauchst keine Angst zu haben. Ich bin eine Freundin von Hanna.»

«Hanna? Die ist doch weg!»

«Darum bin ich hier. Ich wollte mit deiner Schwester Ida sprechen. Ist sie hier?»

Die Kleine verneinte leise und kam nun in die Küche getapst.

«Und dein Vater?»

Mit weit aufgerissenen Augen starrte sie sie an und schüttelte dann den Kopf.

«Sonst jemand?»

«Nein, nur meine Mami. Aber die schläft.»

Ida war also nicht da. Sollte sie versuchen, etwas aus dem Mädchen herauszubekommen? Sie war noch so klein.

«Weißt du, wo Hanna steckt?», fragte sie und lächelte sie an. Einen Versuch war es wert.

Das Mädchen drückte die Puppe noch fester an sich und verneinte. Dann hauchte sie: «Hanna ist verschwunden.»

«Ich habe davon gehört. Ich möchte helfen, deine Schwester zu finden.»

«Was?» Das Mädchen zog die Augenbrauen zusammen.

«Ja, stell dir vor. Hannas Freundin Frieda hat mir davon erzählt und mich gebeten, sie zu suchen.»

Große Augen starrten sie an. Dann wich sie ein paar Schritte zurück und stand schon fast wieder im Flur.

«Wie heißt du denn?» Sie musste ihr Vertrauen gewinnen. Auf keinen Fall sollte sie ihrem Vater erzählen, dass sie schon wieder hier am Rumschnüffeln war.

«Ich darf nicht mit Fremden sprechen», sagte das Mädchen, drehte sich um und verschwand im Flur.

Langsam stieg Josephine von der Holzkiste herunter und ging zurück zu ihrem Rad. So schnell würde sie nicht aufgeben. Sie schob ihr Rad zurück zur Straße und stellte es dort wieder ab. Das Schloss ließ sie offen. Falls sie rasch flüchten müsste, stand es so in Fahrtrichtung bereit.

Sie ging um die verwinkelte Häuserzeile herum auf die Vorderseite, wo sich die Eingänge befanden. Von dieser Seite erkannte sie das Haus der Meiers mühelos. Es war das einzige, das komplett mit Efeu überwachsen war.

Nichts regte sich. Sie wartete. Immer noch hörte sie Stimmen, doch vor den Häusern hielt sich glücklicherweise niemand auf. Sollte sie hier mit sicherem Abstand warten, bis Ida zurückkam? Würde sie sie überhaupt unter vier Augen sprechen können? Vielleicht wäre es besser gewesen, sie bei der Fabrik abzupassen. Doch auch dort gab es wahrscheinlich viele neugierige Augen und Ohren.

Ein Gedanke blitzte auf. Die Mutter sei zu Hause, hatte das Mädchen gesagt. Sollte sie so dreist sein und versuchen, mit der kranken Frau zu sprechen? Eigentlich war es doch naheliegend, dass sie sich auch ein Bild von der Mutter machen musste. Hannas Erscheinungen und eventuell sogar ihr Verschwinden könnten einen Zusammenhang mit dem Zustand der Mutter haben.

Sie horchte nochmals aufmerksam. Alles war ruhig. Die Kleine schien niemandem von ihrer Anwesenheit erzählt zu haben.

Flink ging sie an den Häuschen vorbei, bis sie vor der Eingangstür der Familie Meier stand. Sie schaute durch das Fenster neben der Tür, dort, wo die Stube war. Auf dem Boden spielte das kleine Mädchen mit den Holzstücken und seiner Puppe. Flink zog sie den Kopf wieder zurück. Die Kleine durfte sie nicht sehen. Noch einmal würde sie wohl nicht ruhig bleiben.

Ein Rascheln hinter ihr ließ sie zusammenfahren. Doch es war nur eine Katze, die sie aus ihren Augenschlitzen misstrauisch anschaute. Jetzt miaute sie vorwurfsvoll. Josephine scheuchte sie mit einer Handbewegung weg. Nicht dass sie noch von einem Tier verraten wurde.

Wenn sie nur wüsste, wo das Zimmer war, in dem Hannas Mutter schlief. Falls es im ersten Stock lag, würde sie den Plan aufgeben müssen, denn es gab wohl nur eine Treppe nach oben, also auch nur einen Fluchtweg.

Sollte sie es wirklich wagen, ins Haus zu gehen? Es konnte nicht nur jederzeit jemand nach Hause kommen, auch ein Nachbar könnte sie sehen und misstrauisch werden.

Da bemerkte sie gleich links neben der Eingangstür eine kleine Einbuchtung in der Hauswand, die beinahe komplett mit Efeu bedeckt war. War da noch ein Fenster? So klein wie es war, war es aber wohl nur dasjenige des Abortes, falls sich dieser überhaupt im Haus befand.

Behutsam schob sie ein paar Blätter zur Seite. Tatsächlich, ein Fenster! Ohne das Efeu weiter zu bewegen, versuchte sie, etwas zu erkennen. Sie wartete reglos, bis sich ihre Augen an das Dunkel hinter der Scheibe gewöhnt hatten. Langsam nahmen ein paar Möbel schemenhaft Gestalt an. Ein Bett, ein Nachttisch, ein Schrank in der Ecke. Warum ließen die Leute dieses Fenster so mit Efeu zuwachsen? Es kam überhaupt kein Licht hinein.

Ihr stockte der Atem. Da saß jemand. In einem Sessel, nur wenige Meter von ihr entfernt. Bestimmt war das die Mutter.

Sie ließ die Blätter los und zog den Kopf zurück. War das ihre Chance, mit Hannas Mutter zu sprechen?

Sie ging zur Haustür und drückte die Klinke nach unten. Sie war offen! Was für ein Glück. Sie wusste zwar, wie man ein Schloss knackte, je weniger Zeit sie aber verschwendete, desto besser. So leise wie möglich betrat sie den Flur. Das Mädchen in der Stube durfte sie nicht hören. Es würde bestimmt nicht so vertrauensvoll reagieren wie vorhin, wenn sie hier plötzlich im Flur stand.

Sie zog die Tür hinter sich zu und schlüpfte gleich in die kleine Kammer zu ihrer Linken. Dann blieb sie erst einmal ganz still stehen. Sie wollte die Mutter auf keinen Fall erschrecken. Wer weiß, wie sie reagieren würde, wenn plötzlich eine fremde Person im Zimmer stand.

Langsam machte sie ein paar Schritte auf den Sessel zu. Der Boden knarrte unter ihren Füßen, doch die Gestalt machte keinen Wank. Jetzt erkannte Josephine, dass es tatsächlich eine Frau war, die, in eine Wolldecke eingewickelt, beinahe in der Tiefe des durchgesessenen Möbels verschwand. Sie sah genauso zerbrechlich aus wie Hanna und Ida und wirkte wie eine alte Frau, obwohl sie nicht viel älter sein konnte als Josephine. Ihr Brustkorb hob und senkte sich, und bei jedem Einatmen ertönte ein pfeifendes Geräusch.

Josephine stand jetzt direkt vor ihr. Wenn sie erwachen würde, erschreckte sie sich bestimmt zu Tode. Lautlos ließ sie sich auf die Knie nieder und berührte sanft ihren Arm. Keine Reaktion.

«Frau Meier», raunte sie. Der Atem der Frau stoppte kurz, dann schnaufte sie laut auf und öffnete in Zeitlupe die Augen. Ihr Blick war leer. Josephine verharrte in ihrer Position und wisperte: «Bitte nicht erschrecken.»

Soweit sie es im Dämmerlicht der Kammer erkennen konnte, klärte sich der Blick der Frau etwas, doch noch immer blieb sie stumm.

«Ich bin eine Bekannte von Hanna, Ihrer Tochter.»

Jetzt regte sich die Frau und griff dann so unvermittelt nach Josephines Hand, dass sie sie beinahe reflexartig zurückgezogen hätte.

«Hanna?»

«Ja, Hanna, Ihre älteste Tochter.»

Der Druck um ihre Hand wurde stärker.

«Wer sind Sie?», fragte die Frau jetzt eindringlich und versuchte mühsam, sich in ihrem Sessel aufzurichten.

«Bleiben Sie nur», beschwichtigte Josephine sie. «Mein Name ist Josephine Wyss, und ich suche Ihre Tochter.»

«Josephine? Wie der Engel?»

Gab es in der Bibel einen Engel, der Josephine hieß? Natürlich nicht, oder? Gabriel, Rafael, Michael. Engel waren doch immer männlich.

Plötzlich keuchte die Frau: «Kommst du mich holen? Ist es so weit?»

Josephine drückte ihre Hand. Frau Meier durfte sich auf keinen Fall aufregen und laut werden.

«Nein, nein, ich bin hier, um Ihnen und Ihrer Tochter zu helfen.»

«Gott sei Dank!» Seufzend ließ sich die Frau wieder zurück in den Sessel sinken und bekreuzigte sich. Dann schloss sie die Augen und begann, vor sich hin zu murmeln. Aus den wenigen verständlichen Wortfetzen erkannte Josephine, dass sie das Vaterunser betete.

«Vergib uns unsere Schuld, vergib uns unsere Schuld, vergib uns unsere Schuld ...», wiederholte sie dann immer wieder.

Josephine strich ihr über den Handrücken. Sie durfte sich jetzt nicht in ihrer eigenen Welt verlieren.

«Frau Meier, bitte, ich muss Sie etwas fragen», sagte sie eindringlich, «Frau Meier!»

Die Frau unterbrach ihre Litanei, ihre Lider zuckten. Dann schlug sie mit einem lauten Seufzer die Augen auf. «Was ist denn noch?»

«Ihre Tochter, Hanna, wissen Sie, wo sie ist? Sie ist seit einer Woche verschwunden.»

«Hanna? Ich habe sie schon lange nicht mehr gesehen.»

Josephine neigte sich nach vorne. Die Frau schien einen lichten Moment zu haben, das musste sie ausnutzen.

«Wo ist sie?»

«Sie ist so ein gutes Kind. Immer fleißig, immer anständig. Und höflich zu allen. Auch zu ihrem Vater.»

«Das ist sie, eine außerordentlich gute Tochter. Aber wo steckt sie?»

«Mein Engel.»

«Frau Meier, was ist mit Hanna passiert?»

«Die Engel haben sie zu sich geholt.»

«Was?»

«Ja, ja, sie ist jetzt in guten Händen.»

Was meinte die Frau nur? «Welche Engel?», beschwor sie sie.

Mit einem Ruck zog Hannas Mutter ihre Hand weg. Dann bekreuzigte sie sich wieder, faltete die Hände vor der Brust und senkte den Kopf. «Vergib uns unsere Schuld, vergib uns unsere Schuld ...», setzte sie wieder an.

«Frau Meier, bitte!», flehte Josephine, doch diese reagierte nicht mehr. Der klare Moment war vorbei. Falls es überhaupt einer gewesen war. Mühsam zog sie sich an der Sessellehne hoch, ihre Knie schmerzten, vor allem das rechte, das sie sich bei einem Fahrradunfall im Frühling verletzt hatte. Sie betrachtet die Frau erneut, wie sie monoton vor sich hinredete. Die Arme. Und die armen Kinder.

Langsam drehte sie sich um und ging zur Tür. Diese Spur konnte sie also begraben. Nun musste sie nur noch ungesehen hier hinauskommen.

«Felix, Regula und Exuperantius», klang es da laut und deutlich hinter ihr.

7

Josephine drehte sich jäh um. «Was?», stieß sie hervor und war in Sekundenschnelle zurück beim Sessel.

«Was haben Sie gesagt?» Nur mit Mühe konnte sie sich zurückhalten, die Frau nicht an den Schultern zu packen und zu schütteln.

«Unsere armen geköpften Stadtheiligen», stöhnte Hannas Mutter vor sich hin.

Sie hatte also richtig gehört. Das konnte kein Zufall sein. Hatte Hanna ihrer Mutter etwas von ihrer Erscheinung erzählt? Oder hatte sie die drei Gestalten auch gesehen?

«Frau Meier, bitte sprechen Sie mit mir!»

Träge öffnete diese die Augen und nahm Josephines Hand. «Unsere Stadtpatrone Felix, Regula und Exuperantius sind hier draußen in Albisrieden gesehen worden.»

Die Frau wusste, dass sie sich in Albisrieden befanden, und sie hatte davon gehört, dass die drei Geköpften – oder wer auch immer da unterwegs gewesen war – gesehen worden waren. Wer hatte ihr davon erzählt?

«Haben Sie sie auch gesehen?», drängte Josephine, «Hanna ist ihnen im Wald oben begegnet.»

«Sie kommen uns holen.» Die Frau schaute sie eindringlich an. «Aber keine Angst, sie sind uns wohlgesinnt. Es ist ein gutes Zeichen, wenn sie über die Stadtgrenze kommen.»

«Aber was ist mit Hanna? Frau Meier!»

Draußen auf dem Flur knarrte es. Sie hatte gar nicht gemerkt, wie laut sie gesprochen hatte. Sie horchte, aber es blieb ruhig.

Sie wandte sich wieder der Frau zu. Vielleicht musste sie diese einfach sprechen lassen und durfte sie nicht zu stark unter Druck setzen mit ihren Fragen. Sie konnte jede Sekunde wieder in ihr Delirium fallen. «Erzählen Sie», wisperte sie, «was hat es mit den Stadtheiligen auf sich? Was bedeutet es, wenn sie auftauchen?»

Frau Meier sah sie jetzt mit ganz klarem Blick an. «Es bedeutet sehr viel, wenn die drei zurückkommen zu uns. Märtyrer waren sie. Geköpft bei der Wasserkirche, aber auferstanden, wie Jesus Christus, unser Erlöser. Zum Großmünster sind sie gegangen, mit ihren Köpfen in den Händen. Dort sind sie dann endgültig gestorben und begraben worden. Ihre Relikte wurden nach der Reformation gotteslästerlich verteilt. Ins Fraumünster und von da an viele weitere Orte. Ihre Köpfe!», lamentierte sie laut und schlug die Hände zusammen. «Sogar ihre Köpfe. Eine Schande! Kein Wunder sind sie zurückgekommen.» Hannas Mutter hatte sich in Rage geredet und sank jetzt erschöpft zurück in den Sessel. Josephine wartete ab, doch sie schien ihre ganze Kraft mit dem kurzen Monolog verbraucht zu haben. Ihre Augenlider schlossen sich langsam.

In diesem Augenblick polterte es laut im Flur und eine Männerstimme rief: «Käthi, wo steckst du?»

Kurt Meier!

Sie musste sich schleunigst verstecken. Hastig sah sie sich um. Unters Bett? Da war alles mit Kisten vollgestellt. Hinters Bett? Leider würde man sie dort sofort entdecken, wenn man nur ein paar Schritte ins Zimmer hineintrat. Blieb also nur der Schrank. Sie schnellte zur Schranktür und zog sie auf. Alles vollgestopft bis oben hin. Sie saß in der Falle!

«Käthi!», klang es wieder von draußen. War nur zu hoffen, dass der Vater noch eine Weile nach der Kleinen, oder wer auch immer Käthi war, suchte. Da er bis jetzt nicht hier ins Zimmer gekommen war, konnte Hannas Mutter nicht Käthi heißen. Aber jetzt musste sie verschwinden. Der Weg durch den Flur und die Eingangstür war natürlich keine Option.

Das Fenster! Passte sie da hindurch? Flink durchquerte sie den Raum und riss es auf. Das sollte gehen. Nur leider war es nicht nur klein, sondern auch weit oben. Sie stemmte sich hoch. Keine gute Idee! Es war zu schmal, um seitlich ein Bein darüberschwingen zu können. Sie brauchte etwas, einen Stuhl oder Schemel, von dem aus sie rausklettern konnte.

Die Zimmertür hinter ihr knarrte und mit Entsetzen sah sie, wie sie sich langsam öffnete.

Sie hatte keine Wahl. Sie rutschte mit der Hüfte weiter nach vorne. Dann ließ sie ihren Oberkörper nach vorne kippen und streckte die Arme aus. Dabei sandte sie ein Stoßgebet zu Felix, Regula und Exuperantius.

«Halt, kein Durchgang für Fremdlinge!»

Das durfte doch nicht wahr sein! Sie hatte es geschafft, sich aus dem Fenster zu retten, sich auf dem Boden abzurollen, sich ungesehen durch ein Loch in der Hecke am anderen Ende der Häuserzeile zu quetschen, und jetzt standen wieder diese Bengel vor ihr! Mit ihrem blöden Holzgewehr.

«Hört mal, Buben, ich habe keine Zeit für euren Unfug. Lasst mich einfach durch!» Sie klopfte sich den Schmutz von den Kleidern.

«Ergeben Sie sich!», kommandierte der Junge mit dem Gewehr, der schon vorher das Sagen gehabt hatte. Sie waren nur noch zu dritt, Peter fehlte.

«Ruedi», sagte sie warnend. Sie hatte langsam genug Aufregung gehabt für einen Tag. «Wenn du mir nicht sofort aus dem Weg gehst, verpfeife ich dich bei deiner Mutter. Ich weiß jetzt schließlich, wo du wohnst.»

«Mist!», meinte Ruedi kleinlaut und ließ das Gewehr sinken.

«Na, siehst du, geht doch.» Sie ging an ihnen vorbei und zur Straße hinunter. Dort nahm sie ihr Fahrrad und wollte schon aufsteigen, als sie auf der anderen Straßenseite jemanden in ihre Richtung kommen sah.

«Ida!» Was für ein glücklicher Zufall.

Das Mädchen stoppte und starrte zu ihr hinüber. Dann machte es kehrt und lief in die entgegengesetzte Richtung davon.

«He, warte doch!» Josephine eilte über die Straße, doch Ida war schon zwischen den Häusern auf der rechten Seite verschwunden. Warum lief sie vor ihr weg?

Sie ließ das Fahrrad achtlos an den Straßenrand fallen und beschleunigte ihre Schritte. Das Mädchen durfte ihr nicht entwischen. Als sie die Stelle erreicht hatte, wo Ida aus ihrem Blickfeld verschwunden war, schaute sie sich verwundert um. Wo war sie nur hin? Sie schien wie vom Erdboden verschluckt. Josephine ging zwischen den alten Holzhäusern hindurch. Keine Spur von der Kleinen.

«Das darf doch nicht wahr sein!», schimpfte sie laut und machte eine Runde um die Häuser herum. Vergebens. Das Mädchen blieb verschwunden. Ganz offensichtlich wollte sie nicht mit ihr sprechen.

Nachdem sie noch einmal in jede Ecke geschaut hatte, gab sie auf. Ida kannte hier bestimmt jeden Schleichweg und jedes Versteck, sie würde sie nicht finden.

Langsam ging sie zurück zu ihrem Rad. Sollte sie noch einmal eine Runde durchs Dorf machen? Unentschlossen ging sie ein paar Schritte die Straße hinunter. Dann bog sie wieder in den kleinen Weg ein, der zur Kirche führte. Schaden konnte es nicht, vielleicht hatte sie Glück.

Was war das? Bewegte sich da ein Schatten hinter der Hauswand? Langsam drehte sie sich um und ging ein paar Schritte zurück. Aber da war nichts. Wahrscheinlich war es nur ein Vogel gewesen. Was war sie schreckhaft nach all der Herumschleicherei der letzten Stunden.

Kopfschüttelnd wendete sie das Rad und schritt energisch zum Kirchplatz hoch. Es wurde Zeit, dass sie nach Hause ging.

Sie überquerte den Platz, machte noch eine letzte Runde um ein paar Fachwerkhäuser herum.

Die ganze Zeit wurde sie das Gefühl nicht los, dass sie verfolgt wurde.

Josephine gab auf: Ida blieb verschwunden.

Mittlerweile war sie wieder vor der Kirche angelangt, und die Sonne verschwand gerade hinter den Hügeln. Sie würde morgen versuchen, Ida vor der Fabrik abzufangen. Hoffentlich gelang es ihr dann, das Vertrauen des Mädchens zu gewinnen. Vielleicht würde sie in der Fabrik auch noch andere Leute treffen, die Hanna kannten und etwas über ihren Verbleib wussten.

Ein lautes Krächzen schreckte sie aus ihren Gedanken. Sie schaute nach oben zum Baum, der neben ihr in der Mitte des Kirchplatzes stand. Es krächzte wieder. Nein, das kam nicht aus dem Baum.

Da! Auf der Rückseite der Kirche bewegte sich etwas. Was war das? Im Schatten des großen Ahorns, der hinter der Mauer stand, konnte sie zuerst kaum etwas erkennen. Dann klappte ihr der Kiefer nach unten.

Das konnte doch nicht wahr sein! Drei große Gestalten ragten hinter der etwa hüfthohen Mauer empor. Sie trugen wallende weiße Gewänder und darüber rote Umhänge. Drei Gestalten ohne Köpfe. Denn die hielten sie in den Händen vor der Brust.

Sie riss die Augen auf. Sah sie jetzt etwa auch Gespenster?

Sie waren ihr direkt zugewandt und schienen sie zu beobachten. Bevor sie reagieren konnte, tauchten sie plötzlich hinter der Mauer weg und waren genauso plötzlich verschwunden, wie sie aufgetaucht waren.

Sie ließ ihr Rad fallen. Auf keinen Fall würde sie die drei entkommen lassen. Doch nach wenigen Schritten prallte sie mit voller Wucht in etwas hinein.

«Nicht so stürmisch, junge Dame.» Sie blickte in das gutmütige Gesicht eines älteren Mannes.

«Entschuldigung!», japste sie, «Haben Sie sie auch gesehen?»

«Was denn? Sie schauen aus, als ob Sie einem Geist begegnet wären.»

«Keinem Geist, aber drei Geköpften!»

«Wie bitte?» Der Mann nahm einen Zug von seiner Pfeife und sah sie skeptisch an. Er dachte bestimmt, dass sie nicht alle Tassen im Schrank hatte.

«Geköpfte», keuchte sie und stürmte an ihm vorbei.

Sie lief die Mauer entlang und nach wenigen Schritten war sie dort angelangt, wo die Gestalten noch vor wenigen Sekunden gestanden hatten. Hektisch schaute sie nach rechts und links. Da war niemand. Waren sie den kleinen Weg hinuntergerannt, den sie heute schon zweimal hochgekommen war? Oder gab es irgendwo ein Schlupfloch? Sie ging weiter die Mauer entlang. An deren Ende zweigte ein schmaler Schotterweg ab. Von dort hätten die drei in alle Richtungen verschwinden können.

Sie ließ die Schultern sinken und wandte sich wieder dem Ort zu, von dem aus die Gestalten zu ihr hinübergeschaut hatten. Menschen, schalt sie sich, nicht Gestalten. Es waren auf jeden Fall Menschen gewesen.

«Alles in Ordnung?» Der ältere Mann kam mit besorgter Miene auf sie zu. «Haben Sie wirklich Geköpfte gesehen? Fühlen Sie sich nicht wohl?»

«Mir geht es gut. Aber haben Sie wirklich nichts gesehen? Da, hinter der Mauer? Genau dort haben sie gestanden. Drei Personen mit Dingen in den Händen, die wie Köpfe aussahen.»

Der Mann runzelte die Stirn und stützte sich auf seinen Stock.

«Natürlich waren es keine Köpfe», fuhr sie fort, «aber es sollte auf jeden Fall so aussehen.»

«Ich habe nichts bemerkt, tut mir leid. Da hat Ihnen vielleicht jemand einen Streich gespielt.» Hatte sie nicht genau dies zu Frieda gesagt, als diese ihr von Hannas Erscheinung erzählt hatte?

«Es gibt hier schon ein paar sehr freche Buben im Dorf.»

«Es waren keine Buben», widersprach sie, «es waren erwachsene Personen, sie haben die Mauer deutlich überragt.»

«Na, dann weiß ich auch nicht weiter. Aber es gibt bestimmt eine logische Erklärung dafür.»

«Auf jeden Fall.»

«Ich muss dann auch weiter, einen schönen Abend wünsche ich Ihnen.» Der Mann tippte mit der Pfeife in der Hand an seinen Hut und ging an ihr vorbei.

Sie murmelte einen Abschiedsgruß und starrte weiter auf die Stelle. Wie konnte das sein?

«Ha, wo gibt's denn so etwas!», rief da der Mann hinter ihr. Er war erst ein paar Meter weit gekommen. Mit seinem Stock deutete er in eine dunkle Ecke am Ende der Mauer. «Schauen Sie mal! Da hat prompt einer seinen Kopf verloren.»

«Was?» Da lag tatsächlich etwas, das aussah wie eine Art Kopf. Sie ging darauf zu und hob den Gegenstand hoch. Es war ein kleiner ausgestopfter Ball aus Stoff mit Wollfäden als Haare. Zwei Augen starrten ihr entgegen. Sie hielt ihn hoch, sodass der Mann ihn sehen konnte, und stellte fest: «Mit einem Gesicht.»

Warum sollte jemand ihr diesen Streich spielen? Warum ihr?
Josephine hielt den Lenker fest umklammert und ließ ihr Fahrrad die Albisriederstraße hinunterrollen. Der Fahrtwind in ihrem Gesicht tat gut und obwohl sie sich auf die unebene Straße konzentrieren musste, schweiften ihre Gedanken immer wieder zurück zu den drei Figuren.

Das konnte doch kein Zufall sein, dass gerade sie die drei gesehen hatte! Auch wenn es bestimmt ein Streich gewesen war, so fühlte es sich doch unheimlich an. Die drei hatten in ihre Richtung geschaut! Wenn es Kinder gewesen wären, dann könnte sie darüber lachen. Aber sie waren größer gewesen. Und breiter. Auch wenn sie im Schatten der Häuser und Bäume gestanden hatten, war sie sich sicher, dass die drei sie überragt hätten. Männer oder Frauen? Nicht einmal das konnte sie mit Bestimmtheit sagen.

Unabhängig davon, wer es gewesen war: Warum? War sie zufällig zur falschen Zeit am falschen Ort gewesen? Das konnte doch nicht sein. Vielleicht wussten schon zu viele Leute, dass sie hier herumschnüffelte. Hannas Vater zum Beispiel wäre sicher nicht begeistert. Vielleicht hatte ihre Mutter oder das kleine Mädchen ihm etwas von ihrem heutigen Besuch erzählt. Aber würde er deshalb drei Leute beauftragen, sie zu erschrecken? Er war doch eher von der Sorte, die sofort losstürmten und nicht lange überlegten. Einen solch ausgeklügelten Plan, um sie zu vertreiben, traute sie dem Trunkenbold nicht zu, und dass seine Kumpanen in so kurzer Zeit Umhänge und diese gebastelten Köpfe auftreiben konnten, war auch unwahrscheinlich. Außer sie hätten sie noch von ihrem letzten Auftritt am Waldrand oben aufbewahrt.

Ihr Fahrrad stieß gegen einen Stein und rutschte dann beinahe seitlich weg. Mit voller Kraft trat sie auf die Rückbremse und wäre beinahe zu Fall gekommen. Diese Landstraßen waren überhaupt nicht geeignet für ihr altes Klapperrad. Langsam fuhr sie weiter, jetzt war es nicht mehr weit bis zur Stadtgrenze.

Konnte es sein, dass Hannas Vater etwas mit dem Verschwinden seiner Tochter zu tun hatte? Sofort verwarf sie den Gedanken wieder. So, wie er sich über Hannas fehlendes Einkommen aufgeregt hatte! Oder war alles nur ein Theater, um von sich abzulenken? Sie dachte daran, wie er getobt hatte, als er sie in seiner Stube erwischt hatte. Wie er Hanna bedroht hatte. Es brauchte nicht viel Fantasie, um sich vorzustellen, dass er sie im Suff und Jähzorn ernsthaft verletzen oder sogar töten könnte. Hannas Vater blieb jedenfalls auf ihrer Liste der verdächtigen Personen.

Jetzt hatte sie die Stadtgrenze erreicht, und die Straße führte nicht mehr bergab. Gleichzeitig wurde sie auch weniger holprig, und so trat Josephine wieder stärker in die Pedale.

Das Bild des kleinen sommersprossigen Jungen erschien vor ihrem inneren Auge. Peter. Sie war überzeugt, dass er etwas wusste. Wie sollte sie das nur aus ihm herausbekommen? Einer erwachsenen Person auf die Pelle zu rücken war das eine, aber einen Buben bedrängen?

Sie gelangte an eine große Kreuzung. Hier musste sie eigentlich rechts abbiegen, um nach Hause zu fahren. Sie zögerte. Dann beschleunigte sie das Tempo und radelte geradeaus weiter. Es war zwar sicher schon spät, aber es zog sie zurück ins Büro. Dort hatte sie ihre Ruhe, um alles aufzuschreiben. Fräulein Zimmermann würde zwar nicht begeistert sein, wenn sie das Abendessen schon wieder ausfallen ließ, aber sie hatte ihr heute Morgen ausdrücklich gesagt, dass sie nichts kochen solle. Auch wenn sie sich langsam an die Anwesenheit der Gouvernante gewöhnt hatte, so fiel es ihr immer noch schwer, zu bestimmten Zeiten zu Hause zu sein. Sie wollte sich einfach nicht an einen Plan halten, den jemand anderes für sie machte. Davon hatte sie in ihrer Kindheit und Jugend genug gehabt. In der Villa ihrer Eltern hatten tausend Regeln gegolten, und ihr Tagesablauf war strikt durchgeplant gewesen. So wie es sich für ein Mädchen aus gutem Hause gehörte.

Sie überquerte den Stauffacherplatz und fuhr über die Brücke, die über die Sihl führte. Gleich würde sie die Bahnhofstraße erreichen. Bei der nächsten Kreuzung bremste sie ab. Felix, Regula und Exuperantius. Was hatten die drei Köpfe tragenden Heiligen mit allem zu tun? Warum nicht einfach Engel, so wie bei Hannas Mutter? Sie bog nach rechts in Richtung Paradeplatz ab. Vielleicht sollte sie den Orten, an denen die drei gestorben und begraben worden waren, einen Besuch abstatten. Viele Male war sie schon an den drei Kirchen, die so wichtige Orte in der Legende darstellten, vorbeigegangen. Doch sie hatte diese kaum jemals genauer betrachtet.

Kurz vor dem Paradeplatz stieg sie vom Rad. Auf dem Platz wimmelte es auch um diese Zeit von Menschen und Fahrzeugen. Da war es sicherer, wenn sie es schob.

«Josephine, was machst du denn hier?», dröhnte plötzlich eine bekannte Stimme hinter ihr. Sie drehte sich um. Ihr Vater, Heinrich Vonarburg, baute sich vor ihr auf.

«Guten Abend, Papa!», begrüßte sie ihn und fühlte sich gleich wieder wie das artige Mädchen, das sie eigentlich nie gewesen war.

Er reichte ihr die Hand.

«Nun, was führt dich ins Zentrum der Stadt?» Er dachte wohl immer noch, dass sie den ganzen Tag zu Hause sitzen und ... was? Sticken und lesen würde?

«Ich arbeite hier im Zentrum, du erinnerst dich?»

Er strich über seinen Schnurrbart. «Ach so, stimmt, in deinem Büro.» In der Betonung des Wortes «Büro» lag wie immer eine kleine Spur von Ironie.

«Ich muss dann auch gleich weiter. Die Arbeit ruft.»

«Aber es ist doch Feierabend.»

«Privatdetektivinnen haben keinen Feierabend. Nicht wie Bankiers.»

«Privatdetektivinnen», echote er missbilligend. «Wann wirst du endlich zur Vernunft kommen? Deine Mutter und ich würden dich bei vielem unterstützen, das weißt du. Aber diese Arbeit ist nun wirklich nichts für eine junge Dame.»

«Ich weiß, Papa. Da werden wir uns wohl nie einig werden.»

«Bring dich einfach nicht wieder in Gefahr, hörst du?»

«Nein, bestimmt nicht.» War sie nicht gerade vor einer Stunde beinahe von einem jähzornigen Trinker erwischt worden? «Ich muss jetzt gehen. Ich habe noch einen Termin.»

«Also gut, dann geh halt an deinen Termin.» Wieder betonte er das Wort «Termin», wie wenn er ihr nicht glauben würde. «Wir sehen uns am Sonntag zum Mittagessen.»

«Ah, wegen Sonntag ...», setzte sie an, doch Heinrich Vonarburg unterbrach sie sogleich: «Keine Diskussion. Du kennst unsere Abmachung.»

Da sie für ihren letzten Fall ein paar Informationen von ihm gebraucht hatte, hatte er sie im Gegenzug dazu verpflichtet, dass sie sich mehr um ihre Mutter kümmerte. Seither kannte er auch kein Pardon mehr, wenn sie versuchte, sich aus der sonntäglichen Verpflichtung zu winden.

Er hob kurz den Hut, wandte sich dann um und ging zielstrebig auf eines der am Straßenrand geparkten Autos zu. Der Mann in Chauffeur-Uniform, der neben dem Auto stand, nickte Josephine zu. Sie deutete ein Lächeln an und machte sich dann wieder auf den Weg.

Nach wenigen Metern hatte sie die Rückseite des Fraumünsters erreicht. Eine eher schlichte Kirche, die früher einmal ein Kloster gewesen war. Hier drin hatten also die Gebeine der Stadtheiligen gelegen.

Sie verscheuchte den Gedanken. Es war doch nur eine Legende. Anscheinend hatte die unheimliche Erscheinung in Albisrieden doch ihre Spuren hinterlassen.

Sie überquerte den Münsterplatz, drehte sich noch einmal um, um die Kirche von der Flussseite aus zu betrachten, und ging dann am Rudolf-Brun-Denkmal vorbei über die Brücke. Von hier hatte man eine schöne Aussicht Richtung Quaibrücke und See. Hastig wandte sie ihren Blick ab und ging weiter. Jetzt war es dann bald ein Jahr her, dass Fred auf dieser Brücke, die sich am Übergang von Fluss und Zürichsee befand, verunfallt war. Immer noch schauderte es sie, wenn sie den Ort sah.

Rechts vor ihr erhob sich die Wasserkirche und das daran angebaute Helmhaus. Jetzt hatte sie das Ende der Brücke erreicht und ging um das Gebäude herum. Auf der Rückseite, die ans Limmatquai grenzte, gab es einen weiteren Anbau, das Wasserhaus. Hier, wo sie jetzt stand, war also früher die Limmat durchgeflossen, und die Kirche hatte für lange Zeit auf einer kleinen Insel im Fluss gestanden. Und hier waren die drei Stadtpatrone hingerichtet worden, lange bevor es eine Kirche oder auch nur ein Gebäude gegeben hatte. Das alles hatte sie in Freds Buch gelesen. Sie versuchte, sich das Bild dieser Insel in Erinnerung zu rufen. Über eine Brücke war sie mit beiden Flussufern verbunden gewesen.

Welche Funktion die Kirche heute hatte, wusste sie nicht. Die Bibliothek, die einige Zeit darin untergebracht gewesen war, hatte man vor einigen Jahren verlegt.

Sie wandte sich dem Limmatquai zu und sah zum Großmünster hoch. Von hier waren es also ungefähr vierzig Schritte bis zur größten Kirche Zürichs. Sie ging los und konnte es nicht lassen, leise vor sich hin zu zählen. Über die Straße, die damals noch nicht existiert hatte, unter dem Torbogen hindurch und links die Treppenstufen hoch. Dann noch wenige Meter, bis sie die Kirche erreicht hatte. Die Anzahl Schritte stimmte ziemlich genau. Natürlich hatte hier zur Zeit von Felix, Regula und Exuperantius noch keine Kirche gestanden. In der Legende hieß es, dieser Platz auf dem kleinen Hügel sei von alters her ein Ort gewesen, an dem viele Blinde und Lahme geheilt worden waren. Dass die drei mit ihren Köpfen in den Händen bis hier hoch gegangen waren, hatte den damaligen Einwohnern Zürichs bestätigt, dass es sich um einen heiligen Ort handeln musste. Darum waren sie auch hier begraben worden.

Sie legte den Kopf in den Nacken und sah zu den beiden Türmen des Großmünsters mit ihren Kuppeldächern. Die Statue Karls des Großen, dem die Gründung des ursprünglichen Klosters zugeschrieben wurde, schaute von einer Nische im vorderen Turm über die Limmat und zum Fraumünster. Sie drehte sich um und folgte seinem Blick. Das war also der Weg, der im Buch als Prozessionsachse bezeichnet wurde: Großmünster – Wasserkirche – Fraumünster.

8

«Frau Wyss, was machen Sie denn da schon wieder?» Fräulein Zimmermann baute sich im Türrahmen ihres Schlafzimmers auf.

«Ich suche etwas», sagte Josephine, ohne aufzuschauen, und wühlte weiter in der Kiste, die im Fuß ihres Kleiderschrankes stand.

«Kann ich Ihnen behilflich sein?»

Josephine strich sich eine Haarsträhne aus der verschwitzten Stirn. «Nein, ich komme schon zurecht.» Sie warf ein weiteres Paar Schuhe auf den Kleiderhaufen, der sich neben ihr türmte. «Alles viel zu schick!», murmelte sie.

«Was suchen Sie denn da unten? Sie haben doch so viele hübsche Kleider, die Ihnen Ihre Mutter bei Ihrem Einzug gebracht hat. Ihre Kleider von früher.» Sie deutete auf die ordentlich aufgehängten Röcke, Jacken und Blusen, die über Josephines Kopf baumelten.

«Das passt alles nicht!»

«Wie bitte? Sie sind doch genauso schlank wie vor zehn Jahren.»

«Elf Jahren», korrigierte Josephine, «seit elf Jahren hat meine Mutter nicht mehr über meine Garderobe zu bestimmen.» Eine weitere Seidenbluse landete auf dem Berg. «Das geht auch nicht! Habe ich denn nichts Brauchbares?»

«Was um Himmels willen wollen Sie denn? Das sind doch alles wunderschöne Stücke!»

«Das ist es doch eben. Ich brauche keine schönen Kleider, sondern alte.» Sie hob die mittlerweile leere Schachtel aus dem Schrankboden und stellte sie neben sich. Dann steckte sie den Kopf noch weiter in den Schrank hinein und zog eine weitere Kiste nach vorne. «Ah, hier sieht es schon besser aus!» Sie hielt ein dunkelgraues Kleid hoch, das schon bessere Tage gesehen hatte.

«Was wollen Sie denn mit diesem alten Stofffetzen?» Fräulein Zimmermann trat neben sie und nahm ihr das Kleid aus der Hand. «Das ist voller Mottenlöcher und durch den Stoff kann man Zeitung lesen.»

«Genau richtig! Und hier, die passt einwandfrei dazu.» Sie reichte der Gouvernante eine ebenso ramponierte Schürze. «Oh, und die Schuhe! Sehr gut!» Sie stellte ein Paar klobige, abgeschabte Schuhe mit ausgeleierten Schnürsenkeln neben sich auf den Boden und kam auf die Füße. «Jetzt brauche ich nur noch einen passenden Hut.»

Unschlüssig legte sich Fräulein Zimmermann das fadenscheinige Kleid über den Arm. «Frau Wyss, was haben Sie nur wieder vor?»

«Da, halten Sie alles gut fest», ordnete Josephine an und drückte ihr auch die Schürze und die Schuhe in die Hände. Dann stellte sie sich auf die Zehenspitzen und tastete auf dem oberen Regalbrett des Schrankes nach weiteren Sachen. Sie zog einen eleganten Glockenhut mit einem glänzenden Satinband hervor. «Was soll ich denn damit?» Achtlos warf sie ihn aufs Bett.

«Aber, Frau Wyss! Der ist doch ganz apart.»

«Verstehen Sie denn nicht: Ich brauche nichts Apartes und nichts Schönes und nichts Hübsches! Sondern alte, gebrauchte Sachen, am besten mit Löchern.»

«Dann schauen wir doch besser in meiner Kommode nach etwas Passendem», schlug die Gouvernante vor und legte die Kleider und Schuhe neben den Hut aufs Bett. «Da habe ich ein paar Dinge, die ich dringend einmal flicken sollte.»

«Bei Ihnen? Aber das bringt doch nichts. Sie sind doch auch immer sauber und ordentlich angezogen.»

«Darauf lege ich Wert, aber ich habe bestimmt noch einen alten Hut und ein Paar löchrige Handschuhe für Sie.»

«Würden Sie das wirklich für mich tun?»

Fräulein Zimmermann rieb sich die Schläfen. «Ich muss schließlich das Durcheinander, das Sie hier veranstalten, aufräumen. Mir ist es lieber, wenn Sie etwas von meinen alten Sachen nehmen, als dass Sie hier noch mehr Unordnung verbreiten.»

«Sie müssen nicht bei mir aufräumen, das habe ich Ihnen schon hundertmal gesagt. Ich kann meinen Schrank sehr wohl selbst in Ordnung halten.»

Die Gouvernante nahm ihr die feinen Seidenstrümpfe, die sie oben aus dem Schrank gezogen hatte, aus den Händen. «Kommen Sie!»

Widerwillig folgte Josephine ihr in den Flur und über die hölzerne Treppe in die oberste Etage des Hauses.

«Puh, hier ist es ganz schön heiß», stellte sie fest.

Die Gouvernante schwieg und öffnete die Tür zu ihrer Kammer. Die Luft darin war noch wärmer.

«Fräulein Zimmermann, wie können Sie hier oben nur schlafen? Im Frühling war es so kalt, und jetzt kann man die Luft schneiden. Warum nehmen Sie mein Angebot nicht an und richten sich eines der Zimmer auf meiner Etage ein? Das habe ich Ihnen doch schon kurz nach Ihrem Einzug vorgeschlagen.»

Sie traten ins Zimmer, und die Gouvernante sagte, ohne sich umzudrehen: «Es ziemt sich nicht. Personal schläft nicht auf demselben Stock wie die Herrschaften.»

«Aber davon wird doch niemand erfahren! Wir sind allein hier im Haus, und ich werde es ganz bestimmt nicht weitererzählen.»

Fräulein Zimmermann drehte sich um und schaute sie streng an. «Frau Wyss, ich habe mich mittlerweile daran gewöhnt, dass Sie eher – wie soll ich sagen? – unkonventionelle Ansichten haben. Aber es hat Grenzen. Ich danke Ihnen für Ihr Angebot, aber nein, danke.»

«Einverstanden», lenkte sie ein. «Aber Sie wissen, dass Sie jederzeit die Möglichkeit haben, ein Zimmer unten zu beziehen. Dieses Haus ist sowieso viel zu groß für mich.»

Ihre Angestellte sagte nichts mehr und ging resolut durch das ordentlich aufgeräumte Zimmer zur Kommode beim kleinen Fenster. Mit einem Ruck öffnete sie die unterste Schublade und zog Handschuhe und ein Paar grobe Strümpfe von ganz hinten hervor. «Solche brauchen Sie wohl auch.» Sie streckte sie Josephine entgegen.

«Stimmt. Die passen sehr gut!» Freudig griff sie danach.

«Hier, schauen Sie. Das ist meine bescheidene Auswahl an Hüten.» Sie zeigte zur schmalen Garderobenleiste, an der ihr Mantel und darüber zwei einfache Hüte hingen. Josephine begutachtete die beiden Kopfbedeckungen.

«Die sehen sehr gepflegt aus», kritisierte sie.

«Ah! Da kommt mir etwas in den Sinn.» Fräulein Zimmermann ging zum Schrank und kramte einen alten, verstaubten Hut hervor.

«Oh! Der ist sehr gut!»

Die Gouvernante reichte ihn ihr. «Den hat mir meine Nichte zum Flicken gegeben. Kurz darauf hat sie sich aber einen neuen gekauft und mir gesagt, dass sie ihn nicht mehr brauchen würde. Seitdem liegt er hier im Schrank, und ich habe erst jetzt wieder an ihn gedacht.»

Josephine strich über die Krempe, an deren Rand der Filz arg aufgeraut war. «Vielen Dank! Schauen Sie nur: Das Innenfutter ist an einigen Stellen gerissen.» Sie klopfte auf den Hut und eine kleine Staubwolke stieg daraus auf. «Den Staub wird man wohl nicht ganz herauskriegen, tadellos!»

«Nun, ist das alles, was Sie brauchen?» Fräulein Zimmermann sah sie missbilligend an.

«Mmh ...», Josephine überlegte. «Vielleicht eine kleine Strickjacke? Am besten auch mit ein paar Löchern drin.»

Die Gouvernante zog ein Kleidungsstück von einem Bügel und hielt es hoch. «So etwas? Mit Löchern kann ich aber leider nicht dienen.» Sie kniff den Mund zusammen.

Sie griff nach der dünnen Jacke. «Sehr gerne. Das rundet das Ganze meisterhaft ab.» Sie wollte ihr das Jäckchen aus den Händen nehmen, doch die Gouvernante hielt es fest.

«Sie können alles ausleihen, Frau Wyss, unter einer Bedingung.»

«Die da wäre?»

«Sie erzählen mir, was Sie vorhaben.»

Mit einem lauten Scheppern stellte Fräulein Zimmermann ihre Tasse auf den Küchentisch. «Sie wollen was?»

«Natürlich nur als Tarnung! Darum die ärmliche Kleidung.»

«Bei allem Respekt, aber Ihnen nimmt doch niemand ab, dass Sie in Armut leben.»

«Wieso nicht? Wenn ich doch dieses abgetragene Kleid und die abgeschabten Schuhe anziehe! Und der Hut Ihrer Nichte rundet das Bild ab. Oder finden Sie nicht?»

Zweifelnd wiegte die Gouvernante den Kopf. «Ihre Haut ist zu schön, Ihre Augen sind zu strahlend, Ihre Haare zu gepflegt und Ihre Zähne zu weiß. Damit täuschen Sie niemanden.»

«Meinen Sie?»

«Es braucht mehr als ein paar alte Kleider, um aus Ihnen eine arme Frau zu machen.»

Josephine strich über den alten Filzhut. Dann stand sie auf und raffte die Kleider, die auf dem Küchentisch lagen, zusammen. «Ich ziehe mich jetzt um, und dann schauen wir, wie wir aus mir eine verarmte Tagelöhnerin machen, die auf Arbeitssuche ist. Sie helfen mir doch, oder?»

«Was um alles in der Welt, Frau Wyss!» Fräulein Zimmermann schlug die Hände zusammen, als Josephine zwanzig Minuten später in die Küche zurückkam.

«Nicht schlecht, oder?», sagte sie und zeigte ihr breitestes Lächeln, sodass sie ihre mit Kohlestift gefärbten Zähne zeigen konnte.

«Sie sehen gruselig aus!» Fräulein Zimmermann erhob sich und betrachtete sie eingehend. «Aber das bekommen wir noch besser hin. Als Erstes kümmern wir uns um Ihre Haare. Holen Sie bitte Ihre Bürste.»

Josephine jagte nach oben ins Badezimmer und polterte kurz darauf wieder die Treppe hinunter.

Fräulein Zimmermann zog einen Stuhl heran. «Setzen Sie sich.» Josephine gehorchte. Sie war aufgeregt wie ein kleines Kind. «Das wird jetzt wehtun», warnte die Gouvernante und begann dann, die Haarnadeln zu lösen. Als alle auf dem Tisch lagen, griff sie nach der Bürste und begann mit kräftigen Bewegungen, Josephines Haar gegen den Strich zu kämmen.

«Au, was machen Sie denn da!», protestierte sie.

«Halten Sie still! Wer hässlich sein will, muss leiden.»

Sie kämmte ihr das Haar in alle Richtungen, bis es komplett verfilzt war. «Sehr schön», murmelte sie. Dann teilte sie es mühsam in drei Stränge. Dies natürlich nicht, ohne dabei etliche Haare auszureißen. Josephine biss die Zähne zusammen. Nachdem Fräulein Zimmermann einen krummen Zopf geflochten hatte, zupfte sie einzelne Haarsträhnen daraus hervor, die nun wirr vom Kopf abstanden. Zufrieden betrachtete sie ihr Werk. «Das sieht doch schon mal sehr unordentlich aus!»

«Darf ich es sehen?» Josephine sprang auf und lief in den Flur. «Du liebe Güte!», rief sie, als sie sich im Spiegel erblickte. «Da haben Sie aber ganze Arbeit geleistet!» Sie drehte sich zu ihrer Gouvernante um.

«So strahlen dürfen Sie aber auf keinen Fall!», wies diese sie zurecht. «Arme Leute strahlen nur, wenn sie einen Fünfzigräppler auf der Straße finden. Und das passiert nie.»

«Ist ja gut, ich werde mich schon zusammenreißen.»

«Das müssen Sie! Jetzt zeigen Sie noch Ihre Hände her!»

«Warum denn das? Ich werde doch Handschuhe tragen.»

«Wir sollten nichts dem Zufall überlassen. Hände verraten alles.»

Gehorsam hielt sie ihr ihre Handflächen hin.

«Umdrehen!»

Josephine tat wie geheißen.

«Hab ich's mir doch gedacht», stellte die Gouvernante fest, «das geht so nicht. Da können Sie noch so gut verkleidet sein und schauspielern, wenn jemand Ihre glatten Hände sieht, durchschaut er sie sofort.» Sie überlegte. «Am besten gehen Sie in den Garten und wühlen ein paarmal mit nackten Händen durch das Gemüsebeet. Dann machen Sie einen Besuch bei den Rosenstöcken und holen sich ein paar ordentliche Kratzer.»

«Sie sind eine wahre Meisterin», meinte Josephine anerkennend und öffnete die Tür zum Keller, durch den man in den unteren Teil des Gartens gelangte.

«Na ja, viel weiß ich nicht, aber ich habe genügend arme Leute gesehen in meinem Leben.»

Eine Viertelstunde später kam Josephine wieder die Treppe hinaufgerannt und präsentierte Fräulein Zimmermann stolz ihre malträtierten Hände mit den schwarzen Rändern unter den Fingernägeln.

«Übertreiben müssen Sie es nicht», stellte die Gouvernante trocken fest und reichte ihr einen feuchten Lappen. «Sie brauchen sich nicht gleich eine Blutvergiftung zu holen.»

Sie rieb sich die Hände ab, achtete aber darauf, nicht zu viel Schmutz zu entfernen. Der Kratzer auf ihrer rechten Hand war tatsächlich etwas tief geraten und hatte zu brennen begonnen.

«Wollen Sie jetzt gleich los?», erkundigte sich die Gouvernante.

«Ja, natürlich. Wenn wir schon alle Vorbereitungen getroffen haben. Wie sehe ich aus?»

«Mmh, das ist natürlich schwierig zu sagen, da ich Sie kenne. Aber ich denke, Sie sollten schon durchgehen als arme Arbeiterin.»

Zufrieden strich sie sich über die Haare und setzte dann den verfilzten Hut von Fräulein Zimmermanns Nichte auf.

«Sie wollen aber doch nicht in dieser Fabrik arbeiten, oder?»

«Nein, natürlich nicht. Ich brauche einfach einen Grund, um mich dort umzusehen und hoffentlich mit Ida sprechen zu können.»

«Passen Sie einfach auf sich auf, Frau Wyss. Fabrikvorarbeiter sind nicht dafür bekannt, dass sie sehr freundliche Zeitgenossen sind.»

«Mir wird schon nichts passieren», sagte sie unbeschwert und nahm ihre Handtasche.

«Doch nicht diese Tasche!», intervenierte die Gouvernante. «Damit zerstören Sie Ihre ganze Maskerade.» Sie ging in die Küche und holte den abgewetzten Stoffbeutel, den sie für den Einkauf auf dem Markt benutzte. «Das sollte gehen. Nehmen Sie nur das Nötigste mit, eine Arbeiterin schleppt keinen Krimskrams herum.»

«Ich auch nicht.» Josephine kippte den Inhalt ihrer Handtasche in den Beutel. Dann zog sie die alten Handschuhe über und nahm ihren Fahrradschlüssel. «Drücken Sie mir die Daumen!»

Schon von Weitem hörte sie laute Stimmen. Sie bremste ab und schloss ihr Fahrrad an einen Laternenpfahl in sicherem Abstand zur Bergmann Seifenfabrik. Eine arme Arbeiterin mit einem eigenen Fahrrad, das wäre sehr verdächtig. Sie ging die Friedhofsmauer entlang und je näher sie den Backsteingebäuden der Fabrik kam, desto lauter wurden die Stimmen. Es war ein richtiges Geschrei. Als sie um die Ecke am Ende der Mauer bog, sah sie eine Menschentraube, mehrheitlich Frauen und Mädchen, die wild gestikulierten und laut durcheinandersprachen.

«Wir werden streiken!»

«Wir haben Rechte!»

«Zahlt uns höhere Löhne!»

Die Arbeiterinnen hatten sich auf dem Vorplatz des kleineren der beiden Fabrikgebäude versammelt. *Bergmann & Co.* prangte da in großen Lettern. Zuerst hatte Josephine nicht erkennen können, an wen sie diese Forderungen stellten, doch jetzt sah sie, dass sich die Menschen um eine junge Frau versammelt hatten.

Diese rief jetzt laut: «Wenn es euch nicht passt hier, dann könnt ihr woanders arbeiten gehen!» Sie trug dieselbe Kleidung – ein dunkles, langes Kleid und eine weiße Schürze darüber – wie die anderen Frauen. Die Haare hatte sie in einen Dutt über einem hochroten Gesicht hochgesteckt. «Wie könnt ihr nur so undankbar sein!» Sie stützte die Hände in die Hüfte und funkelte die anderen Frauen an.

«Du eingebildetes Ding! Du wirst schon noch von deinem hohen Ross herunterkommen!», schimpfte eine der Arbeiterinnen.

«Wie kannst du nur so naiv sein! Meinst du, du wirst nicht ausgebeutet?», schimpfte eine andere und hob die Faust.

Josephine näherte sich langsam den hintersten Reihen und stellte sich neben eine der Frauen, die wohl kaum älter als Hanna war. «Was ist hier los?»

Diese schaute sie grimmig an. «Hast du das wirklich nicht mitbekommen? Wir kämpfen für unsere Rechte! Höhere Löhne und kürzere Arbeitszeiten.» Sie blickte nach vorne zu der jungen Frau und seufzte. «Bis jetzt leider ohne Erfolg. Die Fabrikleitung ändert nichts freiwillig. Es gibt bald nur noch einen Weg: streiken! Von allein passiert nämlich rein gar nichts!»

«Ihr streikt also noch nicht?»

Die Frau verneinte. «Wir haben gehofft, dass uns die Gewerkschaft hilft. Wir wollen weiterarbeiten, aber nicht so! Bis jetzt hat das ganze Geschwätz aber nichts gebracht.»

«Und da machen alle mit?»

«Schön wär's», erwiderte die Frau und lachte verächtlich. «Die meisten sind dann doch zu feige, wenn's drauf ankommt! Verdammte Streikbrecher! Die haben schon so manch gut geplanten Streik zunichtegemacht.»

Josephine ließ den Blick über die Meute schweifen. Die Frauen kamen ihr sehr kämpferisch und entschlossen vor. Aber es brauchte wohl großen Mut, die Arbeit zu verweigern, mit dem Risiko, diese zu verlieren. Welche arme Familie konnte sich das leisten?

«Sind Sie auch Arbeiterin?», unterbrach die junge Frau ihre Gedanken.

Sie nickte. «Auf Arbeitssuche. Ich wollte eigentlich heute hier anfragen.»

Die Frau lachte auf. «Hier? Das würde ich Ihnen nicht empfehlen. Man denkt immer, in den kleinen Fabriken ginge es besser zu. Aber genau das Gegenteil ist der Fall. Niemand schaut hin, und die Chefs und Vorarbeiter können tun, was sie wollen. So, wie diese da!» Sie zeigte auf die junge Frau, die sich immer noch den Arbeiterinnen entgegenstellte.

«Sie ist Vorarbeiterin? Sie sieht so jung aus!»

«Wem sagen Sie das? Niemand weiß, wie sie das geschafft hat.» Die Arbeiterin kniff den Mund zusammen. «Beziehungsweise, wir wissen es alle.»

Bevor Josephine noch nachfragen konnte, was sie damit meinte, wurde es plötzlich ruhig um sie herum.

Oben auf der Treppe an der Vorderseite des Hauses war ein Mann aus der Eingangstür getreten und stützte jetzt beide Hände auf das Geländer.

«Arbeiterinnen!», rief er laut, und die letzten Rufe verstummten. Alle Köpfe drehten sich zu ihm. Wie ein König stand er auf dem Vorsprung und betrachtete schweigend die Menschen unter sich. Dann sagte er in eisigem Ton: «Jede von euch hat jetzt zwei Möglichkeiten: Entweder Sie gehen wieder hinein und arbeiten weiter. Dann vergesse ich den heutigen Tag, und Sie bekommen Ihren Lohn wie bisher. Oder Sie verlassen sofort das Fabrikgelände und kommen mir nie mehr unter die Augen. Sie haben fünf Minuten, um sich zu entscheiden.» Er richtete sich auf. «Therese, du kommst herein. Sie brauchen dich hier nicht mehr, jede kann für sich selbst entscheiden, was das Beste für sie und ihre Familie ist.»

Die Vorarbeiterin gehorchte, sprang eilig die Treppe hoch und verschwand mit dem Mann zusammen im Haus. Ganz offensichtlich war sie erleichtert, der Meute entkommen zu können.

«Das war Honegger, der Fabrikherr», erklärte die junge Arbeiterin neben Josephine. «Wenn ich Sie wäre, würde ich mir gut überlegen, ob ich für ihn arbeiten möchte.»

Sie wandte sich um, doch Josephine hielt sie am Ärmel zurück. «Was tun Sie denn jetzt? Streiken?»

«Nichts wird so heiß gegessen, wie es gekocht wird. Das war nur ein erster Schritt. Keine von uns kann es sich leisten, die Arbeit zu verlieren.» Sie griff in ihre Schürzentasche und zog ein Päckchen Zigaretten hervor. Dann nickte sie ihr zu und ging zu einer Gruppe Frauen, die ebenfalls zu rauchen begonnen hatten.

Die meisten der Frauen und wenigen Männer gingen jedoch eilig die Treppe hoch und durch die Tür oder strömten auf das Nebengebäude zu. Allem Anschein nach getraute sich doch niemand, die Arbeit niederzulegen.

Sie schaute sich die Mädchen und Frauen, die noch vor dem Gebäude standen, genauer an. War Hannas Schwester Ida unter ihnen? Ihr Vater wäre bestimmt fuchsteufelswild, falls sie bei diesem Aufstand mitmachen würde. Langsam näherte sie sich vier Frauen, die eifrig miteinander tuschelten.

«Entschuldigung», setzte sie an, «kennen Sie vielleicht eine Ida Meier, die hier arbeitet?»

Die älteste der Gruppe nahm einen tiefen Zug ihrer Zigarette und fragte: «Wer möchte das wissen?»

«Ich bin eine Freundin ihrer Schwester, Hanna Meier.»

«Eine Freundin, soso. Und was wollen Sie von Ida?»

«Ich möchte mit ihr sprechen. Über Hanna.»

Die Frau blies ihr den Rauch ins Gesicht. «Hanna? Die ist doch weggelaufen.»

Lautes Glockengeläut ließ sie zusammenfahren. Auf dem Vorsprung vor der Tür stand die Vorarbeiterin und rief: «Die fünf Minuten sind um! Ab an die Arbeit.»

Alle Leute, die noch auf dem Vorplatz standen, trotteten widerwillig los und verschwanden in den beiden Fabrikgebäuden. Nur die Frau, mit der Josephine soeben gesprochen hatte, blieb unbeeindruckt stehen und zog weiterhin an ihrer Zigarette.

«Müssen Sie nicht auch hinein?»

Sie stieß ein kehliges Lachen aus. «Die haben mir gar nichts zu sagen.» Sie machte eine unwirsche Bewegung Richtung Fabrikeingang. «Ich arbeite schon lange nicht mehr in diesem Höllenloch.»

«Ach so, aber was machen Sie dann hier?»

«Ich unterstütze die Arbeiterinnen bei ihrem Kampf.»

«Was für ein Kampf?»

Die Frau schnippte ihren Zigarettenstummel weg und sah ihr direkt in die Augen. «Der Kampf gegen Leute, die sich an der armen Bevölkerung bereichern. Leute wie der Fabrikherr und seine Frau.»

Josephine nickte. «Insbesondere die Leitung hier soll ganz schlimm sein», wiederholte sie, was ihr die junge Arbeiterin vorhin erzählt hatte.

«Sie sind alle schlimm. Diese hier und alle anderen auch. Die reinste Ausbeutung ist das. Dagegen kämpfen wir!»

«Wer ist wir?»

«Na, die Gewerkschaften.»

«Sie arbeiten für eine Gewerkschaft?»

«Findest du das so erstaunlich?»

«Nein, nein, natürlich nicht.»

Die Frau sah sie forschend an. «Und du? Musst du nicht hinein?»

«Ich arbeite auch nicht hier. Noch nicht. Ich wollte eigentlich nach einer Stelle fragen. Jetzt bin ich aber nicht mehr so sicher, ob ich das wirklich tun soll.»

«Würde ich nicht, wenn du eine Wahl hast.» Sie zündete sich eine neue Zigarette an und streckte ihr auch eine hin. Sie lehnte dankend ab. Die Gewerkschafterin musterte sie. «Du könntest auch bei uns arbeiten. Zu tun gibt es genug. Du scheinst nicht auf den Kopf gefallen zu sein.»

Josephine unterdrückte ein Lächeln. Durch ihren Mann war sie früher zwar ab und zu in Kontakt mit Leuten von Gewerkschaften gekommen. Fred war den Ideen des Sozialismus nicht abgeneigt gewesen. Doch sie war nie auf die Idee gekommen, sich einer Gewerkschaft anzuschließen. Fred hatte als ehemaliger Polizist und Inhaber der Auskunftsstelle nicht zur Arbeiterschaft gehört. Und sie selbst? Ihre Herkunft hätte nicht weiter davon entfernt sein können.

«Ich glaube, das wäre nichts für mich. Mir fehlt der Mut. Ich bin froh, wenn ich meine Kinder ernähren kann.»

«He, was macht ihr noch da?», schrillte eine Stimme über den Vorplatz. Sie drehten sich um. Die Vorarbeiterin stürmte die Treppe hinunter und kam auf sie zu. Kurz bevor sie bei ihnen angelangt war, hielt sie inne und stellte fest: «Ihr gehört nicht zu uns. Seid ihr etwa von der Gewerkschaft?»

«Ich schon», antwortete Josephines Gesprächspartnerin, «aber sie nicht.» Sie deutete auf Josephine. «Und ich bin jetzt auch weg.» Sie steckte sich die Zigarette zwischen die Zähne und schlenderte betont langsam davon. Über die Schulter sagte sie: «Falls du es dir anders überlegst, findest du uns.» Dann bog sie um die Friedhofsmauer, die das Fabrikgelände auf der einen Seite begrenzte, und ließ sie mit der Vorarbeiterin allein.

Die Frau nickte ihr zu. «Was willst du?»

Josephine besann sich kurz. Die Vorarbeiterin nach Ida oder Hanna zu fragen, war wohl keine gute Idee. «Ich suche Arbeit.»

«Arbeit willst du? Meinst du, wir brauchen noch mehr von dieser Sorte?»

«Was meinen Sie? Was für eine Sorte?»

Sie lachte ihr laut ins Gesicht. «Hab ich dich nicht eben mit dieser Gewerkschafterin erwischt? Wir haben schon genug Probleme mit denen, wir brauchen nicht noch mehr Querulantinnen hier.»

«Ich bin keine Querulantin!», widersprach ihr Josephine. «Ich bin nur zufällig hier hineingeraten, und diese Frau hat mich dann angesprochen. Sie hat mich regelrecht belästigt mit ihren komischen Ideen.»

Die Vorarbeiterin zog die Augenbrauen hoch. «Mmh... dann komm morgen noch einmal vorbei. Im Moment ist alles zu turbulent hier.»

«Das mache ich!», versicherte Josephine. «Vielen Dank.»

«Mach dir keine allzu großen Hoffnungen», murrte die Frau und ließ sie stehen.

Als sie wieder in der Fabrik verschwunden war, schlenderte Josephine über den Vorplatz und ging langsam in den hinteren Teil des Geländes. Falls jemand sie hier erwischen würde, würde sie einfach ihre Geschichte von der Arbeitssuche wiederholen. Nur der Vorarbeiterin durfte sie nicht noch einmal begegnen.

Jetzt war sie an der Tür angelangt, durch die einige der Arbeiterinnen nach ihrem vergeblichen Aufbegehren auf dem Vorplatz verschwunden waren. Sie zog sie auf und betrat die große Halle, in der es betäubend blumig roch. Wenn sie sich ganz ungezwungen bewegen würde, fiel sie vielleicht nicht auf. Auch wenn es nur eine kleine Fabrik war mit entsprechend wenig Personal, so könnte es doch sein, dass sich nicht alle kannten. Sie musste versuchen, die Räume möglichst unauffällig nach Ida abzusuchen. Wenn sie nur wüsste, in welchem Bereich diese arbeitete.

Plötzlich drangen laute Rufe aus dem hinteren Teil der Halle.

Zielstrebig ging sie quer durch den Raum in die Richtung, aus der die Schreie kamen.

Einige Frauen standen um ein paar Holzbehälter herum, die mit einer festen weißen Masse gefüllt waren. Daraus entstand bestimmt die Seife.

«Wenn wir gehen wollen, dann gehen wir!», rief jetzt eine der Frauen. Eine zweite Frau klammerte sich an ihren Arm und echote: «Dann gehen wir!»

«Ihr seid verrückt!», rief eine andere, die von einem der Arbeitstische aufgestanden war. «Ihr findet nie wieder Arbeit, und die Gewerkschaft wird euch nichts zahlen, das sind doch alles leere Versprechungen.»

Josephine beobachtete das Geschehen aus sicherem Abstand.

«Komm!», befahl jetzt die erste Frau und marschierte mit ihrer Kollegin am Arm zwischen den Arbeiterinnen hindurch zur Tür.

«Spinnerinnen», rief ihnen eine der Frauen nach, «ihr seid bald zurück!»

Laut schlug die Tür hinter den beiden zu, und für einen Moment verstummten die Arbeiterinnen. Dann wandte sich jede wieder ihrer Aufgabe zu. Es schien sie nicht groß zu kümmern, dass sich zwei ihrer Kolleginnen davongemacht hatten.

Josephine schaute sich hastig um. Sie musste sich beeilen, wenn sie noch etwas herausfinden wollte. Die Vorarbeiterin konnte jede Sekunde hier auftauchen. Schnurstracks ging sie auf eine der Frauen zu, die an einer großen Maschine arbeitete. Beim Näherkommen sah sie, dass diese die Seifenblöcke in kleinere Stücke schnitt.

«Entschuldigen Sie», sagte sie laut, um das Geratter des Gerätes zu übertönen. Die Arbeiterin sah sie über die Schulter hinweg an. «Ich bin neu hier, und ich soll mich bei Hanna Meier melden für die Einarbeitung.»

«Da sind Sie aber reichlich spät. Wir beginnen um sieben Uhr.»

«Ich weiß, es tut mir leid.»

Die Frau hantierte an der Maschine herum und sagte, ohne Josephine noch länger eines Blickes zu würdigen: «Und Hanna Meier arbeitet nicht mehr hier. Ich verstehe nicht, warum Sie jemand zu ihr schicken sollte.»

«Ach so, wo ist sie denn jetzt? Arbeitet sie in einer anderen Fabrik?»

«Das weiß ich doch nicht! Was interessiert Sie das überhaupt?»

«Nur so. Ich kenne sie flüchtig.»

Die Arbeiterin zuckte die Schultern. «Na, jedenfalls ist Hanna nicht mehr hier. Der hat's wohl gereicht mit den schlechten Arbeitsbedingungen. Vielleicht ist sie auch zu den Streikerinnen übergelaufen.»

«Zu den Streikerinnen?»

«Sie wäre nicht die Erste. Gerade eben sind wieder zwei gegangen. Haben Sie das nicht mitbekommen?» Sie arretierte einen Hebel, und die Maschine verstummte. Dann wischte sie sich die Hände an der Schürze ab und fuhr mit dem Unterarm über ihre verschwitzte Stirn. «Aber wahrscheinlich hatte sie einfach genug von den Ansprüchen des Chefs. Die jungen Hübschen haben es am schwersten hier. Da bin ich froh, dass ich schon ein paar Falten habe.» Sie schnaubte grimmig. «Ich wünsche ihr, dass es ihr woanders besser ergeht. Wo auch immer: bei der Gewerkschaft oder in einer Fabrik.»

Josephine sah aus dem Augenwinkel, wie die Tür hinten im Raum aufging und die Vorarbeiterin hereinkam. Unauffällig machte sie zwei Schritte nach rechts, damit sie von der Maschine verdeckt wurde. Hoffentlich kam sie nicht hier nach vorne. «Wissen Sie denn vielleicht, wo Hannas Schwester Ida ist? Sie arbeitet anscheinend auch hier», sagte sie so leise wie möglich.

«Ida Meier? Die arbeitet drüben in der Verpackung. Die ist noch zu schwach für die Arbeit hier im Maschinenraum.» Sie wandte sich wieder den Seifenblöcken zu. «Jetzt muss ich aber weitermachen, da ist schon wieder unsere Sklaventreiberin.» Sie nahm einige der bereits geschnittenen Seifen und füllte sie in eine Holzkiste. «Am besten fragen Sie die, wohin Sie müssen.»

«Vielen Dank.»

Jetzt aber weg hier. Rasch drehte sie sich um und wollte zur vorderen Eingangstür marschieren. Doch da stellte sich ihr jemand in den Weg. Die Vorarbeiterin!

«He, was machst du noch hier?», blaffte diese sie an. «Ich hab dir doch gesagt, du sollst morgen wiederkommen.»

«Ich wollte mich nur kurz umsehen», erklärte Josephine hastig, «um mir ein Bild zu machen, welche Arbeiten hier anstehen.»

«Ach, wirklich?», sagte die Frau mit einem spöttischen Unterton. Dann schaute sie sie prüfend von oben bis unten an. «Du siehst ziemlich robust aus», bemerkte sie dann und griff nach Josephines Oberarm. Sie drückte so fest zu, dass sie unwillkürlich zurückwich. «Nicht schlecht», brummte sie und schien zu überlegen. Dann schlug sie vor: «Also, wenn du willst, kannst du morgen anfangen. Wir brauchen neue Leute.»

Josephine zog ihren Arm weg und rieb die schmerzende Stelle. «Gut, ich komme morgen.»

«Wir beginnen um sieben. Sei pünktlich! Und nicht, dass du uns gleich wieder davonläufst zu diesen verdammten Gewerkschaften. Falls du das im Hinterkopf hast, brauchst du gar nicht erst aufzutauchen.»

9

Tief über ihr Notizbuch gebeugt saß sie am Nachmittag an ihrem Schreibtisch in der Auskunftsstelle und schrieb, ohne einmal aufzuschauen. Sie musste sich einen guten Plan für ihren Einsatz in der Fabrik zurechtlegen. Das oberste Ziel war, mit Ida zu sprechen. Sie spekulierte darauf, dass sie als Anfängerin vielleicht auch in der Verpackung eingesetzt würde. Wobei, die Vorarbeiterin hatte sie als kräftig eingestuft. Das deutete eher auf eine Arbeit im Maschinenraum, in dem sie heute Morgen mit der Arbeiterin gesprochen hatte, hin. Oder auf einen anderen Ort, an dem sie zupacken musste. Aber Hauptsache, sie konnte unbehelligt in den Gebäuden ein und aus gehen. Irgendwie sollte es so möglich sein, mit Hannas Schwester in Kontakt zu kommen.

Natürlich würde sie sich auch sonst umhören. Die anderen Arbeiterinnen hatten vielleicht auch etwas über Hanna zu erzählen. Und je mehr sie über das Mädchen erfahren konnte, desto eher würde sie eine Spur finden, wo diese sein könnte.

«Wahrscheinlich hatte sie einfach genug von den Ansprüchen des Chefs. Die jungen Hübschen haben es am schwersten hier», klang die Stimme der Arbeiterin in ihrem Ohr. Was hatte sie damit gemeint? Belästigte der Fabrikherr seine Angestellten? Darüber musste sie unbedingt mehr herausfinden. Das könnte durchaus ein Grund für Hannas Verschwinden sein. Auch wenn damit noch lange nicht geklärt wäre, warum ihr die Stadtheiligen erschienen waren.

Sie blätterte eine Seite um und erstellte eine Liste mit allem, was ihr in den Sinn kam, warum Hanna verschwunden sein könnte. Weit kam sie jedoch nicht, denn nach kurzer Zeit klopfte es an die Glasscheibe der Bürotür.

«Josy, ich bin's!» Die Tür wurde geöffnet und Klara lugte durch den Spalt. «Fertig gearbeitet!», verkündete sie. «Das Wetter ist viel zu schön, als dass du hier in diesem muffigen, dunklen Raum sitzen solltest.» Jetzt trat ihre Freundin ganz in den Raum. Sie war wie immer einfach, aber elegant gekleidet. Hut, Schuhe und Tasche waren auf ihr Kleid abgestimmt, das seit Kriegsende nur noch knapp über die Knie reichte.

«Dunkel ja, aber muffig! Das weise ich entschieden von mir!», protestierte Josephine und klappte ihr Notizbuch zu. Sie wusste, wenn ihre Freundin sich etwas in den Kopf gesetzt hatte, dann brauchte man keinen Widerstand zu leisten. Darin waren sie sich zu ähnlich.

«Wahrscheinlich sind es deine vielen, komplizierten Gedanken, die die Luft verschmutzen», meinte Klara.

«Werd nicht frech, meine Liebe!» Josephine stand auf.

«Wie siehst du denn aus?» Klara sah sie entsetzt an. «Was sind das für Fetzen? Und deine Zähne!»

«Huch, das habe ich ganz vergessen. Schau mal!» Sie streckte ihr die zerkratzten und schmutzigen Hände entgegen.

«Oje, wo hast du dich denn herumgetrieben?»

«Eine geheime Mission.»

«Mmh, aber so lasse ich mich nicht mit dir sehen. Was würden denn die Leute von mir denken?»

«Ich gehe mich waschen, nur keine Angst.» Sie nahm ihr Taschentuch aus der Handtasche und ging auf Klara zu, die immer noch mitten im Raum stand. «Lass dich aber zuerst einmal umarmen», sagte sie und breitete die Arme aus.

Ihre Freundin wich zurück. «Auf keinen Fall fasst du mich an!»

Josephine ging lachend an ihr vorbei zur Toilette auf dem Flur.

«Du hast hoffentlich noch andere Kleider hier?», rief ihr Klara nach. «Ich weiß nicht, ob du gesehen hast, dass deine voller Löcher sind.»

«Ich zieh meinen Mantel darüber, den habe ich hier.»

«Die Löcher in den Strümpfen wird man trotzdem sehen. Und diese Schuhe!»

«Damit wirst du wohl leben müssen. Dafür habe ich eine sehr interessante Geschichte für dich.»

«Das will ich hoffen! Und dann möchte ich auch wissen, ob noch etwas mit diesen Felix, Regula und Dingsbums los gewesen ist.»

Kurz darauf schlenderten die beiden Freundinnen untergehakt das Limmatquai entlang und Josephine erzählte Klara alles, was in den letzten Tagen passiert war.

«Die Arbeit in der Fabrik sehe ich momentan als meine einzige Möglichkeit, etwas über Hanna herauszufinden.»

Klara schüttelte ungläubig den Kopf. «Du willst dich also allen Ernstes morgen an eine dieser Maschinen stellen? Du kennst dich doch überhaupt nicht aus.»

«Sie werden mich wohl nicht gleich die gefährlichen Arbeiten machen lassen.»

«Hoffentlich! Ich will nicht, dass du dich da unnötig in Gefahr begibst.»

«Ganz bestimmt nicht. Es ist eine kleine Fabrik, und wenn ich meine Finger von der Schneidemaschine und den heißen Kesseln lasse, wird mir schon nichts passieren.»

«Sie werden aber sicher keine Freude haben, wenn du da herumschnüffelst.»

«Ich glaube, das Schlimmste, was mir geschehen kann, ist, dass sie mich wieder hinausschmeißen. Ich hoffe einfach, dass sich der ganze Aufwand lohnt und ich etwas über Hannas Verbleib herauskriegen kann. Das ist schließlich mein Auftrag. Was sonst noch in dieser Fabrik vor sich geht, muss ich leider ignorieren.»

«Du meinst, diese ganze Geschichte mit dem Streik und den Gewerkschaften?»

Josephine nickte. «Dinge, die normalerweise einfach an mir vorbeigehen. Ich bin gespannt, wie ich mit der Situation in der Fabrik zurechtkomme. Fräulein Zimmermann wird mir am Abend die Füße massieren müssen.»

Klara lachte laut auf. «Die Arme hat keine Vorstellung davon, was auf sie zukommt. Hast du ihr schon gesagt, dass du ihre Kleider jetzt jeden Tag brauchst?»

«Stimmt, ich brauche ihre Unterstützung wohl einmal mehr.»

Sie spazierten am Rathaus vorbei. «Schau, da ist die Wasserkirche!», sagte Josephine und deutete dem Fluss entlang nach vorne.

«Äh ja, und?»

«Dort wurden Felix, Regula und Exuperantius hingerichtet.»

«Wie schön.»

«Dieser blöde Streich, was hat es nur damit auf sich? Ein weiterer loser Faden in dieser seltsamen Geschichte, hinter der vielleicht überhaupt nichts steckt. Ich glaube eigentlich immer noch, dass es für alles eine ganz einfache Erklärung gibt.» Nachdenklich schaute sie zum Großmünster hoch. «Aber welche? Auf jeden Fall ist es geheimnisvoll genug, dass es mich nicht loslässt.»

Gefühlt zum hundertsten Mal schaute Josephine zur großen Uhr über der Tür. Der Zeiger schien am Zifferblatt zu kleben und sich kaum voranzubewegen. Neun Uhr! Obwohl sie erst seit neunzig Minuten hier am Tisch stand und Schachtel um

Schachtel kontrollierte und stapelte, schmerzten ihre Schultern höllisch.

Nachdem sie pünktlich um sieben Uhr eingetroffen war, hatte sie sofort im Büro vorsprechen müssen. Einen Vertrag hatte sie nicht erhalten. Sie sollte für zwei Wochen im Lager aushelfen und wenn das alles zur Zufriedenheit der Lagerleiterin vonstattengehen würde, erhielte sie danach einen Anstellungsvertrag. Erst dafür würden ihre weiteren Personalien benötigt werden. Heute hatte die zuständige Angestellte nur einen kurzen Blick in ihren Ausweis geworfen. Sie hatte ihn ihr so hingehalten, dass ihr Daumen ihren ledigen Namen Vonarburg verdeckt hatte. Dieser hätte sicher zu Fragen geführt, sofern die Sekretärin Kenntnis der alteingesessenen Zürcher Familiennamen hatte. Als ihren Wohnort hatte sie die Auskunftsstelle angegeben, eine Adresse im Zürcher Enge-Quartier hätte die Sekretärin bestimmt ebenfalls aufhorchen lassen.

Nun war sie also seit eineinhalb Stunden hier im stickigen und auch zu dieser frühen Stunde schon heißen Lagerraum. Aus der Fabrikhalle nebenan surrten und schepperten die Maschinen. Sie kontrollierte Packlisten und Anschriften, schleppte Schachteln hin und her und stapelte diese entweder für den Versand in Kisten auf dem Boden oder dann zur Aufbewahrung in den hohen Holzregalen. Außer ihr waren noch vier weitere Arbeiterinnen im Raum, eine von ihnen hatte sie zur Begrüßung angelächelt, die anderen hatten sie nicht beachtet. In regelmäßigen Abständen schritt die Lagerleiterin durch das Zimmer und beobachtete mit Argusaugen, was ihre Untergebenen machten. Josephine wurde den Verdacht nicht los, dass sie dies auch tat, um allfällige Gespräche zu unterbinden. Die Arbeiterinnen waren nämlich alle schweigend in ihre Arbeit vertieft. Nur in den Momenten, wenn die Leiterin kurz nach draußen ging, wagten sie es, flüsternd ein paar

Worte zu wechseln. Was sie sprachen, verstand Josephine nicht, und sie hielt es im Moment auch für ratsamer, sich unauffällig zu verhalten und noch keine neugierigen Fragen zu stellen. Sie musste zuerst beobachten, wie hier alles ablief. Da war es besser, wenn sie als ruhig und zurückhaltend galt.

«Autsch!», entfuhr es ihr. Sie hatte sich an einer der Kartonschachteln in den Finger geschnitten. Blut quoll aus der Wunde. Sie steckte den Finger in den Mund und sog daran. Wie das brannte!

«Hier», sagte eine Stimme neben ihr, und die Arbeiterin, die ihr zuvor zugelächelt hatte, streckte ihr ein Taschentuch entgegen. «Das kann passieren. Pass einfach auf, dass kein Staub reinkommt und es sich entzündet.»

«Danke», murmelte sie und wickelte das Tuch um den Finger.

«Lass dir auf keinen Fall etwas anmerken. Eine Rüge am ersten Tag wäre gar nicht gut.» Die Arbeiterin schob ihr eine weitere Schachtel voller einzeln in Papier eingeschlagener Seifen hin. «Zeig her!», forderte sie sie dann auf. Mit geschickten Händen faltete sie das bereits blutverschmierte Taschentuch so, dass es außen sauber war, wickelte es um Josephines Finger und steckte es fest. «So, jetzt sollte es halten und auch die Schachteln und das Papier nicht verschmutzen. Hoffen wir, dass es bald zu bluten aufhört.»

Josephine griff nach der nächsten Liste. «Vielen Dank», flüsterte sie und begann eilig, die Artikel in der Schachtel zu überprüfen und abzuhaken.

Die Tür wurde aufgestoßen und ein Mann im Anzug betrat zusammen mit der Lagerleiterin den Raum. Es war der Fabrikherr – Honegger hieß er, wenn sie sich recht erinnerte –, der gestern die Arbeiterinnen von der Treppe herab zurückbeordert hatte.

«Wieso steht ihr so nah beisammen?», fauchte die Leiterin und zog Josephine grob von ihrer Helferin weg. «So könnt ihr doch nicht anständig arbeiten. Warum versteht ihr die grundsätzlichsten Dinge nicht, ihr dummen Hühner!» Auf Bestätigung hoffend schaute sie zu Herrn Honegger. Dieser würdigte sie keines Blickes und stellte sich vor eines der Regale.

Josephine beugte sich nach vorne und zog die nächste Schachtel heran. Neben sich hörte sie die andere Arbeiterin die Luft einsaugen. Da spürte sie schon einen eisernen Griff an ihrem Handgelenk.

«Was ist das?», fragte die Lagerleiterin und packte ihre Hand. «Hast du dich etwa schon verletzt? Oder hattest du vorher schon etwas? Warum hast du nichts gesagt?»

Der Druck an ihrem Handgelenk tat fast so weh wie der Schnitt in ihrem Finger. Vergeblich versuchte sie, sich aus dem Griff zu winden. Die Frau drückte nur noch mehr zu.

«Es tut mir leid», japste sie.

«Warum müssen sie immer mir die Unfähigsten schicken?», fauchte die Leiterin ihr ins Ohr. Wahrscheinlich wollte sie nicht, dass ihr Vorgesetzter hörte, wie sie sich beklagte. Mit einer heftigen Bewegung schlug sie Josephines Hand nach unten. Um ein Haar wäre diese gegen die Tischplatte geknallt. Sie biss die Zähne zusammen und nahm die oberste Liste vom Stapel. Ohne einen Ton von sich zu geben, begann sie, den Inhalt der Schachtel mit den Artikeln abzugleichen. Für einen Moment spürte sie noch den Blick der Leiterin auf sich, dann wandte sich diese ab und trat neben den Fabrikherrn, der jetzt angefangen hatte, die Schachteln auf dem obersten Brett des Regals zu zählen.

«Nur noch zwanzig Schachteln», hörte ihn Josephine sagen, «und wer weiß, in welchem Zustand diese sind. Nehmen Sie sie gelegentlich herunter und kontrollieren Sie sie. Vielleicht kriegen wir die noch verkauft. Wir dürfen einfach niemandem unter die Nase reiben, dass sie schon seit vor dem Krieg dort oben liegen. Aber solange dieses verdammte Palmöl knapp ist, müssen wir alles versuchen.» Er drehte sich zum Tisch um, an dem Josephine stand. «Falls sie ganz schlimm aussehen, lassen Sie sie von der da wieder aufpolieren. Und neu verpacken. Wenigstens von den Schachteln haben wir noch genügend.»

«Sehr wohl», bestätigte die Lagerleiterin.

Mit einem lauten Krachen fiel die Tür hinter dem Fabrikbesitzer ins Schloss.

Schon stand die Leiterin neben ihr. «Reiß dich gefälligst zusammen, sonst bist du sofort wieder arbeitslos. Eine wie dich finden wir im Nullkommanichts, trotz Streik.» Sie schlug mit der flachen Hand auf den Tisch. «Und ihr!», kommandierte sie dann an Josephine vorbei durch den Raum, «ihr braucht gar nicht so zu feixen! Morgen trifft's euch!» Sie ging zur Tür. «Weiterarbeiten und keinen Mucks mehr!»

Als Josephine sicher war, dass die Leiterin den Raum verlassen hatte und wohl für ein paar Minuten nicht zurückkommen würde, wagte sie es aufzuatmen. Erst jetzt merkte sie, dass ihr Gesicht glühte und sie mit den Tränen kämpfen musste. Entschlossen nahm sie einen Stapel Schachteln vom Tisch und verstaute diese in der Kiste, die neben ihr auf dem Boden stand. Dann hob sie diese hoch – dazu brauchte sie ihre ganze Kraft – und trug sie zur Tür, wo sie sie auf eine andere Kiste stellte, die dort bereits stand. Jede volle Stunde wurden diese Kisten von ein paar kräftigen Männern abgeholt und draußen auf den Pferdewagen zur Auslieferung geladen. Das hatte ihr die Lagerleiterin kurz erklärt, als sie am Morgen in den Raum gekommen war.

Sie wischte sich die von den Seifen klebrigen Hände an der Schürze ab und trocknete den Schweiß auf ihrer Stirn mit dem Blusenärmel. Sie trug dieselben Kleider wie gestern, in der kurzen Zeit hatte sie es nicht geschafft, sich eine neue Kluft zusammenzustellen.

Fräulein Zimmermann hatte gar keine Freude gehabt, als sie ihr gestern Abend von ihren Plänen erzählt hatte. Doch die Gouvernante hatte ihr trotzdem versprochen, dass sie ihr helfen würde, passende Kleidung für mehrere Tage zu finden. Von «Tagen» hatte sie gesprochen, doch Josephine war sich nicht sicher, ob das reichen würde, um genügend herauszufinden. Wenn die Arbeiterinnen alle so wortkarg waren wie diese hier im Lager, dann würde sie Wochen brauchen, um etwas zu erfahren.

Zurück am Tisch machte sie weiter mit der Arbeit. Wie hielten es die Frauen nur aus, hier tagein, tagaus dieselben Handgriffe zu machen? Ihr ganzer Körper schmerzte schon nach der kurzen Zeit, die sie hier verbracht hatte.

Das laute Klingeln einer Glocke schreckte sie nach einer gefühlten Ewigkeit auf. Ohne eine Sekunde zu warten, ließen die Arbeiterinnen alles stehen und eilten eine nach der anderen aus dem Raum.

Josephine wollte eigentlich noch die Liste, die sie gerade kontrollierte, fertig bearbeiten, doch ihre Helferin von vorhin erklärte: «Lass einfach alles liegen! Wenn die Mittagspause vorbei ist, musst du auch auf die Minute pünktlich zurück sein.»

«Ich mache nur noch diese Seite fertig.»

«Wie du meinst. Ich an der Stelle würde gar nicht erst damit anfangen. Denn dann schenkst du der Fabrik jeden Tag ein paar Minuten Gratisarbeit. Willst du das?»

Natürlich kam es nicht darauf an, da sie sowieso nur kurze Zeit hier arbeiten würde. Aber sie sollte sich genauso verhalten wie alle anderen. Vielleicht waren die Arbeiterinnen in der Mittagspause etwas gesprächiger. Sie legte die Liste auf den Tisch und folgte ihrer Kollegin zum Regal, wo sie ihre Sachen deponiert hatten. Hoffentlich war auch Ida in der Pause.

Sie gingen nach draußen und setzten sich hinter den Fabrikgebäuden auf die Bänke im Schatten der Friedhofsmauer. Dort hatten sich bereits einige Arbeiterinnen zum Essen und Plaudern versammelt. Unauffällig ließ Josephine den Blick über die Gruppe schweifen. Keine Ida in Sicht.

Zusammen mit ihrer Kollegin setzte sie sich dann zu einigen jungen Frauen auf eine Bank und holte das Mittagessen, das ihr Fräulein Zimmermann eingepackt hatte, aus ihrer Tasche. Als sie die Brote aus dem Butterpapier wickelte, spürte sie, wie sie beobachtet wurde. Sie schaute auf, direkt in die erstaunten Augen einer der Arbeiterinnen.

«Das sieht aber lecker aus», sagte diese laut, worauf sich die anderen Frauen ihr zuwandten. Jetzt starrten alle auf Josephines Mittagessen. «Dieses schöne Papier!» Machten sie sich etwa über sie lustig? Natürlich hatte sie nicht die geringste Ahnung, was Arbeiterinnen am Mittag aßen und in was für ein Papier deren Mahlzeit eingewickelt war.

«Ist das Wurst?», fragte nun eine andere Frau und reckte den Hals noch mehr in ihre Richtung.

Warum hatte ihr Fräulein Zimmermann nur Fleisch zwischen die Brotscheiben geklemmt? Sie sollte doch wissen, dass das unpassend war. Würde sie ihre Tarnung nun wegen eines belegten Brotes verlieren? Unschlüssig drehte sie es in den Händen.

«Mein Bruder arbeitet bei einem Metzger», erklärte sie, «manchmal darf er ein paar Reste mitnehmen. Trockene Stücke, die nicht mehr verkauft werden dürfen.»

«Ach so. Da hast du aber Glück. Ich weiß nicht, wann ich das letzte Mal Fleisch gegessen habe.»

Die Frauen wandten sich wieder ihren Gesprächen zu. Soweit Josephine verstehen konnte, sprachen sie über Belangloses: Lebensmittelpreise, die Hitze in den Arbeitsräumen, ihre Kinder. Wie sollte sie das Thema auf Hanna oder Ida lenken? Irgendwie fand sie keinen Punkt, an dem sie ins Gespräch hätte einsteigen geschweige denn unauffällig nach den beiden fragen können. Sie hatte sich mit Fräulein Zimmermanns Brot schon verdächtig genug gemacht.

«Ich weiß noch gar nicht, wie du heißt», wandte sie sich deshalb an die Arbeiterin, die ihr vorhin beim Verbinden ihres blutenden Fingers geholfen hatte, «ich bin Josephine.» Sie biss sich auf die Lippe. War es klug, ihren richtigen Namen zu nennen? Der war nun auch nicht so gewöhnlich in der Deutschschweiz. Ihre Mutter hatte sich wegen ihrer welschen Herkunft einen französischen Namen für sie und ihre Schwester gewünscht. Doch heute Morgen im Büro hatte sie sich schließlich auch damit vorgestellt, dann war es wohl sinnvoll, auch den Arbeiterinnen ihren richtigen Namen zu nennen.

«Ich bin Lena», erwiderte die Arbeiterin und biss ein Stück von ihrem Brot ab. Erst jetzt sah Josephine, dass Lena lediglich einen harten Anschnitt hatte und sonst nichts. Sie fischte eine Scheibe Wurst aus ihrem Brot und reichte sie ihr. Lena lächelte sie erst etwas scheu an, griff dann aber beherzt nach dem Leckerbissen und schob ihn sich in den Mund.

«Danke», sagte sie kauend.

So gierig, wie sie das Wurststück herunterschlang, musste Josephine an Alma, Freds Hündin, die mittlerweile bei ihrer Schwester wohnte, denken.

«Wie lange arbeitest du schon hier?», fragte sie.

«Seit fünf Jahren.»

Fünf Jahre? Die Frau sah nicht älter aus als zwanzig. Wenn sie daran dachte, was sie selbst mit fünfzehn oder sechzehn gemacht hatte, schämte sie sich. Da hatte sie noch in der Villa ihrer Eltern gewohnt, mit Bediensteten, einem großen Garten, unzähligen Zimmern und allem Komfort, den man sich in der Vorkriegszeit nur hatte wünschen können. Sie war zur Schule gegangen und danach an die Universität. Was für ein Privileg! Diese Frauen und Männer hier konnten wahrscheinlich froh sein, wenn sie die Primarschule beenden konnten.

«Und du? In welcher Fabrik warst du vorher?»

Immerhin zweifelte die junge Frau anscheinend nicht daran, dass sie aus demselben Milieu stammten.

«Ich war in der Papierfabrik an der Sihl», antwortete sie so, wie Fräulein Zimmermann es ihr vorgeschlagen hatte. Diese Fabrik war auch eher klein, da war die Chance gering, dass jemand sie hier kannte.

Lena kaute weiter an ihrem Brot. Allzu gesprächig schien sie nicht zu sein. Wie sollte sie etwas über Hanna aus ihr herauskriegen?

«Hast du …», setzte sie an, doch in diesem Moment schrillte die Fabrikglocke erneut.

«Vorwärts, pack deine Sachen, wir müssen zurück.»

«Schon?»

«Die Pause dauert nur dreißig Minuten, und die Lagerleiterin mag es gar nicht, wenn wir hier herumtrödeln. Komm! Du kannst dir heute nicht noch einen Patzer erlauben.» Sie deutete auf Josephines Hand.

Rasch wickelte sie das Brot wieder ins Papier und steckte es in ihre Tasche. Wenn sie gewusst hätte, dass die Pause so kurz war, hätte sie schneller gegessen.

Sie hetzte hinter Lena zurück zur Seitentür, die in die Fabrikhalle führte. Neben der Tür stand eine hochgewachsene Frau mittleren Alters, deren grimmiger Blick den Arbeiterinnen folgte. Ihre Haare waren streng nach hinten gekämmt und in einen Dutt geknotet, von dem kein einziges Härchen abstand. Die Hände hatte sie vor der Brust verschränkt und sie runzelte ihre Stirn so stark, dass ihre Augen nur mehr kleine Schlitze waren.

«Zack, zack, vorwärts, ihr lahmen Enten», fauchte sie, «man könnte meinen, ihr werdet jeden Tag langsamer.» Dann schubste sie eines der Mädchen so stark, dass dieses beinahe über die Schwelle fiel.

Mit gesenktem Kopf ging Josephine an ihr vorbei. Nur nicht auffallen.

Als sie zurück im Lagerraum war, sah sie sich suchend um. Die Lagerleiterin war nicht zu sehen. «Wer war denn das?», fragte sie Lena flüsternd.

«Das ist die Frau vom Honegger. Sie sorgt hier für Ordnung, wenn ihr Mann in der Stadt unterwegs ist. Sie ist ein Drache, aber er ist schlimmer. Bei ihr weiß man wenigstens, woran man ist. Er ist viel heimtückischer. Aber am besten nimmst du dich vor beiden in Acht. Sie sind ... »

Ein lauter Schrei unterbrach sie. Die Arbeiterinnen im Lager hielten inne und horchten. Nach wenigen Sekunden verstummten die Maschinen.

«Oje», raunte eine der Frauen.

«Was ist los?», fragte Josephine.

«Wenn sie die Maschinen anhalten, ist das kein gutes Zeichen. Das tun sie nur im äußersten Notfall. Da muss was Schlimmes passiert sein.»

Josephine legte ihre Liste hin und ging zur Tür.

«Was machst du?», protestierte Lena.

«Nachschauen natürlich.»

«Bist du verrückt?», fragte eine der jungen Frauen, «mach einfach weiter, es geht uns nichts an.»

«Wie bitte? Es geht uns nichts an, wenn sich jemand verletzt hat? Das war doch ein Schrei?»

Eine der Arbeiterinnen kam entschlossen auf sie zu und packte sie am Arm. «Geh zurück an den Tisch. Wir wollen wegen dir keinen Ärger bekommen. Du hast schon genügend Aufruhr verbreitet mit deiner Ungeschicktheit heute Morgen.»

Widerwillig ging sie an ihren Arbeitsplatz zurück. Konnte sie den Vorfall – was auch immer passiert war – einfach ignorieren? Sie griff nach der nächsten mit Seifen vollgepackten Schachtel. Von draußen drangen aufgeregte Stimmen in den Lagerraum, doch hier drinnen arbeiteten alle schweigend weiter. Sie schaute zu Lena hinüber, aber auch die tat, als ob sie der Lärm draußen nichts anginge. War das hier an der Tagesordnung, dass sich jemand verletzte und es niemanden zu interessieren schien?

Lena zog die Nase hoch und wischte sich über die Augen. Weinte sie etwa?

«Lena», wisperte Josephine, doch die junge Arbeiterin tat, als ob sie sie nicht hören würde. Jetzt sah sie, dass auch die anderen Frauen im Raum mitnichten desinteressiert waren. Eine stöhnte leise, eine zweite blickte unentwegt zur Tür. Sie hatten Angst.

Hier im Lagerraum waren sie mehr oder weniger sicher vor schweren Verletzungen, aber bestimmt waren sie nicht davor gefeit, auch einmal im Maschinenraum arbeiten zu müssen. Und im anderen Fabrikgebäude war anscheinend die Siederei. Was da alles passieren konnte, wenn man bei den heißen Seifenmassen, Töpfen und Krügen arbeitete, wollte sie sich gar nicht ausmalen.

Jetzt ertönte ein lautes Schluchzen im Nebenraum, gefolgt von einem herzerweichenden Wimmern.

«Wir brauchen einen Arzt!», sagte eine Männerstimme.

«Das ist zu viel Blut!»

«Auf keinen Fall», sagte eine Frau, «wer soll denn das bezahlen?» Josephine meinte, die Stimme der Vorarbeiterin zu erkennen.

«Sie verblutet!», rief jemand anders.

Das war genug! Sie stürmte zur Tür. Der Protest, der sogleich hinter ihr ertönte, konnte ihr gestohlen bleiben! Sie drückte die Klinke nach unten und zog daran. Nichts passierte. «Hey!», rief sie laut und rüttelte an der Tür.

«Das bringt nichts», bemerkte eine der Lagerarbeiterinnen.

«Was? Ist die Tür etwa abgeschlossen?»

Die anderen nickten, ohne ihre Arbeit zu unterbrechen.

«Sie schließen uns jeweils ein, wenn sie nicht wollen, dass wir rauskommen», bestätigte Lena.

«Wie bitte? Sie schließen uns ein?»

Lena verzog die Mundwinkel. «Die Vorarbeiterin. Sie hat den Auftrag, die Türen zu verriegeln, sobald eine heikle Situation entsteht.»

«Das ist nicht euer Ernst!»

Eine der Arbeiterinnen schaute sie spöttisch an. «Du bist ja so naiv, das ist schon fast niedlich.»

Der Schweiß lief ihr über den Rücken. Sie musste hier raus. Aber wie? Sie musterte das Fenster. Da würde sie problemlos hinausklettern können, so hoch konnte es nicht sein. Aber sollte sie schon aufgeben, nach nicht einmal einer Schicht?

«Wenn ihr keinen Arzt holt, dann bringe ich sie zu einem!», drang wieder die Männerstimme zu ihnen durch.

«Mach, was du willst. Aber dann brauchst du morgen nicht wieder hier aufzutauchen.» Das war die Vorarbeiterin.

«Das werde ich auch nicht! Die Gewerkschaften werden euch schon noch die Hölle heißmachen. Es geht doch nicht, dass ihr einer verletzten Angestellten nicht helft. Komm, ich bring dich zu einem Arzt.» Etwas scharrte, dann erklang wieder das Wimmern.

«Haut ab», wetterte die Vorarbeiterin, «und ihr macht euch schön wieder an die Arbeit. Sonst könnt ihr euch morgen alle neue Stellen suchen.»

Plötzlich herrschte Ruhe, bis nach ein paar Sekunden die Maschinen wieder zu surren begannen.

Resigniert ging Josephine an ihren Tisch zurück. Sie schaute zur Uhr. Erst zwei Uhr. Wie sollte sie diesen Tag nur überstehen? War es das Ganze überhaupt wert? Wenn es so weiterging, würde sie keine Gelegenheit haben, irgendetwas herauszufinden. Die Arbeiterinnen waren eingeschüchtert, und von Ida gab es weiterhin keine Spur.

Fünf Stunden und Dutzende Schachteln und Listen später schrillte endlich die Feierabendglocke. Josephine nahm ihre Tasche und verließ wortlos den Raum. Nur Lena nickte sie zum Abschied kurz zu. Sie hatte keine Lust mehr auf Ermittlungen. Hanna und Ida konnten ihr für den Moment gestohlen bleiben. Jede Faser ihres Körpers schmerzte, der Staub des Papiers brannte in den Augen, und ihre Finger waren wund und voller kleiner Schnitte.

Sie humpelte zu ihrem Fahrrad, das sie wieder etwas abseits der Fabrik abgestellt hatte. Hoffentlich schafften es ihre Beine noch bis nach Hause.

Wie hielten das diese Frauen nur aus?

10

«Frau Wyss, wie lange wollen Sie sich noch in dieser Fabrik schinden?» Fräulein Zimmermann stellte ihr den Teller mit dem Frühstück hin und blieb dann demonstrativ neben ihr stehen. «Sie sehen aus, als ob Sie wochenlang nicht geschlafen hätten!»

Josephine griff nach dem Messer. «Ich habe auch eine Woche lang nicht geschlafen.»

«Und das ist eine Woche zu lang! So kann das doch nicht weitergehen. Ihre Ermittlungen in Ehren, aber Sie sind noch keinen Schritt weiter, seit Sie in dieser dubiosen Fabrik angeheuert haben, oder etwa nicht?»

Josephine strich ein wenig Butter auf eine Brotscheibe und ignorierte die Frage. Doch natürlich gab Fräulein Zimmermann nicht so leicht auf. Sie rührte sich keinen Zentimeter und schaute ihr seelenruhig beim Essen zu.

«Also gut», gab sie schließlich klein bei, «ich habe nichts herausgefunden, es ist ein Jammer. Die Frauen sprechen nicht, und Ida habe ich bis jetzt nur ein paarmal von Weitem gesehen.»

«Dann hören Sie auf! Es wird doch eine andere Möglichkeit geben, diese Hanna zu finden!»

Josephine legte das Messer neben den leeren Teller. Dann lehnte sie sich zurück und dehnte ihre schmerzenden Schultern. Zum Glück war Sonntag, und sie konnte sich, abgesehen vom Mittagessen bei ihren Eltern, wenigstens einen Tag lang von den Strapazen ausruhen. Was natürlich nicht reichen würde, aber immerhin hatte sie endlich einmal Zeit, ihre Gedanken zu ordnen.

«Wissen Sie», hob sie an, doch Fräulein Zimmermann fuhr gleich dazwischen: «Ich weiß nur, dass ich das nicht mehr lange mitansehen werde. Sie sehen schrecklich aus und seit zwei Tagen humpeln Sie und schaffen es kaum die Treppe hoch.»

«Moment!», widersprach sie. «Ich werde einfach das Gefühl nicht los, dass der Schlüssel zu Hannas Verschwinden in dieser Fabrik zu finden ist. Ich muss immer daran denken, wie Ida vor mir davongelaufen ist. Das muss doch einen Grund haben. Zudem finde ich es schon sehr seltsam, dass alle meine Fragen nach Hanna von den Arbeiterinnen im Keim erstickt werden. Haben sie nur Angst, oder steckt mehr dahinter? Und wenn sie Angst haben, vor wem? Der Fabrikherr und seine Vorarbeiterin sind schon furchteinflößend, aber ist das alles?» Sie nahm ein Stück Käse vom Teller und steckte es sich in den Mund. «Aber Sie haben recht», räumte sie dann kauend ein, «es muss jetzt endlich vorwärtsgehen! Sieben Tage arbeite ich schon dort und komme nicht vom Fleck. Außer, dass ich mich zu Tode schufte. Es bringt schließlich nichts, wenn ich zusammenklappe, bevor ich etwas herausgefunden habe.»

«Auf keinen Fall!», betonte die Gouvernante und wandte sich dem Herd zu, wo sie Teewasser aufsetzte.

«Ich fühle mich so verweichlicht, wenn ich diese Frauen sehe. Die haben alle Kinder zu Hause und viele machen sogar am Abend noch Heimarbeit.»

«Ich finde Sie überhaupt nicht verweichlicht, Frau Wyss. Sie haben schließlich schon mehrere gefährliche Verbrecher zur Strecke gebracht. Aber ich bin einverstanden damit, dass Sie jetzt etwas wagen müssen. Diese Frauen müssen doch irgendwie zum Plaudern gebracht werden.» Sie nahm zwei Tassen aus dem Regal.

Josephine schob den Teller von sich. «Morgen schleiche ich mich in den Verpackungsraum im anderen Gebäude und knöpfe mir diese Ida vor. Wenn sie nicht freiwillig etwas sagen will, dann braucht es wohl ein bisschen Druck!»

Der Zeiger der großen Uhr über der Tür rückte auf elf Uhr fünfundfünfzig vor. Josephine legte ihre Packliste hin und ging zum Regal, um ihre Tasche zu nehmen. Sie wollte Ida im anderen Gebäude abpassen, bevor diese in die Mittagspause verschwand.

«Was machst du da?», flüsterte Lena hinter ihr.

Sie tat so, als ob sie sie nicht hören würde, und schlüpfte aus dem Raum in den schmalen Flur hinaus. Zuerst musste sie möglichst unauffällig durch den Maschinenraum kommen. Sie betrat die Halle und begann, sie mit forschen Schritten zu durchqueren. Eine der Frauen, die an den Schneidegeräten hantierten, schaute sie verwundert an. Josephine lächelte ihr zu und ging zügig weiter. Die anderen sollten denken, dass sie auf einen Botengang oder Ähnliches geschickt worden wäre.

«Aus dem Weg!» Zwei Männer, die einen der großen Holzbehälter trugen, kamen ihr entgegen. Sie wich aus, gelangte unbehelligt zur Eingangstür und schon stand sie auf dem Vorsprung, von dem die Treppe auf den Vorplatz führte.

Im Nu war sie unten und lief über den Platz. Am Backsteingebäude entlang gelangte sie zur Rückseite des zweiten Fabrikgebäudes. Hier hatte sie bei ihren Mittagspausen eine schmale Hintertür gesehen, durch die sie hoffentlich ungesehen ins Haus kommen konnte. Auf jeden Fall war es sicherer, als den Haupteingang an der Längsseite zu benutzen. Von dort wurden die Behälter mit der abgekühlten und gehärteten Seifenmasse aus der Siederei in den Maschinenraum im vorderen Gebäude gebracht.

Vorsichtig öffnete sie die Tür einen Spalt weit und spähte in den dunklen Flur hinein. Es war niemand zu sehen. Aus der Siederei drang ein Zischen und Poltern, doch das große Tor zum Fabrikraum war geschlossen. Sie trat ein und zog die Tür hinter sich zu. Links führte eine Treppe ins Obergeschoss. Es musste jetzt fast zwölf sein, jeden Augenblick würde die Glocke läuten.

Sie sah sich um. Konnte sie sich hier irgendwo verstecken? Plötzlich erklang eine laute Stimme oben am Treppenabsatz, und dann polterten laute Schritte auf der Treppe. Schnell weg hier! Sie machte kehrt, zog schwungvoll die Tür auf und prallte mit voller Wucht mit jemandem zusammen.

«He, kannst du nicht aufpassen!» Die junge Vorarbeiterin stand vor ihr. Bevor Josephine antworten konnte, fuhr sie sie an: «Was machst du überhaupt hier? Es hat noch nicht geläutet!» Sie schaute sie wütend an. Dann packte sie sie unter dem Kinn. «Bist du nicht sowieso im falschen Gebäude? Du bist doch die Neue aus dem Lager, oder etwa nicht?»

«Es tut mir leid», stammelte Josephine und suchte fieberhaft nach einer Ausrede.

Der Finger der Frau drückten ihren Kiefer noch stärker zusammen. «Was heckst du aus?»

Josephine wand sich. «In einem unserer Pakete für einen dringenden Versand fehlen fünf Stück Lilienseife. Die wollte ich hier holen.»

«Du arbeitest im Lager, da habt ihr doch genug Seifen herumliegen.»

«Aber die sind doch alle abgezählt und registriert.»

Die Vorarbeiterin lockerte ihren Griff und ließ sie dann los. Dabei rutschte ihr Ärmel zurück und Josephine sah eine kreisförmige Brandnarbe an der Innenseite ihres Unterarmes. Wahrscheinlich auch ein Arbeitsunfall.

Sie rieb sich den Kiefer.

«Wie ich das Wort ‹aber› verabscheue!», fauchte die Vorarbeiterin sie an. «Das scheint das Lieblingswort von euch allen zu sein.»

«Entschuldigen Sie bitte», wiederholte Josephine und senkte den Kopf. Vielleicht konnte sie die Vorarbeiterin mit Unterwürfigkeit besänftigen.

«Was ist hier los?», klang es da hinter Josephines Rücken. Die Frau des Fabrikherrn! Auch das noch!

«Eine Neue», antwortete die Vorarbeiterin und stieß einen theatralischen Seufzer aus, «die komplett ahnungslos ist, wie der Betrieb hier läuft. Ich habe ...» Das Schrillen der Fabrikglocke unterbrach sie, und innerhalb weniger Sekunden füllte sich der Flur mit Menschen, die aus der Siederei und den oberen Räumen nach draußen strömten. Bevor die beiden Frauen noch etwas sagen konnten, nickte ihnen Josephine zu und mischte sich unter die Arbeiterinnen, die die Treppe herunterkamen. Sie durfte ihr Ziel jetzt nicht verpassen. Lena hatte ihr nämlich erzählt, dass einige der Frauen aus der Verpackungsabteilung oft zum Mittagessen auf den Friedhof gingen. Ihnen wollte sie heute folgen. Vielleicht gesellte sich Ida auch dazu.

Und tatsächlich! Eine Gruppe von etwa acht Frauen löste sich aus der Menge, ging zielstrebig ums Haus herum und verließ das Fabrikgelände durch das Gartentor auf der hinteren Seite. An der hohen Steinmauer entlang spazierten sie bis zu einem Seiteneingang des Friedhofs. Josephine folgte ihnen mit sicherem Abstand. Aus der Entfernung konnte sie nicht ausmachen, ob Ida unter ihnen war. Sobald die Frauen aus ihrem Blickfeld verschwunden waren, beschleunigte sie ihre Schritte.

Als sie den Friedhof betrat, hielt sie kurz inne. Nicht weit von hier lag Fred begraben. Sie ignorierte den Stich in ihrer

Brust und ging weiter. Sie durfte die Frauen nicht aus den Augen verlieren.

An der nächsten Wegkreuzung bogen sie nach rechts ab und verschwanden hinter einer Baumgruppe. Als sie ebenfalls an der Kreuzung angelangt war, hörte sie ihre Stimmen ganz nah und entdeckte sie kurz darauf auf zwei Parkbänken, die am Wegrand standen. Betont langsam schlenderte sie auf sie zu. Als sie bei ihnen angelangt war, fragte sie in möglichst überraschtem Ton: «Entschuldigung, arbeitet ihr nicht auch bei Bergmann?»

«Ja, das tun wir», bestätigte eine kleine Blonde. «Willst du dich zu uns setzen?»

Dass das so einfach war. «Gerne», antworte sie und nahm am Ende der einen Bank Platz. Die anderen rückten zur Seite.

«Bist du neu? Ich habe dich noch nie gesehen», erkundigte sich die Blonde.

Josephine nickte und packte ihre Stulle aus. Altes Brot und natürlich keine Wurst. Auch wenn Fräulein Zimmermann jeden Morgen eine Bemerkung dazu machte.

«Ich arbeite seit einer Woche im Lager.»

«Ach so, darum kennen wir uns noch nicht. Du arbeitest im vorderen Gebäude. Wir, ein paar aus der Verpackung, essen immer hier, wir wohnen leider zu weit weg, als dass wir über Mittag nach Hause könnten. Hier haben wir unsere Ruhe. Dir geht es wohl ähnlich?»

«Ich komme auch gerne hierher, im Essraum oder auch draußen hinter den Gebäuden ist es mir zu hektisch.»

Die Frauen nickten zustimmend. Die Blonde wandte sich jetzt einer ihrer Kolleginnen zu, und auch die anderen begannen, miteinander zu plaudern. Sollte sie einfach zuhören und abwarten? Aber sie hatte schon lange genug darauf gewartet, per Zufall etwas zu erfahren. Das funktionierte hier nicht. Sie räusperte sich und sagte dann: «Eines der Mädchen, das bei euch arbeitet, kenne ich schon. Ida Meier.» Die Frauen wandten ihr die Köpfe zu. War das zu auffällig gewesen?

«Ach ja, Ida, die arbeitet bei uns», sagte die Blonde und stopfte sich ein großes Stück Brot in den Mund, «in einem anderen Raum als wir, aber wir kennen uns natürlich alle.»

«Die arme Ida», murmelte eine der Frauen.

«Warum ‹arm›? Sind wir das nicht alle?», hakte Josephine ein.

«Das schon, aber Ida hat es wirklich nicht leicht, weißt du das nicht?»

«So gut kenne ich sie nicht. Was ist denn los mit ihr? Ist sie krank?»

«Nein, das nicht, aber ihre Schwester ...», hob eine der Frauen an.

«Jetzt hör aber auf, Lisa! Wir haben doch ausgemacht, dass wir nicht mehr so viel tratschen.»

«Das ist doch kein Tratschen», widersprach die Arbeiterin, «das sind Fakten.»

«Äh, entschuldigt, aber was ist denn mit Idas Schwester?», fragte Josephine nach und versuchte, unbefangen zu klingen.

«Die ist verschwunden!», sagte die Blonde kauend.

«Verschwunden? Was heißt das?»

«Na, sie ist eines Tages einfach nicht mehr zu Hause aufgetaucht und hier in der Fabrik auch nicht. Niemand weiß, wo sie steckt.»

«Wie tragisch!»

Die Frauen schwiegen und widmeten sich wieder ihrem Mittagessen. Anscheinend war damit alles gesagt. Was sollte sie nur fragen, ohne zu neugierig zu klingen? Die Pause dauerte bestimmt nur noch wenige Minuten.

«Wahrscheinlich ist sie geflüchtet», bemerkte unverhofft eine der Frauen, die ganz am Ende der anderen Bank saß.

«Geflüchtet? Vor wem denn?», wollte eine andere wissen.

«Na, vor wem wohl? Vor dem, bei dem wir alle an Flucht denken, wenn er auftaucht.»

«Ich verstehe nicht», warf Josephine ein.

Die Blonde musterte sie. «Du bist ihm zu alt!», entschied sie dann und lachte hämisch. «Also, ich meine, du bist sehr hübsch. Aber er interessiert sich eher für Jüngere», schob sie dann entschuldigend nach.

«Von wem sprecht ihr?» Meinten sie etwa den Fabrikherrn? Die Arbeiterin im Maschinenraum hatte doch auch schon so eine Bemerkung gemacht.

«Na, von unserem lieben Chef, dem Honegger, natürlich», meinte eine der Frauen trocken.

«Hatte er es denn auf Hanna abgesehen? Davon weiß ich gar nichts.» Plötzlich sprachen die Frauen wild durcheinander.

«Sie ist schon eine, die ihm gefallen hätte!»

«Denkt ihr, sie ist deshalb verschwunden?»

«Wer weiß? Aber angenehm ist es sicher nicht, dauernd von ihm betatscht zu werden.»

«Wenn es nur betatschen wäre!»

«Aber Hanna war doch noch ein halbes Kind.»

«Das hat ihn nie gestört, im Gegenteil!»

Ein Damm schien gebrochen zu sein. Josephine hörte aufmerksam zu und hielt sich zurück, den Redefluss der Frauen mit Fragen zu unterbrechen.

«Aber dann wäre seine Lieblingsarbeiterin eigentlich viel zu alt!», spottete jetzt die Blonde.

«Seine Lieblingsarbeiterin?», fragte eine der Frauen vom anderen Ende der Bank.

«Die liebe Therese Haug natürlich.»

«Was? Warum denn die? Die ist nicht gerade die Hübscheste, oder? Und sympathisch auch nicht.»

«Das habe ich mich auch schon gefragt. Aber ist es nicht seltsam, dass sie so jung schon Vorarbeiterin ist? Alle anderen Leiterinnen sind doch viel älter.»

«Das stimmt», pflichtete ihr eine andere bei.

«Ob sie ihm einfach immer zu Diensten ist?», kicherte die Blonde.

«Ach, du wieder! So sieht sie auf jeden Fall nicht aus. Die ist doch eher die Sorte ‹alte Jungfer›, oder nicht?»

«Eigentlich schon, aber man weiß bei den Männern nie, was sie für Vorlieben haben. Jeder Topf findet seinen Deckel.»

«Ich weiß nicht, ob dieses Bild hier passt. Der Deckel vom Chef müsste doch seine Frau sein, nicht?»

«Stimmt. Aber im Gegensatz zu ihr ist unser liebes Theresli dann doch ganz ansehnlich.»

«Also wirklich!», rief eine der Frauen, «so viel zum Thema weniger Tratschen! Ihr seid einfach unmöglich!»

Die Frauen lachten und plapperten fröhlich durcheinander. Schon bald driftete das Gespräch zu Männern im Allgemeinen und ihren eigenen Liebschaften im Speziellen ab.

Sie musste die Arbeiterinnen unbedingt wieder zurück aufs Thema bringen. Wenn Hanna wegen diesem Honegger verschwunden war, dann musste sie das herauskriegen.

«Arbeitet Ida mit euch zusammen im selben Raum?», fragte sie die Blonde neben ihr. «Ich habe sie schon lange nicht mehr gesehen.»

Die junge Arbeiterin knüllte ihr Butterpapier zusammen und steckte es in ihre Handtasche. «Nein, nicht bei uns. Sie ist auch in der Verpackung in der ersten Etage angestellt, aber sie arbeitet in einem anderen Raum als wir.»

Gut zu wissen.

«Wir müssen los, kommt!», drängte jetzt eine der Frauen und stand auf. «Wir dürfen nicht schon wieder zu spät kommen.»

Die Arbeiterinnen sprangen hoch, packten ihre Sachen zusammen und machten sich auf den Weg zurück zur Fabrik. Josephine folgte ihnen. Plötzlich trat eine der Frauen zu ihr heran und meinte: «Vielleicht wäre es gut, wenn du bald mit Ida sprechen würdest.» Sie berührte sie leicht am Arm. «Ihr geht es gar nicht gut, und sie könnte bestimmt eine Freundin brauchen. Auch wenn ihr euch anscheinend nicht gut kennt. In der Fabrik ist sie mit niemandem so richtig vertraut. Als Hanna noch da war, steckten die beiden immer zusammen.»

Die Schwestern standen sich also sehr nah. Ida musste etwas wissen!

«Seit Hanna diese seltsamen Dinge gesehen hatte, distanzierten sich die beiden noch mehr von uns anderen.»

Ihr Puls ging höher. Die Frauen wussten von Hannas Erscheinungen!

«Was meinst du damit?» Sie bemühte sich, möglichst erstaunt zu klingen.

Die Arbeiterin verlangsamte ihre Schritte, sodass sie hinter den anderen etwas zurückfielen. «Ganz merkwürdige Dinge! Engel und solche Gestalten», sie hielt kurz inne, dann fragte sie leise: «Kennst du Felix, Regula und Exuperantius, die Zürcher Stadtheiligen?»

Josephine sog den Atem ein und nickte.

«Die hat sie gesehen, in Albisrieden am Waldrand. Gleich oberhalb von dort, wo sie wohnt.»

«Das hat sie dir erzählt?»

«Nein, ich weiß es nicht von ihr selbst. Ida hat uns am Tag, nachdem Hanna verschwunden ist, davon berichtet. Sie war vollkommen aufgelöst.» Sie seufzte. «Jetzt wissen alle, dass sie verrückt ist, die arme Hanna!»

Es war schon zehn nach sieben, und Ida tauchte einfach nicht auf. Josephine hatte zuerst vor der Fabrik gewartet und war dann, sobald die Arbeiterinnen aus den Gebäuden geströmt waren, mehrmals um die beiden Häuser herumgegangen. Man konnte das Areal nicht nur vorne über die Straße verlassen, sondern auch hinten durch das Gartentor, das während des Fabrikbetriebes offen stand. Für Ida kamen für ihren Heimweg nach Albisrieden leider beide Wege infrage. Sie hatte angenommen, dass derjenige zwischen den Friedhofsflächen hindurch direkter wäre.

Fast alle waren weg. Wenn die Glocke am Abend läutete, verließen die Angestellten die Fabrik jeweils im Handumdrehen. Alle waren froh, wenn der Arbeitstag vorbei war, auch wenn bestimmt viele von ihnen zu Hause weiterarbeiteten. Jetzt standen nur noch ein paar Männer auf dem Vorplatz zusammen und diskutierten. Entweder wartete zu Hause niemand auf sie, oder sie zogen direkt weiter ins Wirtshaus.

Josephine ging noch einmal zwischen den beiden Fabrikgebäuden hindurch. Auch hier waren keine Arbeiterinnen mehr. Sie hatte Ida einmal mehr verpasst.

Neben ihr quietschte eine Tür. Genau die, hinter der sie heute Mittag Ida hatte abpassen wollen. Hatte sie vielleicht doch Glück?

Doch durch die Tür trat die Frau des Fabrikbesitzers. Ausgerechnet!

«Was willst du noch hier?», fragte sie und klang nicht einmal so unfreundlich.

«Nichts», murmelte sie und senkte den Kopf. Erkannte die Frau sie wieder? Hoffentlich nicht.

«Na, dann: ab nach Hause mit dir! Ruh dich aus, damit du morgen wieder arbeiten magst.»

«Ich warte nur auf meine Freundin, Ida Meier. Sie arbeitet in den Verpackungsräumen.»

«Ida Meier? Ich glaube, die ist schon längst weg. Das ist keine, die lange hier herumtrödelt. Hat zu Hause genug zu tun. Anscheinend hat sie dich versetzt, oder bist du zu spät gekommen?»

«Ich war ein bisschen spät, das stimmt. Dann sehe ich sie sicher morgen.»

«Das wirst du bestimmt. Jetzt aber fort mit dir! Wir möchten nicht, dass ihr Arbeiterinnen hier noch lange herumlungert.»

Sie nickte der Fabrikbesitzergattin zu und ging über den Vorplatz und um die nächste Häuserecke, wo sie ihr Fahrrad hinter einem Baum abgestellt hatte. Sie stieg auf und wollte schon Richtung Enge losradeln. Doch irgendetwas hielt sie zurück. Sie konnte unmöglich schon wieder unverrichteter Dinge nach Hause gehen.

Mit dem Fahrrad war sie doch viel schneller als Ida, es sollte ein Leichtes sein, sie einzuholen. Wenn sie nur wüsste, welchen Weg sie gewählt hatte. Sie tippte auf den, den sie schon vorhin als kürzer eingeschätzt hatte. Falls es der andere war, dann musste sie es morgen noch einmal versuchen.

Sie fuhr außen um das Fabrikareal herum, zwischen den beiden Friedhofsfeldern hindurch, über eine Querstraße und gelangte von dort auf einen Feldweg. Hier standen keine Häuser mehr, und sie konnte die weite Fläche überblicken. Nur auf den Feldern arbeiteten noch einige Bauern und ihre Knechte. Kein junges Mädchen weit und breit. Aber wenn Ida diesen Weg genommen hatte, dann musste sie schon weiter sein. Es waren bestimmt gegen zwanzig Minuten vergangen, seit die Fabrikglocke geläutet hatte. Sie beschleunigte. Auf jeden Fall wollte sie sie vor Albisrieden erreichen.

Schon bald fuhr sie an den Bauernhöfen des Weilers Im Gut vorbei und gelangte auf eine besser befestigte Straße. Jetzt kam sie wieder flotter vorwärts. Auch verlief die Straße schnurgerade, so konnte sie alles aus ihrem alten Drahtesel herausholen.

Da tauchten bereits die ersten Häuser des Dorfes auf. Wenn sie richtig gerechnet und auch denselben Weg wie Ida genommen hatte, dann müsste diese hier irgendwo sein.

Geradeaus vor ihr sah sie schon die Kreuzung zur Landstraße, auf der sie die letzten beiden Male nach Albisrieden gefahren war. Dort befanden sich dann gleich der Ortsrand und das Stammlokal von Hannas Vater. Keinesfalls würde sie am Ende der Straße weiter ins Dorf hineinfahren.

Plötzlich drangen von links Stimmen an ihr Ohr. Ohne es zu merken, war sie am einzigen Haus weit und breit vorbeigesaust. Sie bremste ab. Auf der Straße vor ihr war niemand. Ida war also entweder schon im Dorf oder hatte einen anderen Weg genommen. Sicher gab es auch noch kleinere Wege zwischen den Feldern und Wiesen hindurch.

Sie würde sich noch kurz versichern, dass nicht eine der Stimmen, die sie gehört hatte, zu Ida gehörte. Ansonsten würde sie die Übung für heute abbrechen und morgen einen weiteren Versuch starten, das Mädchen zu treffen.

Sie schob ihr Rad die Straße hinunter bis zu dem stattlichen Bauernhaus. Jetzt war alles still. Enttäuscht packte sie den Lenker und stieg wieder auf. Dann also morgen!

«Vorsicht!» Beinahe wäre sie in das Mädchen, das plötzlich aus dem dunklen Unterstand vor dem Haus auf die Straße getreten war, hineingefahren. Es war Ida.

Das Mädchen starrte sie an und schien abzuwägen, ob sie an ihr vorbeirennen sollte. In derselben Sekunde begriff sie, dass Josephine sie mit dem Rad ohne Probleme einholen würde, unabhängig davon, wie schnell sie lief.

Ida ließ den Kopf sinken. Josephine hatte sofort ein schlechtes Gewissen. Wie konnte sie dieses arme Mädchen nur so verfolgen und einschüchtern?

«Ida», hob sie an, «du brauchst keine Angst vor mir zu haben, ich tue dir nichts.»

Das Mädchen schwieg und starrte weiterhin auf den Boden.

«Ich weiß, dass Hanna verschwunden ist, und ich will sie finden.»

Keine Reaktion.

«Ich bin Privatdetektivin und Frieda – also eigentlich ihr Vater – hat mich beauftragt, deine Schwester zu suchen. Sie macht sich große Sorgen und du dir bestimmt auch, oder?»

Ida nickte und schaute kurz hoch. Dann murmelte sie: «Ich weiß nichts.»

«Schau mich mal an, bitte.»

Widerwillig hob sie den Kopf, fixierte ihren Blick aber auf einen Punkt hinter Josephine.

«Deine Schwester ist verschwunden, nachdem sie von merkwürdigen Erscheinungen heimgesucht worden ist. Dumme Bubenstreiche wahrscheinlich. Vielleicht aber auch nicht. Wenn du irgendeine Idee hast, was passiert sein könnte, dann musst du es mir sagen.»

Das Mädchen starrte weiterhin an ihr vorbei.

«Bitte, Ida! Es geht doch um deine Schwester!»

«Ich weiß nichts», schnauzte Ida sie an und verschränkte ihre Arme vor der Brust.

«Entschuldige, ich wollte nicht mit dir schimpfen. Aber könnte es sein, dass deiner Schwester etwas passiert ist? Dann müsstest du ihr doch helfen wollen, oder nicht?»

«Natürlich will ich ihr helfen! Aber ich kann nicht! Niemand kann das!»

«Wie meinst du das? Warum sollte ihr niemand helfen können?» Ihr Magen zog sich zusammen. War Hanna vielleicht tot? Konnte ihr deshalb niemand mehr helfen? Was wusste ihre Schwester?

«Ich weiß nicht, wo sie ist, niemand weiß das!», rief Ida laut und schaute sie jetzt direkt an. Ihre Augenlider flatterten und ihre Mundwinkel zitterten.

Sie streckte ihre Hand aus, doch Ida wich zurück. «Ida, ich bin auf deiner Seite, glaub mir doch bitte!»

«Lassen Sie mich!» Tränen liefen ihr über die Wangen. Dann drehte sie sich um und hetzte los. Am Haus vorbei und den Hügel hinauf.

Josephine schaute ihr nach, wie sie sich den Feldweg hochkämpfte.

Ida wusste etwas. Warum log sie?

11

«Du! Mitkommen!» Therese Haug, die junge Vorarbeiterin, stand mitten im Lagerraum und zeigte auf Josephine.

«Ich?»

«Du arbeitest ab heute in der Siederei.»

Ihre Kolleginnen schielten erstaunt zu ihr herüber, hörten aber nicht auf, weiter in den Schachteln vor ihnen zu nesteln.

«Nimm deine Sachen und folg mir!»

Auch wenn sich alles in ihr gegen diese Versetzung sträubte, so war es wohl das Beste zu gehorchen. Die Stimme der Vorarbeiterin duldete keine Widerrede. Sie griff nach ihrer Tasche und nahm ihre Jacke unter den Arm.

«Los!» Die Vorarbeiterin packte sie. Josephine widerstand dem Drang, sich loszuwinden. Sie musste mitspielen.

Ganz kurz sah sie zu Lena hinüber, die in ihre Packlisten vertieft war und sich nicht getraute aufzuschauen. Wie lange würde sie es noch aushalten, mitansehen zu müssen, wie eingeschüchtert und verängstigt diese Arbeiterinnen waren? Doch im Moment blieb ihr nichts anderes übrig, als der Vorarbeiterin ins andere Fabrikgebäude zu folgen. Die Angestellten im Maschinenraum, den sie auf dem Weg nach draußen durchqueren mussten, beachteten sie nicht. Wahrscheinlich wollten auch sie keine Aufmerksamkeit erregen.

Sie traten nach draußen, und die Vorarbeiterin ging zügigen Schrittes die Treppe hinunter und überquerte den Vorplatz. Josephine hastete hinterher. Die Siederei. Dort würde es bestimmt um einiges anstrengender und gefährlicher als im Lagerraum sein. Warum sollte sie plötzlich dort arbeiten?

«Weshalb versetzen Sie mich?», fragte sie in den Rücken der Frau.

«Damit du auch diese Arbeit kennenlernst. Die Arbeiterinnen, die überall eingesetzt werden können, sind am wertvollsten für uns. Also versuchen wir, diejenigen, die geeignet sind, für alle Tätigkeiten auszubilden.» Ungerührt eilte sie weiter. «Jetzt komm aber, mach vorwärts!»

Sie betraten die Halle im Erdgeschoss des hinteren Fabrikgebäudes. Heiße Luft strömte ihnen entgegen. Doch nicht nur das: Ein unerträglicher Gestank stieg aus den backsteinernen Trögen auf. Sie schlug sich die Hand vor Mund und Nase. Therese Haug sah sie spöttisch an. «Daran wirst du dich gewöhnen müssen.»

Sie führte sie zu einem der Tröge und beauftragte den Arbeiter, der mit einer großen Kelle darin rührte, Josephine zu instruieren.

«Die sieht aber nicht gerade kräftig aus», brummte der Mann.

«Das täuscht!», widersprach ihm die Vorarbeiterin. «Ansonsten kannst du dich morgen bei mir über sie beschweren, wenn sie's nicht schafft.»

Widerwillig drückte der Arbeiter Josephine die langstielige Holzkelle in die Hand. «Rühren! Ganz regelmäßig und in alle Richtungen. Ist nicht schwierig, aber anstrengend.» Dann ließ er sie stehen und machte sich am anderen Ende des Raumes an einem der Holzbehälter, in denen die Seifenmasse zum Trocknen lagerte, zu schaffen.

«So, jetzt weißt du, was du zu tun hast», stellte Therese Haug fest, «und ich will keine Klagen hören, streng dich an!»

Josephine begann zu rühren. Kompliziert war es nicht. Wenn nur nicht dieser Gestank wäre.

Zwei Stunden später glaubte sie, ihre Schultern stünden in Flammen, und ihre Arme schienen demnächst abzufallen. Immer wieder hatte sie sich nach den Männern umgesehen, die ihre Kellen in den anderen Trögen hin und her schwenkten. Ihnen schien die monotone Tätigkeit nichts auszumachen. Ohne aufzuschauen oder auch nur eine Miene zu verziehen, gingen sie still ihrer Arbeit nach.

Rundherum im Raum stapelten sich die Holzkisten mit trocknender Seifenlauge, und einer der Männer stand an einer großen Waage und überprüfte das Gewicht der fertigen Blöcke. Um neun Uhr waren ein paar Männer, die sie aus dem Maschinenraum kannte, gekommen, um die Blöcke abzuholen. Diese wurden ins andere Gebäude geschafft, wo sie geschnitten und fertig konfektioniert wurden.

«He, immer schön weitermachen!», befahl einer der Seifensieder. Sie hatte gar nicht gemerkt, dass sie aufgehört hatte zu rühren. Sie packte die Kelle mit beiden Händen und zog sie durch die Masse. Wenigstens war diese relativ flüssig und erzeugte keinen großen Widerstand. Aber es war nun mal eine beträchtliche Menge Lauge, und sie brauchte ihre ganze Kraft, um sie in Bewegung zu halten.

Da spürte sie einen Lufthauch im Nacken. Sie drehte den Kopf zur Tür. Die Frau des Fabrikherrn trat in die Halle und schaute sich um. Josephine starrte konzentriert auf die Masse im Trog vor ihr. Wahrscheinlich war es besser, wenn sie dieser Frau nicht schon wieder unter die Augen kam.

«Lasst mal sehen, wie weit die Laugen schon sind», hörte sie sie kommandieren. Frau Honegger trat an einen der Tröge heran. «Der braucht noch.» Sie ging zum nächsten. «Nicht mehr lange, gib acht, dass du den Moment nicht verpasst.» Jetzt war sie schon beim Trog gleich neben ihrem angelangt. Josephine drehte sich noch mehr ab. Notorisch kontrollierte die Chefin jede Lauge, sie würde also wohl kaum davonkommen. Aber vielleicht war es kein Problem, gestern war sie gar nicht mal so unfreundlich gewesen, und schließlich war sie jetzt fleißig an der Arbeit.

«Ach, du schon wieder!» Frau Honegger trat neben sie. «Arbeitest du jetzt hier?» Josephine nickte. «Wer hat denn das entschieden? Normalerweise lassen wir keine Frauen an den Trögen arbeiten.»

«Das hab ich mir auch gedacht», warf der Sieder ein, der ihr heute Morgen früh die Kelle überlassen hatte. «Frau Haug hat sie hergebracht.»

Die Chefin hob die Augenbrauen. «Da hat sie wohl ihre Gründe gehabt. Hast du drüben nicht gut gearbeitet?», wandte sie sich an Josephine.

«Ich weiß nicht», stammelte sie und ärgerte sich gleichzeitig darüber, dass sie so unterwürfig war. Aber wahrscheinlich war sie nach zehn Tagen hier in der Fabrik einfach weichgekocht.

Frau Honegger beugte sich über die Masse und betrachtete sie aus zusammengekniffenen Augen. «Die ist fertig. Ihr könnt abschöpfen.»

Der Sieder schaute ebenfalls in den Trog. «Bei allem Respekt, Frau Honegger, ich glaube, die braucht noch.»

«Wie bitte?» Sie funkelte ihn an. «Wenn ich sage, dass sie fertig ist, dann ist sie fertig.»

«Wie Sie meinen. Dann schöpfen wir ab.» Er holte einen großen gusseisernen Topf aus einem Regal beim Fenster und stellte ihn auf den Rand des Troges. Dann nahm er eine Schöpfkelle aus der Halterung an der Wand und reichte sie Josephine. «Füll den Topf. Ich mach schon mal die Holzkisten bereit.»

Mit Vorsicht begann sie, die Masse in den Topf zu schöpfen. Das war noch anstrengender als das Rühren. Wenn sie daran dachte, wie oft sie den Topf würde füllen müssen, bis der Trog leer war, wurde ihr schwindelig.

«He, he», lachte der Mann neben ihr, «hast du gerade gemerkt, dass das hundertmal Schöpfen bedeutet?» Seine Miene verriet, dass er eher Mitleid hatte, als dass er sie verhöhnte. «Du wirst das schon schaffen», sagte er dann, «bis jetzt hast du dich nicht schlecht geschlagen. Ein Wunder, dass du noch nicht zusammengebrochen bist.»

Endlich war der erste Topf voll. Der Sieder lud ihn sich auf die Schulter und trug ihn zu den Holzbehältern. Dort goss er die Flüssigkeit hinein. Wenigstens diese Arbeit musste sie nicht machen. Sie konnte nur ahnen, wie schwer dieser Topf sein musste.

Jetzt brachte der Mann ihn zurück, stellte ihn auf den Rand des Troges, und sie schöpfte weiter. Es kam ihr wie eine Ewigkeit vor, bis er nur schon wieder zur Hälfte gefüllt war. Die ganze Zeit spürte sie Frau Honeggers Blicke in ihrem Rücken.

«Was hast du denn da für eine Kelle?», sagte die Chefin jetzt plötzlich und griff nach ihrem Werkzeug. «Die ist doch viel zu klein, da bist du morgen noch dran. Nimm diese dort.» Sie zeigte hinter sie. Josephine drehte sich um. Neben ihr an der Wand hing tatsächlich eine viel größere Kelle.

«Damit wirst du doppelt so schnell sein.»

Und doppelt so viel Gewicht anheben müssen, fügte Josephine in Gedanken hinzu. Sie streckte sich nach der Kelle.

In diesem Augenblick ertönte neben ihr ein scharrendes Geräusch. Instinktiv machte sie einen Schritt zur Seite. Neben ihr krachte der halb volle Topf mit einem lauten Scheppern herunter, und die heiße Seifenlauge ergoss sich auf den Boden.

Ein stechender Schmerz fuhr über die Vorderseite ihres linken Schienbeins.

«Heiland!», hörte sie den Seifensieder rufen.

«Ist dir etwas passiert?», drang die besorgte Stimme der Chefin in ihr Ohr.

«Ich weiß nicht», keuchte sie. «Es brennt.»

«Was ist hier los?», donnerte in diesem Moment eine tiefe Männerstimme vom Haupteingang her. Josephine richtete sich auf. Dann riss sie die Augen auf. Da kam nämlich die große Gestalt von Detektiv-Wachtmeister Bader mit zügigen Schritten auf sie zu. Was machte der denn hier?

«Polizei!», kläffte er und die Arbeiter erstarrten.

Hinter ihm tauchte ein zweiter Polizist auf und betrachtete die Szenerie erstaunt.

Bader war beinahe bei ihr angelangt, als sich ihre Blicke trafen. Sie schüttelte ganz leicht den Kopf. Hoffentlich begriff er, dass sie hier nicht als Privatdetektivin erkannt werden wollte.

«Frau ...», setzte er an, doch sie unterbrach ihn mit einem lauten Wimmern und beugte sich wieder zu ihrem brennenden Bein. Er durfte sie nicht verraten!

Schon stand er neben ihr und ließ sich auf ein Knie nieder.

«Sie kennen mich nicht!», flüsterte sie. «Verstanden?»

Verwundert sah er zu ihr hoch.

«Ich ermittle im Geheimen. Bitte verraten Sie mich nicht.»

Er räusperte sich und erkundigte sich dann laut und überdeutlich: «Was ist passiert? Sind Sie verletzt?»

«Es ist bestimmt nichts Schlimmes geschehen.» Frau Honegger war neben sie getreten. «Ein dummes Ungeschick.»

Bader stand auf und sah sich um.

«Wo hat dieser Topf gestanden?», wollte er wissen und betrachtete die Seifenlauge, die sich immer noch weiter ausbreitete.

«Hier auf dem Rand des Trogs», antwortete der Seifensieder. Sein Gesicht war hochrot, und die Hand, mit der er auf den Mauerrand zeigte, zitterte. «Die Kleine hatte Glück. Wenn sie einen halben Meter mehr links gestanden hätte, wäre sie ein Fall fürs Spital. Verbrennungen mit dieser Flüssigkeit sind nicht ohne.»

Bader wandte sich wieder Josephine zu. «Aber Sie haben doch etwas abbekommen, oder?» Er deutete auf ihr Bein.

«Das können höchstens ein paar Spritzer sein», mischte sich die Chefin ein.

«Immerhin tragen Sie ordentliche Schuhe, die haben Ihre Füße gut geschützt.» Er wusste genau, dass sie normalerweise feineres Schuhwerk trug, auch wenn sie sich in diesem groben, das Fräulein Zimmermann für sie aufgetrieben hatte, gar nicht mal so unwohl fühlte. Früher hatte sie regelmäßig solche Schuhe getragen, aber seit sie wieder mehr unter der Kontrolle ihrer Eltern stand, verzichtete sie immer öfter darauf. Es gab so schon genug Diskussionen mit ihnen, da musste sie sie nicht auch noch mit ihrer Kleidung provozieren.

«Wie kann ich Ihnen denn behilflich sein, Herr …?», erkundigte sich Frau Honegger und drängte sich zwischen sie und Bader.

«Detektiv-Wachtmeister Bader mein Name. Wenn hier alles in Ordnung und niemand verletzt ist, würde ich gerne mit dem Fabrikherrn sprechen.»

Die Frau sah ihn irritiert an. «Ich kann mir zwar nicht erklären, was die Polizei von meinem Mann möchte, aber ich bringe Sie selbstverständlich umgehend zu ihm», hofierte sie dann.

«Ja, bitte! Und Sie», wandte er sich an den Seifensieder, der immer noch wie angewurzelt neben dem Trog stand, «kümmern sich um sie.» Er zeigte auf Josephine. «Sie soll nach Hause gehen und sich ausruhen.» Er folgte der Chefin zur Tür und murmelte gerade so laut, dass Josephine es noch hören konnte: «Das fass ich alles nicht.»

Natürlich würde sie nicht nach Hause gehen. Sie musste erfahren, was Bader hier wollte. Der Seifensieder hatte sich rührend um sie gekümmert und ihr eine Fettcreme aus seiner Jackentasche geholt. Diese solle gegen Verbrennungen helfen. Doch alles, was sie tat, war, die Schmerzen noch zu verstärken. Sie hatte sie wieder abgewischt und ihr Taschentuch um ihr Schienbein gewickelt, sodass der Wollstrumpf nicht bei jeder Bewegung an der Wunde rieb. Dies musste vorerst als Verarztung reichen, Fräulein Zimmermann wusste bestimmt, was zu tun war. Die Gouvernante kannte alle Kräuterheilmittel.

Sie war auf die gegenüberliegende Straßenseite der Fabrik gegangen und wartete nun dort auf Bader. Früher oder später musste er schließlich aus dem Gebäude kommen.

Zuerst war sie noch ein bisschen auf und ab spaziert, doch die Wunde schmerzte zu stark. Als er auch nach einer halben Stunde immer noch nicht aufgetaucht war, setzte sie sich auf ein Mäuerchen am Straßenrand. Ihr Bein brannte wie Feuer. Hoffentlich konnte sie überhaupt Fahrrad fahren.

Plötzlich hörte sie Stimmen, und kurz darauf trat der Fabrikherr zusammen mit Bader und seinem Mitarbeiter auf den Vorplatz. Sie packte ihre Tasche und überquerte die Straße in sicherem Abstand zum Fabriktor. So gelangte sie in den Schatten der Friedhofsmauer, wo sie von den Männern nicht gesehen werden konnte, aber nah genug war, dass sie mitbekam, was sie sprachen.

«Nun gut, dann werden wir im Moment nichts unternehmen», hörte sie Bader sagen. «Wenn uns aber noch einmal etwas zu Ohren kommen sollte, das hier in der Bergmann-

Fabrik nicht in Ordnung ist, dann sind wir sofort wieder zurück!»

«Keinesfalls wird noch einmal etwas passieren», versicherte der Fabrikbesitzer. «Wir haben die Maschinen nach dem Unfall letzte Woche alle überprüft und auch unsere Angestellten nochmals genau instruiert. Es wird nichts mehr passieren.»

«Da wäre ich an Ihrer Stelle nicht so sicher. Die Arbeiterin in der Siederei hatte vorhin gewaltiges Glück, dass sie nicht schlimmer verletzt worden ist.»

«Ein dummes Ungeschick. Wird nicht wieder vorkommen.»

«Das rate ich Ihnen!» Bader schien nicht überzeugt. «Also dann», schloss er, «ich hoffe, Sie geben mir keinen Anlass mehr zu einer Kontrolle.»

«Bestimmt nicht.»

Josephine drückte sich gegen die Mauer. Nur wenige Meter von ihr entfernt traten Bader und sein Hilfspolizist vor das Tor. Dann überquerten sie die Straße und marschierten Richtung Stadtzentrum los. Anscheinend waren sie ohne Auto unterwegs. Der Einsatz in der Fabrik war also nicht wichtig genug gewesen, als dass sie einen der wenigen Dienstwagen der Stadtpolizei hatten benutzen dürfen. Sie wartete, bis die Polizisten um die nächste Hausecke verschwunden waren, dann eilte sie ihnen nach und bog ebenfalls in die kleine Nebenstraße ein. Hier waren sie außer Sichtweite der Fabrik.

«Herr Bader!», rief sie und holte die beiden Männer ein.

«Frau Wyss, was tun Sie denn noch hier?»

«Ich muss mit Ihnen sprechen!»

Bader schaute sie missbilligend an. «Sie sollten nach Hause gehen und sich ausruhen. Sie haben sicher einen ziemlichen Schock erlitten, oder?»

«Nicht so schlimm.» Als wäre das ein Zeichen gewesen, durchfuhr sie eine weitere Schmerzwelle. Sie verzog das Gesicht.

«Sag ich's doch! Ihre Wunde muss versorgt werden. Sie gehen jetzt sofort zum Arzt. Leider habe ich den Wagen nicht dabei, sonst würde ich Sie höchstpersönlich zu einem bringen.»

«Das mache ich nachher gleich! Aber vorher müssen Sie mir sagen, was Sie in der Fabrik wollten.»

Bader fragte nur kopfschüttelnd: «Warum denke ich eigentlich immer noch, dass ich Ihnen etwas vorschreiben kann? Dass Sie *irgendetwas* tun, was man Ihnen sagt?»

«Ist nicht meine Stärke, da haben Sie recht. Also, warum waren Sie bei Bergmann?», ließ sie nicht locker.

«Sie wissen doch genau, dass ich Ihnen keine Auskunft über die Arbeit der Polizei geben darf. Die Frage wäre wohl eher: Was haben *Sie* in dieser Fabrik zu suchen?»

Unschlüssig schaute sie zu Baders Hilfspolizisten hinüber, der zwar ein bisschen abseits stand, jedoch jedes Wort hören konnte. Sie warf Bader einen Blick zu, den dieser glücklicherweise sofort verstand. Er bedeutete seinem Kollegen, sich etwas zu entfernen.

«Also, was machen Sie hier?», wiederholte er seine Frage.

«Ich habe einen Auftrag, für den es notwendig ist, dass ich hier vor Ort ermittle.»

«Verdeckt als Arbeiterin.»

«Genau.»

Er schaute sie unschlüssig an. «Ist das wirklich nötig? Sie haben doch heute am eigenen Leib erfahren, wie gefährlich das ist. Und bestimmt auch anstrengend.»

«Unglaublich anstrengend. Nicht nur körperlich, sondern auch mental. Sie können sich nicht vorstellen, welchem Druck die Arbeiterinnen ausgesetzt sind.»

«Ich kann mir das schon vorstellen», widersprach er.

Natürlich. Er hatte ihr bei ihrem Gespräch auf dem Polizeiposten schon einmal vor Augen geführt, dass sie keine Ahnung hatte. Aus der Schicht, aus der er stammte, und natürlich auch durch seine Arbeit kannte er solche Verhältnisse bestimmt zur Genüge.

«Warum tun Sie sich das überhaupt an?», wollte er jetzt wissen. «Was ist das für ein Auftrag, der Sie dazu zwingt, sich so zu verausgaben?»

Sie atmete tief ein. Vielleicht hatte er recht. War es das wert? Ihr ganzer Körper war ein einziger Klumpen Schmerz. Sie schlief schlecht, musste sich zu jeder Mahlzeit zwingen, und die Schicksale der Arbeiterinnen nagten Tag und Nacht an ihr.

«Wissen Sie», hob sie an, «manchmal habe ich das Gefühl, dass die Menschen in dieser kleinen Stadt in unterschiedlichen Welten leben. Ich mit meinem reichen Elternhaus, von dem ich mich zwar abgewandt habe, auf das ich aber im Notfall immer zurückgreifen kann. Schon der Unterschied zwischen dem Leben mit meinem Mann und demjenigen meiner Eltern ist riesig. Aber wie diese Menschen da in der Fabrik kämpfen müssen, nur, um genug zu essen und ein Dach über dem Kopf zu haben, ist einfach furchtbar. Auch wenn die Arbeit und die Unterdrückung durch die Fabrikleitung auch für mich unmenschlich sind, so habe ich jederzeit die Möglichkeit zu gehen. Die anderen müssen das aushalten. Jeden Tag.»

Sie rang nach Worten und spürte, wie ihre Kehle eng wurde. Was erzählte sie da dem Detektiv-Wachtmeister? Sie hatte doch in Erfahrung bringen wollen, worüber er mit dem Fabrikherrn gesprochen hatte. Sie schluckte den Kloß, der sich in ihrem Hals gebildet hatte, herunter und sah zu ihm hoch.

Doch bevor sie etwas fragen konnte, sagte er: «Leider ist das die traurige Realität in dieser Stadt. In diesem Land. Nur wenigen geht es gut. Alle anderen müssen ums Überleben kämpfen.»

«Und ich werde von meinem Vater und meinem Schwager unterhalten.»

«Sie sind alleinstehend und haben sich eine Arbeit aufgebaut, mit der Sie Geld verdienen. Das ist schon viel.» Er räusperte sich. «Aber was ist denn das jetzt für ein Auftrag, der Sie dazu bringt, solche Strapazen auf sich zu nehmen?»

Sie lächelte ihn an. «Herr Bader, eigentlich wollte ich von *Ihnen* wissen, was Sie in der Fabrik gewollt haben! Was halten Sie davon, wenn ich Ihnen von meinem Auftrag erzähle und Sie mir von Ihrem Gespräch mit dem Fabrikherrn?»

«Sie wissen genau, dass das nicht so läuft! Meine Ermittlungen sind Polizeiarbeit und somit vertraulich. Sie hingegen ...»

«Ich bin hier wegen dieser Familie», fiel sie ihm ins Wort, «von der ich Ihnen bei unserem letzten Treffen erzählt habe. Die Familie Meier aus Albisrieden, der trunksüchtige Vater, die kranke Mutter und die sechs Kinder. Das Älteste ist seit über drei Wochen verschwunden, und ich wurde beauftragt, es zu suchen.» Vielleicht würde er darauf einsteigen, wenn sie den ersten Schritt machte?

Er trat von einem Bein aufs andere. Dann drehte er sich zu seinem Mitarbeiter um, der gelangweilt an der nächsten Hausecke lehnte und rauchte. «Geh du schon mal vor, es dauert wohl länger.» Der Hilfspolizist nickte nur, drückte seine Zigarette aus und trollte sich. Bader wandte sich wieder Josephine zu. «Das ist jetzt streng vertraulich, Frau Wyss. Aber vielleicht ist es gut für Ihre eigene Sicherheit. Sie waren schließlich auch gerade in einen Unfall verwickelt.» Er trat noch einen halben Schritt an sie heran und erzählte dann leise: «Gestern ist eine anonyme Meldung bei uns eingegangen. Anscheinend gab es vor zehn Tagen einen Zwischenfall in der Bergmann-Fabrik, bei dem eine Arbeiterin schwer verletzt wurde.»

Sie horchte auf. «Ich habe den Unfall vom Lagerraum aus, in dem ich arbeite, mitbekommen. Es muss schrecklich gewesen sein.» Noch immer schauderte es sie, wenn sie an die Schreie der Frau dachte.

«Leider wissen wir nichts Genaueres über den Hergang», fuhr Bader fort. «In der Nachricht stand lediglich, dass wir den Betrieb mal unter die Lupe nehmen sollen. Was ich heute getan habe. Das hat aber natürlich nichts gebracht, wie erwartet. Honegger streitet vehement ab, dass die Sicherheit in seiner Fabrik ein Problem ist. Es sei ein Versehen gewesen, schlechte Kommunikation, so hat er es genannt. Leider können wir nichts weiter tun, wenn wir keine offizielle Anzeige haben.»

«Können Sie nicht mit der Arbeiterin sprechen?»

«Um ehrlich zu sein, hat mir mein Vorgesetzter verboten, der Meldung weiter nachzugehen. Nur schon, dass ich heute hierherkommen wollte, hat er nicht gutgeheißen. Der Fabrikbesitzer ist ein angesehener und einflussreicher Geschäftsmann und gut befreundet mit dem Polizeichef.»

«Das darf doch nicht wahr sein!», schimpfte sie. «Diese mächtigen Männer decken sich gegenseitig. Kann man denn wirklich nichts tun? Auch nicht über die Gewerkschaften?»

Bader schmunzelte. «Sie können sich vorstellen, was meine Vorgesetzten von den Gewerkschaften halten.»

«Stimmt, sonderlich beliebt scheinen die nicht zu sein bei den Arbeitgebern.»

«Natürlich nicht.»

«Au!» Sie fuhr zusammen. Etwas hatte ihr Bein gestreift. Genau dort, wo die Brandwunde war. Eine schwarze Katze strich um ihre Unterschenkel und schmiegte sich vertrauensvoll an sie. Sie scheuchte sie weg.

«Was ist eigentlich genau passiert?», wollte Bader wissen und deutete auf ihr Bein.

«Sie haben es doch gesehen: Der Topf mit der heißen Seifenmasse ist neben mir auf den Boden geknallt.»

«Ja, natürlich, aber wie ist es dazu gekommen?»

«Ich habe es nicht gesehen, ich stand in dem Moment mit dem Rücken zum Trog. Er muss nicht genau mittig auf dem Sims gestanden haben und ist gekippt. Ich weiß nicht, ob der Sieder ihn nicht richtig hingestellt hat, oder ob ich ihn vielleicht sogar selbst beim Schöpfen verschoben habe.»

«Sie hatten auf jeden Fall großes Glück.»

12

Weder Fräulein Zimmermann noch Klara, mit der sie gestern Abend noch telefoniert hatte, konnten sie davon abhalten, heute wieder in die Bergmann-Fabrik zu fahren. Beide waren entsetzt gewesen über ihre Verletzung und was passiert wäre, wenn sie nicht rechtzeitig zur Seite gesprungen wäre. Sie hatte beiden hoch und heilig versprechen müssen, dass es der letzte Tag sein würde, an dem sie sich dieser Gefahr aussetzte. Also war heute ihre letzte Chance, von den Fabrikarbeiterinnen etwas über Hanna in Erfahrung zu bringen. Oder von Ida. Sie hatte auch sich selbst geschworen, die Übung abzubrechen, wenn sie heute nicht weiterkäme. Friedas Vater würde sie das Geld zurückgeben und die Enttäuschung seiner Tochter irgendwie ertragen. Auch wenn sie überzeugt war, dass Ida etwas wusste, so wollte diese nicht damit herausrücken und ihrer Schwester helfen. Vielleicht war alles in Ordnung mit Hanna, und indem Ida dichthielt, schützte sie sie.

Sie bog in die Aemtlerstraße ein und beschleunigte. Es wäre eine Erleichterung gewesen zu wissen, dass Hanna in Sicherheit war. Sie würde den Fall wohl heute Abend ad acta legen müssen und hoffen, dass das Mädchen an einem besseren Ort war. Dass sie sich aus ihren schlimmen Verhältnissen hatte retten können.

Ein kühler Wind blies ihr ins Gesicht. Der Sommer war vorbei, bald würden die Blätter sich verfärben. Dann wäre es ein Jahr her, seit Fred gestorben war. Ende September. Gerade als sie das dachte, erreichte sie den Anfang der Friedhofsmauer. Dahinter lag er begraben. Ihre Augen begannen zu brennen. Nicht daran denken, sie musste sich voll auf ihren letzten Einsatz in der Fabrik konzentrieren. Wie sollte sie vorgehen? Noch einmal mit den Arbeiterinnen aus den Verpackungsräumen sprechen? Ida wieder auflauern? Aber warum sollte das Mädchen ihr heute etwas erzählen, wenn es das bisher nicht getan hatte?

Schon fast war sie bei der Fabrik angelangt. Hoffentlich musste sie nicht wieder in die Siederei. Nach dem gestrigen Tag kam ihr die Arbeit im Lager wie das Paradies vor. Sie stellte das Rad wieder geschützt vor neugierigen Blicken hinter einen Baum auf der gegenüberliegenden Straßenseite und schloss es ab. Langsam ging sie zur Treppe, die zum Eingang hoch führte. Davor standen die Arbeiter und Arbeiterinnen wie jeden Morgen in Gruppen zusammen. Doch schon schrillte die Glocke, Zigaretten wurden ausgedrückt, letzte Worte gewechselt, und dann strömten alle in die Gebäude. Josephine folgte ihnen langsam. Sollte sie sich bei der Vorarbeiterin melden und fragen, wo sie hinsollte? Sie hatte überhaupt keine Lust, am frühen Morgen schon mit dieser gehässigen Frau zu sprechen.

Hinter einer Gruppe von Frauen betrat sie den Maschinenraum. Von Therese Haug keine Spur. Sie durchquerte die Halle und verließ sie durch die hintere Tür, die in den kleinen Flur beim Lagerraum führte. Noch bevor sie das Lager betreten konnte, kam ihr Lena entgegen.

«Gut, dass du da bist! Du sollst sofort in den Verpackungsraum 7 gehen. Befehl von Frau Honegger persönlich. Anscheinend arbeitest du heute dort.»

«Danke, dann spute ich mich.» Sie wandte sich zum Hinterausgang, doch Lena hielt sie zurück.

«Was war denn gestern los? Der Sepp aus der Siederei hat erzählt, dass beinahe ein schlimmer Unfall passiert ist. Geht es dir gut?»

«Ja, alles in Ordnung. Ich hatte Glück, nur eine kleine Brandwunde am Bein.»

Lena atmete auf. «Da bin ich froh, ich hab mir Sorgen gemacht, als du gestern Nachmittag nicht mehr hier warst.»

«Sie waren so freundlich, mich nach Hause zu lassen. Jetzt muss ich aber los, ich will nicht noch mehr Aufruhr verursachen.»

Sie verließ das Gebäude durch die Hintertür und stieg kurz darauf die Treppe in den ersten Stock des anderen Hauses hinauf. Oben angelangt sah sie sich um. Ein dunkler Korridor erstreckte sich über die ganze Länge des Gebäudes. Von ihm gingen auf jeder Seite mehrere Türen ab. Auf derjenigen zu ihrer Rechten prangte eine mit schwarzer Farbe aufgemalte 1. Dann musste die 7 wohl irgendwo am Ende des Korridors sein. Sie war schon fast an der Nummer 5 vorbei, als sie laute Frauenstimmen aus dem gegenüberliegenden Raum hörte. Jetzt lachte jemand laut, es klang wie das Meckern einer Ziege.

Sie blieb stehen. Die Tür war nur angelehnt, ein dünner Lichtstrahl zog eine helle Linie über den Boden des Korridors.

«Na, Idalein, was schaust du denn schon wieder so verdattert? Hast du jetzt auch solche Erscheinungen wie deine Schwester?» Jemand gluckste. «Komm, mach vorwärts! Sonst müssen wir wieder dafür bezahlen, wenn du so trödelst und wir unser Tagessoll nicht schaffen.»

Ein unterdrücktes Schluchzen drang zu ihr auf den Flur.

«Sei still, du brauchst nicht zu flennen! Mach einfach weiter», sagte eine andere Frauenstimme.

Was fiel diesen Biestern eigentlich ein? Sie stieß die Tür auf und platzte in den Raum. Die Köpfe der Arbeiterinnen, die rund um einen großen Tisch versammelt waren, fuhren herum. Ganz vorne links saß Ida mit hängenden Schultern und schniefte vor sich hin.

«Ich soll mich hier zur Arbeit melden», sagte Josephine resolut. «Anordnung von Frau Honegger.»

Eine ältere Arbeiterin, die an einem der Regale hantiert hatte, kam auf sie zu. Wahrscheinlich war sie die Leiterin hier. «Wie heißt du?»

«Josephine Wyss.»

«Das sagt mir nichts. Das muss ein Missverständnis sein. Wir brauchen niemanden hier. Wir mussten schon dieses Elend hier übernehmen.» Sie deutete auf Ida. «Noch eine, der ich auf die Finger schauen muss, kann ich nicht gebrauchen.»

«Woher wollen Sie wissen, dass ich keine gute Arbeit mache?» Warum konnte sie nicht einfach den Mund halten?

Die Arbeiterin schaute sie spöttisch an und stellte dann fest: «So was seh ich nach dreißig Jahren Erfahrung sofort!»

«Ach, wirklich?», konterte Josephine.

«Ja! Vielleicht arbeitest du sogar gut, aber du bist eine, die früher oder später Probleme machen wird. Das kann ich dir garantieren.» Sie wandte sich wieder dem Regal zu. Dann sagte sie über die Schulter: «Es würde mich nicht wundern, wenn du dich der Gewerkschaft anschließt. Genau so eine bist du!»

«Sie sind ...», hob Josephine an, biss sich dann auf die Lippe. Sie hatte sich doch unauffällig verhalten wollen.

Die Arbeiterin stützte die Hände in die Hüfte. «Ich bin was?» Ihre Stimme war eisig.

Die Frauen am Tisch verfolgten den Wortwechsel gebannt, ihre flinken Finger wickelten aber gleichzeitig routiniert eine Seife nach der anderen in Papier.

«Nichts», erwiderte Josephine und versuchte, möglichst ruhig und beschwichtigend zu klingen.

«Gut, dann verzieh dich jetzt!»

Unschlüssig blieb sie stehen. Sie konnte Ida doch nicht mit diesen fiesen Frauen allein lassen.

«Na, was ist?»

Sie beobachtete Ida. Diese saß immer noch zusammengesunken auf ihrem Stuhl und nestelte an einem Seidenpapier herum, in das sie ein Stück Seife einpacken sollte. Ihre Schultern bebten, und wieder konnte sie ihre Schluchzer nicht unterdrücken. Die Arbeiterin neben ihr stieß sie mit dem Ellbogen in die Seite und zischte: «Sch, sei ruhig!»

Es reichte! Ohne noch länger zu überlegen, trat Josephine an den Tisch heran und stellte sich mit verschränkten Armen aufrecht hin. «Was ist nur los mit euch? Ihr müsstet doch zusammenhalten und nicht die Schwächeren piesacken!»

Ein paar unendliche Sekunden lang war es totenstill. Dann schrie die Leiterin mit hochrotem Kopf: «Raus hier!»

Josephine packte Ida am Arm und zog sie hoch. Keine Sekunde würde sie das Mädchen mit diesen Weibsbildern allein lassen. Sie legte den Arm um die zitternden Schultern des Mädchens und führte sie auf den Flur hinaus. Der Tür gab sie einen kräftigen Stoß mit dem Fuß, sodass sie mit einem Knall ins Schloss fiel.

«Komm, wir suchen dir einen anderen Arbeitsplatz.» Ida sah sie verstört an und wollte schon protestieren, doch Josephine führte sie mit festem Griff zum Verpackungsraum Nummer 7 auf der anderen Seite des Korridors. Sie stieß die Tür auf. Auch hier saßen mehrere Frauen um einen großen Tisch, auf dem sich Papier, Seifen und kleine Kartonschachteln stapelten.

«Wer ist hier die Chefin?», fragte sie, und eine der Frauen erhob sich.

«Ich. Bist du Josephine Wyss?»

«Die bin ich und das ist Ida Meier.»

«Ida, was ist denn los mit dir?» Die Frau nahm das Mädchen an der Hand und führte sie zum Tisch. Dann sah sie fragend zu Josephine.

«Darf Ida meinen Platz übernehmen?», erkundigte sie sich.

Die Arbeiterin zögerte. «Das geht eigentlich nicht. Wir dürfen nicht selbst einfach Leute umteilen.»

«Bitte! Sie sehen doch, in welchem Zustand die Arme ist. Die Arbeiterinnen in Raum 6 sind unausstehlich zu ihr.»

«Raum 6, sagst du? Das sind unsere Geißen, dauernd am Meckern.» Sie strich Ida über die Schulter.

«Sehr passend!», bestätigte Josephine.

Die Arbeiterin schob Ida einen Stuhl zurecht. «Setz dich!», sagte sie und Ida gehorchte mit gesenktem Kopf. «Dann musst du aber Idas Platz übernehmen», wandte sie sich an Josephine.

Als sie den Verpackungsraum 6 betrat und sich, ohne etwas zu sagen, auf Idas Stuhl setzte, schien die Temperatur im Raum um einige Grad zu sinken.

Das hatte sie jetzt davon.

Sie wusste nicht, wie sie den Tag überstehen sollte. Einzig in der Mittagspause hatte sie kurz verschnaufen können. Kaum hatte die Glocke geläutet, war sie hinausgestürmt und hatte sich zu Lena und den anderen Arbeiterinnen aus dem Lager in den Hinterhof gesetzt. Keine Sekunde länger als nötig wollte sie mit den Frauen aus Verpackungsraum 6 verbringen. Sie ignorierten sie, keine sprach mit ihr. Niemand hatte ihr gezeigt, was sie tun sollte, nicht einmal die Leiterin. Eine Weile lang hatte sie beobachtet, wie die Frauen die Seifenblöcke in Seidenpapier wickelten und dann in kleinen Kartonschachteln versorgten. Eine der Arbeiterinnen sammelte diese Boxen ein und stapelte sie laufend in große Kisten. Diese wurden dann in regelmäßigen Abständen von kräftigen Arbeitern abgeholt.

Als sie noch versuchte zu erforschen, wie die Seifen in das Papier eingeschlagen werden mussten, begegnete sie dem strengen Blick der Leiterin. Rasch zog sie einen Stapel Verpackungspapier zu sich heran und griff nach einer Seife.

«Das sind meine!», zischte die Arbeiterin neben ihr. «Du musst deine schon selbst herschleppen.» Sie deutete auf eine schmale Tür im hinteren Teil des Raumes.

Josephine stand auf. Die Blicke der anderen schienen in ihren Rücken zu stechen. Sie trat in den Nebenraum. Der Geruch nach Lilie war so stark, dass ihr fast übel wurde. An den Wänden des kleinen Zimmers stapelten sich die Seifenblöcke auf Regalen bis zur Zimmerdecke. Sie nahm eine der leeren Schachteln vom Boden und füllte sie mit so vielen Stücken wie nur möglich. Unter dem missbilligenden Blick der Leiterin stapelte sie die Seifen vor sich auf den Tisch, wie sie es bei den anderen Arbeiterinnen gesehen hatte. Dann setzte sie sich hin und begann, ein Stück nach dem anderen in Papier zu wickeln.

Als die Glocke das Ende der Mittagspause ankündigte, überlegte sie kurz, ob sie einfach gehen sollte. Sie würde hier nichts mehr erfahren, da konnte sie sich den sicher endlosen Nachmittag auch sparen.

Sie ließ sich hinter die anderen Arbeiterinnen zurückfallen. Wie verlockend wäre es, an diesem schönen Herbstnachmittag einfach nach Hause zu fahren und dann mit Fräulein Zimmermann eine Tasse Kaffee in der Küche zu trinken. Es schien eine Ewigkeit her, seit sie Zeit gehabt hatte für ein solches Vergnügen.

«Na, los!», sagte eine Stimme neben ihr, «träum nicht rum! Wir haben noch viel Arbeit heute, und wenn du schon die dumme Ida hast vor uns retten können, dann sollst du dich jetzt auch anstrengen.» Die Arbeiterin grinste sie hämisch an.

Was fiel der eigentlich ein? «Lass mich in Ruhe», fauchte Josephine, ging dann aber doch ins Gebäude und die Treppe hoch. Sie hatte sich schließlich geschworen, dass sie noch einen Tag bleiben wollte, und der war noch nicht vorbei.

Der Nachmittag floss zäh dahin. Endlich war es sieben Uhr, und beim ersten Klingeln der Glocke sprang sie auf. Wortlos nahm sie ihre Jacke und Tasche und stürmte aus dem Raum.

«Was für eine dumme Kuh», hörte sie eine der Frauen noch sagen und um ein Haar hätte sie sich wieder umgedreht. Aber nein, sie durfte sich nicht provozieren lassen. Ihre Zeit hier war vorbei, es gab nichts mehr zu tun für sie. Sie hatte alles, was möglich war, versucht.

Unten schloss sie ihr Fahrrad auf und wollte sich schon in den Sattel schwingen, als sie einen kleinen Zettel entdeckte, der mit einer dünnen Schnur am Lenker befestigt war. Sanft flatterte er im Wind. Sie löste den Faden und zog ihn aus dem Schlitz, der ins mehrfach gefaltete Papier gerissen worden war, um es zusammenzuhalten. Dann faltete sie den Zettel auseinander. Eine krakelige Kinderschrift sprang ihr entgegen, ein paar wenige Worte:

Hanna Meier ist im Burghölzli. Bitte helfen Sie ihr.

13

Wie eine Burg thronte die Kantonale Heilanstalt Burghölzli auf dem Hügel über dem Zürichsee. Josephine schaute zu den Fensterreihen hoch, die in strenger Geometrie ausgerichtet waren. Zu beiden Seiten des Hauptportals zog sich das Gebäude in die Länge und bildete einen steinernen Kontrast zu den grünen Wiesen, Rebbergen und Feldern rundherum. Trotz des sonnigen Wetters konnte nichts darüber hinwegtäuschen, dass es wie ein Gefängnis wirkte. Auch die hohe Steinmauer, die das Haus abschottete, signalisierte, dass man hier nicht so einfach ein- und ausgehen konnte.

Es war ruhig. Nur ein paar Vögel zwitscherten in den Bäumen, die die Mauer auf der Innenseite säumten und den Blick auf das, was dahinterlag, verdeckten. Keine Menschenseele war zu sehen oder zu hören.

Josephine trat an die Tür heran und klingelte.

Nach wenigen Sekunden drehte sich ein Schlüssel im Schloss und die Tür wurde aufgerissen. Ein Mann in einem grauen Kittel und mit einem Besen in der Hand baute sich vor ihr auf. «Ja, bitte?» Hinter seinen Brillengläsern blitzten kleine Knopfaugen.

«Ich möchte mit Hanna Meier sprechen.»

«Mit wem?»

«Sie ist Patientin hier.»

«Aha. Das ist leider nicht möglich.»

«Warum nicht?» Sie machte einen Schritt auf ihn zu und versuchte, etwas vom Inneren des Gebäudes zu sehen. Doch der Mann stellte sich ihr flink in den Weg und stützte sich auf seinen Besen.

«Hier darf man nicht einfach so reinspazieren und wahllos mit irgendwelchen Patienten sprechen. Diese dürfen nicht gestört werden, ihre Zustände sind delikat.»

«Wann sind denn die Besuchszeiten?»

«Die Besuchszeiten! Verehrte Dame, ich glaube, Sie verwechseln uns mit einem Spital. Hier gibt's keine Besuchszeiten. Die Insassen hier sind weggesperrt.» Dann fügte er leise und verschwörerisch hinzu: «Viele sind eine Gefahr für ihre Umgebung.»

«Wie bitte? Hanna Meier ist ein junges Mädchen, das tut doch niemandem etwas! Bitte lassen Sie mich zu ihr.»

«Auf keinen Fall! Vorschrift ist Vorschrift. Wer sind Sie überhaupt?»

«Ich bin eine Freundin von ihr.»

«Eine Freundin, na bravo! Nicht einmal Familie. Das geht nicht.» Er griff nach der Tür und wollte sie ihr vor der Nase zuziehen. Doch da hatte sie schon ihren Fuß dazwischengestellt.

«Bitte, es ist dringend!»

Er stellte seinen Besen an die Wand und stemmte sich mit beiden Händen gegen die Tür. «Gehen Sie!», keuchte er, doch sie drückte mit voller Kraft dagegen.

«Lassen Sie mich wenigstens mit ihrem Arzt sprechen», drängte sie und gab der Tür einen kräftigen Stoß. Darauf war der Portier nicht gefasst gewesen und taumelte nach hinten. Rasch trat sie in die große Eingangshalle.

«So läuft das nicht! Das ist Einbruch!» Der Mann packte den Besen mit beiden Händen, sein Gesicht war hochrot. Arbeitete er tatsächlich hier oder war er etwa einer der Patienten? Die Situation war zu grotesk.

Sie versuchte, sich zu ducken und unter seinen Armen hindurchzuschlüpfen.

«Was geht hier vor?», schallte eine Männerstimme durch die Halle, und ein großer schlanker Mann in einem weißen Kittel kam die breite Steintreppe herunter. Seine pechschwarzen Haare waren sorgfältig gekämmt und gaben ihm zusammen mit seinen dunklen Augen und der leicht braun getönten Haut ein südländisches Aussehen. Als er auf sie zukam, sah sie, dass er jünger war, als sie auf den ersten Blick gedacht hatte, kaum älter als sie selbst. Auf eine seltsame Art und Weise kam er ihr bekannt vor. Aber woher sollte sie einen Seelenarzt kennen? Denn das war er doch bestimmt.

«Bohnenblust! Bedrohen Sie die Dame etwa mit Ihrem Besen?» In seiner Stimme schwang ein Lächeln mit, und er schien sich zu bemühen, ernst zu bleiben.

«Herr Doktor, diese Frau hat sich unberechtigt Zugang verschafft», hechelte der Mann neben ihr, «ich konnte nichts tun!»

Der Arzt war nun bei ihnen angelangt und streckte Josephine seine Hand entgegen. Sein Lächeln war offen und gewinnend. «Doktor Arnet, sehr erfreut», stellte er sich vor. «Und das ist unser Portier, Herr Bohnenblust.» Der Mann mit dem Besen murrte etwas und begann dann, mit kräftigen Bewegungen den Boden zu fegen.

Josephine reichte dem Arzt die Hand. Er drückte sie und musterte sie prüfend. «Geht es Ihnen gut?», erkundigte er sich. Noch immer hielt er ihre Hand.

«Mir geht es gut», erwiderte sie.

Er ließ ihre Hand los und fragte weiter: «Brauchen Sie unsere Hilfe?»

Oh nein, dachte er etwa, sie sei eine Patientin? Mit einem Ruck zog sie ihre Hand weg und sagte: «Josephine Wyss ist mein Name, ich bin eine Freundin von Hanna Meier. Ihrer Patientin.»

«Von Hanna?» Er klang erstaunt.

«Ich möchte mit ihr sprechen.»
«Ähm, also, das ist nicht so einfach.»
«Warum? Ist es so außergewöhnlich, dass jemand Besuch bekommt?»
«Nun, es gibt hier kein Besuchsrecht, dies wird nur in Ausnahmefällen gestattet.» Der Portier hatte also die Wahrheit gesagt. «Briefverkehr ist erlaubt, und Patienten, die Ausgang haben, dürfen natürlich ihre Angehörigen treffen.»
«Wie im Gefängnis also.» Das Wischen des Besens stoppte und Bohnenblust räusperte sich.
«Es ist zum Schutz unserer Bewohner», erklärte Doktor Arnet. «Sind Sie mit Hanna Meier verwandt?»
«Nein.»
«Dann ist es leider nicht möglich, sie zu sehen, und ich muss Sie auch bitten, jetzt zu gehen. Es ist mir nicht gestattet, mich mit Fremden über unsere Patienten zu unterhalten.»
«Ich bin keine Fremde, ich kenne Hanna. Ich mache mir große Sorgen um sie.»
«Es tut mir leid.» Er deutete zur Tür. «Erkundigen Sie sich bei Hannas Familie, die wird Ihnen weiterhelfen können.»
«Herr Doktor Arnet, es ist wirklich wichtig.» Sie sah sich um. Bohnenblust hatte sich in den hinteren Teil der Eingangshalle verzogen und polierte Heizungsrohre. Sie zog eine Visitenkarte aus ihrer Jackentasche und hielt sie dem Arzt entgegen. Irgendetwas sagte ihr, dass sie ihm vertrauen konnte. «Ich bin Privatdetektivin», sagte sie so leise, dass der Portier sie auf keinen Fall hören konnte. «Ich ermittle im Fall Hanna Meier.» Das klang ganz schön dramatisch. Würde er sie ernst nehmen?
Arnet griff nach der Karte und betrachtete sie. Dann schaute er auf. Zwischen seinen Augen hatte sich eine kleine

Falte gebildet. «Es gibt einen Fall Hanna Meier?», erkundigte er sich flüsternd.

Sie trat so nah an ihn heran, dass sie einen leichten Geruch nach Desinfektionsmittel wahrnehmen konnte. «Hanna ist vor über drei Wochen verschwunden. Außer ihrer Schwester weiß niemand, wo sie ist, und diese hat anscheinend bisher nur mich darüber informiert. Ich wurde von einer Freundin von Hanna und deren Vater beauftragt, sie zu suchen.»

«Was sagen Sie da? Ihre Familie weiß nicht, dass sie hier ist?»

Sie verneinte.

Er steckte ihre Karte in die Brusttasche seines Kittels. «Kommen Sie. Ich glaube, es ist besser, wenn wir in meinem Büro weitersprechen. Die Wände hier haben Ohren.» Er deutete mit dem Kopf zum Portier hinüber, der immer noch betont unbeteiligt mit einem Lappen an den Rohren herumrieb.

Doktor Arnet führte sie die Treppe hoch und in einen Gang, der sich über die ganze Länge des Gebäudes zu erstrecken schien. Es roch nach Bohnerwachs und Staub und erinnerte sie an ihr altes Schulhaus. Es war erstaunlich ruhig, irgendwie hatte sie erwartet, dass an so einem Ort ein dauernder Tumult und Lärm herrschte. Die einzige Unruhe heute schien aber sie selbst verbreitet zu haben.

«Auf dieser Etage befinden sich unsere Büros und die ganze Administration. Die Abteilungen für die Patienten sind in anderen Trakten und Gebäuden untergebracht.» Ob er als Seelenarzt ihre Gedanken lesen konnte?

Bevor er eine der Türen zu ihrer Rechten öffnete, konnte sie einen Blick auf deren Anschrift erhaschen. *Dr. med. Silvio Arnet, Psychiater* stand da. Der Raum dahinter war lichtdurchflutet und ging zur Front hinaus. Ihr wäre ein Zimmer nach hinten lieber gewesen. Sie hätte gerne gewusst, was auf der Rückseite des Hauptgebäudes lag und wie groß das ganze Areal war.

«Darf ich Ihnen einen Kaffee oder Tee anbieten?» Doktor Arnet schob ihr einen der durchgesessenen Sessel zurecht, die zusammen mit einem kleinen Beistelltisch vor dem Fenster standen. An der Wand daneben befand sich eine Art Liegebett, am Kopfende ein weiterer Sessel. War das der Ort, an dem der Arzt die Patienten behandelte? Sie wusste nicht viel über Seelenkuren, aber Gespräche gehörten auf jeden Fall dazu. So viel war ihr bekannt.

Auf der anderen Seite des Raumes reichten Regale voller Bücher bis zur Zimmerdecke, davor stand ein Schreibtisch, der mit unzähligen kreuz und quer gestapelten Akten, Kaffeetassen und allerlei Krimskrams überladen war. Neben der Tür thronten wuchtige Aktenschränke, in denen bestimmt alle geheimen Erkenntnisse des Arztes über seine Patienten aufbewahrt wurden. Am liebsten hätte sie gleich nach der Akte von Hanna gesucht. Was für eine Krankheit hatte er ihr angedichtet?

«Kaffee oder Tee?», wiederholte er und lächelte sie freundlich an. Wieder klang eine leise Erinnerung an jemanden in ihr an.

«Nichts, danke.» Sie wollte direkt zum Punkt kommen und herausfinden, warum Hanna hier ohne das Wissen ihrer Familie eingeliefert worden war. Sie setzte sich in den Sessel, der erstaunlich bequem war. Vielleicht saßen hier auch manchmal Patienten, wahrscheinlich mussten sich nicht alle hinlegen für die Therapie.

Doktor Arnet nahm ihr gegenüber Platz. «Sie sind also Privatdetektivin und wurden beauftragt, Hanna Meier zu suchen?» Er sprach in einem neutralen Ton und zeigte vorerst keine Zweifel an der Wahrheit ihrer Aussage. Normalerweise musste sie in solchen Situationen zuerst lang und breit erklären, dass eine Frau sehr wohl den Beruf eines Privatdetektivs ausüben konnte. Daraufhin wurde sie meistens gefragt, ob es wahr sei, dass sie eine eigene Detektei habe und ohne Unterstützung eines Mannes zurechtkäme. Und zuletzt durfte sie dann noch darlegen, dass sie erstaunlicherweise sogar bezahlt wurde für ihre Arbeit. Ihr heutiger Gesprächspartner schien dies aber nicht infrage zu stellen. Oder war er es einfach gewohnt, den Menschen das Gefühl zu geben, dass er sie ernst nahm? Er war schließlich Psychiater, und die Patienten erzählten ihm sicher die abstrusesten Dinge. Da war eine Frau, die behauptete, Detektivin zu sein und nach einem verschwundenen Mädchen zu suchen, vielleicht nichts Spezielles.

Sie nickte. «Anscheinend habe ich sie jetzt endlich gefunden. Wann kann ich mit ihr sprechen?»

«Das ist leider nicht so einfach. Ich kann gerne abklären, ob Sie unter diesen speziellen Umständen eine Ausnahmebewilligung erhalten, ich denke aber, das wird schwierig. Wir haben – aus naheliegenden Gründen – strenge Auflagen. Was mich aber interessieren würde, ist, warum ihre Familie nichts davon weiß, dass Hanna bei uns ist. Es ist mir tatsächlich schon aufgefallen, dass sich nie jemand nach ihr erkundigt hat. Menschen aus ihrem Milieu kommen aber leider oft aus zerrütteten Verhältnissen. Deshalb ist es nicht außergewöhnlich, wenn sie niemanden haben. Aber bei Hanna scheint das nicht der Fall zu sein?»

«Nein! Zumindest ihre Freundin ist sehr besorgt und auch eine ihrer Schwestern scheint sie sehr zu vermissen. Die Eltern – das ist etwas komplizierter. Die Mutter ist schon seit Längerem in einer Art Delirium und hat ihr Verschwinden wohl nicht bemerkt. Aber der Vater schimpft lauthals darüber, dass ihm Hannas Lohn fehlt. Und auch in der Fabrik, in der sie gearbeitet hat, scheint niemand zu wissen, wo sie steckt.»

«Da haben Sie ja schon einiges unternommen, um Hanna zu finden.» Schwang in seiner Stimme etwa Anerkennung mit?

«Wie ist Hanna hier gelandet? Wer hat sie hergebracht?»

«Einen Moment.» Er erhob sich und ging zu einem der Aktenschränke. Einige Sekunden später zog er eine dünne Mappe aus der Schublade mit den Lettern K-L-M darauf. Er öffnete sie und blätterte durch die losen Papierseiten. «Ah, hier!» Er zog ein Formular hervor und kam zurück zum Fenster, um es besser lesen zu können. «Interessant», murmelte er.

Sie rutschte auf dem Sessel nach vorne. Würde sie endlich etwas erfahren, das sie weiterbrachte?

Der Arzt setzte sich wieder hin und schlug die Beine übereinander. Konzentriert studierte er die Unterlagen.

«Was ist denn jetzt?», konnte sie sich nicht zurückhalten, als er immer noch nichts sagte.

Langsam schob er die Blätter zusammen und legte sie in die Mappe zurück. Er schien zu überlegen, was er ihr sagen sollte. «Nun, eigentlich dürfte ich Ihnen keine Auskunft geben. Aber in Anbetracht dessen, dass die Familie nicht Bescheid weiß über den Verbleib der Tochter, denke ich, ich kann eine Ausnahme machen.» Er strich mit der Hand über die Vorderseite der Mappe. «Zudem das alles sehr merkwürdig ist.»

«Was ist merkwürdig?» Wie lange wollte er sie noch auf die Folter spannen?

«Es gibt keine Angabe darüber, wer Hanna hier hat einweisen lassen.»

«Muss das denn jemand zwingend machen?»

Er nickte. «In der Regel schon. Die wenigsten Patienten kommen freiwillig hierher.»

«Wissen Sie, wer sie hergebracht hat? Oder ist sie etwa doch selbst hierhergekommen? Das kann doch nicht sein!»

«Nein, das nicht. Aber hier steht lediglich, dass sie am 15. August von einem unserer Pfleger in der Seifenfabrik Bergmann abgeholt worden ist.»

Am 15. August. Sie griff nach ihrer Handtasche und zog ihr Notizbuch hervor. Hastig blätterte sie darin. «Das stimmt! Das ist das Datum, an dem Hanna laut ihrer Freundin das letzte Mal gesehen wurde.» Sie überlegte. «Aber warum wurde sie abgeholt? Steht da sonst noch etwas?» Sie deutete auf die Mappe.

Arnet rieb sich die Schläfe. «Das ist eben das Seltsame. Normalerweise werden wir von jemandem beauftragt, eine Person abzuholen und einweisen zu lassen. Oder die Angehörigen vereinbaren einen Termin und bringen den Patienten zur Abklärung hierher. Konkret ausgedrückt: Wir benötigen die Unterschrift eines Familienmitglieds, eines Arbeitgebers oder eines Arztes. Es ist uns selbstverständlich nicht erlaubt, Leute einfach nach Gutdünken einzusammeln und hier zu versorgen. Außer vielleicht, wenn eine Person gewalttätig ist. Aber auch dann werden wir in der Regel von jemandem gerufen.»

«Sie wissen also nicht, wer diesen Pfleger beauftragt hat.»

«Nein, hier fehlt diese Information.» Er trommelte mit den Fingern auf das Dossier. «Was ich auch nicht verstehe, ist, warum dies niemandem aufgefallen ist. Eigentlich sollte immer überprüft werden, dass hier etwas eingetragen ist. Spätestens, wenn der Patient fix aufgenommen wird, was hier der Fall ist. Der Datumsstempel und die Unterschrift des Direktors sind nämlich korrekt erfasst.»

Sie kritzelte eifrig in ihr Heft. Dann schlug sie es zu und verlangte: «Ich muss mit diesem Pfleger sprechen.»

«Das geht nicht.»

«Warum nicht?»

«Hören Sie, ich würde schon arge Probleme bekommen, wenn mein Vorgesetzter wüsste, dass ich mit Ihnen über diese vertrauliche Angelegenheit spreche.»

«Können Sie mir denn sonst irgendetwas sagen? Wie geht es Hanna?»

«Das geht leider nicht. Betreffend den Gesundheitszustand eines Patienten unterstehe ich der ärztlichen Schweigepflicht. Es tut mir leid, Sie sind nun mal keine Angehörige.»

«Herr Doktor Arnet, Sie sehen doch, dass hier etwas nicht mit rechten Dingen zugeht! Wir müssen diesem Mädchen helfen! Ziemlich sicher ist sie vollkommen zu Unrecht hier.»

Der Arzt legte die Mappe auf das kleine Tischchen vor ihnen. Dann stand er auf und ging zu seinem Schreibtisch, rückte einige der Papierstapel zurecht und ging dann zur Tür. Er öffnete sie, blieb einen Moment im Türrahmen stehen und schaute den Flur auf und ab. Wollte er kontrollieren, ob jemand lauschte? Er hatte doch gesagt, dass die Wände Ohren hatten. Dann drehte er sich um und kam zu ihr zurück. Seine fast schwarzen Augen sahen sie entschuldigend an, doch dann sagte er entschlossen: «Es ist besser, wenn Sie jetzt gehen, Frau Wyss. Ich habe Ihnen schon viel zu viel erzählt.»

Hinter ihr drehte sich der Schlüssel im Schloss. Einen Moment lang blieb sie unschlüssig stehen. Sie hatte so gehofft, dass sie hier etwas mehr erfahren würde und im besten Fall Hanna nach Hause bringen könnte. Das Gespräch mit dem Arzt hatte aber nur noch mehr Fragen aufgeworfen. So nett Doktor Arnet auch gewesen war, viel weiter war sie bei ihm auch nicht gekommen. Sie musste mit Hanna sprechen. Und mit diesem Pfleger! Wie sollte sie nur ungesehen zurück auf das Areal gelangen?

Über den mit Bäumen bepflanzten Vorplatz ging sie langsam zurück auf die Landstraße, die rechts zum See hinunter und links den Hügel hochführte.

Sie ging ein Stück die Mauer entlang. Ihr Fahrrad würde sie für den Moment hier beim Haupteingang stehen lassen. Vielleicht gab es auf der hinteren Seite ein Schlupfloch oder zumindest eine Möglichkeit, einen Blick ins Innere des Areals zu werfen. Bei der nächsten Abzweigung ging sie nach links und folgte weiterhin der Mauer. Leider standen auch hier hohe Bäume und verdeckten den Blick auf das Gebäude. Nur die Giebel des Fronthauses ragten in den Himmel.

Endlich hatte sie das Ende der Baumreihe erreicht, doch die Mauer zog sich weiter den Weg entlang und schien hier sogar noch höher zu sein. Sie stellte sich davor und streckte ihre Arme nach oben. Keine Chance. Auch eine deutlich größere Person als sie hätte eine Leiter benötigt, um an der Mauer hochzusteigen und darüberzuschauen. Und weit und breit war nichts, was sie als Tritt hätte benutzen können.

Bei der nächsten Weggabelung ging sie wieder nach links, jetzt war sie auf der Rückseite des Areals angelangt, und auch hier grenzte die Mauer es ab.

Als sie schon fast die Hälfte der Strecke zurückgelegt hatte, entdeckte sie ein kleines Haus, das die Mauer unterbrach. Sie ging langsamer. Vielleicht gab es hier ebenfalls einen grimmigen Portier. Aber schließlich war das ein öffentlicher Weg, sie konnte problemlos für eine Spaziergängerin gehalten werden. Sie ging weiter. Hinter dem Häuschen entdeckte sie ein zweites, das zusammen mit dem anderen ein großes Tor einrahmte, das in die Mauer eingelassen war. Aber leider bot sich auch hier keine Sicht auf das, was dahinterlag.

Auf der anderen Seite des Weges lag ein großer Bauernhof mit mehreren Gebäuden. Gehörte dieser auch zum Burghölzli? Falls nicht, war es für dessen Bewohner sicher merkwürdig, in direkter Nachbarschaft zu einer Irrenanstalt zu leben. Hinter und neben dem Hof erstreckten sich weite Felder begrenzt von einem Weg und einem kleinen Wäldchen zur Seeseite.

Schon bald hatte sie die nächste Ecke des Areals erreicht. Die Mauer fasste es ohne Unterbruch ein, hier gab es kein Entkommen und auch keinen Einlass. Sie musste einen anderen Weg finden, um zu Hanna und diesem Pfleger zu gelangen.

Wieder beim Haupteingang angekommen, schloss sie ihr Fahrrad auf. In dem Moment, in dem sie aufsteigen wollte, wurde die Tür aufgerissen und jemand sagte: «Bohnenblust, falls jemand nach mir fragt: Ich bin in ungefähr zwei Stunden zurück. Eine dringende private Angelegenheit.»

Doktor Arnet trat auf den Vorplatz. Zuerst hätte sie ihn fast nicht erkannt, da er nicht mehr seinen weißen Kittel, sondern einen zwar einfachen, aber sehr geschmackvollen Anzug mit Hut trug.

«Frau Wyss!», rief er überrascht. «Was machen Sie denn noch hier?»

«Ähm, also ich ... Ich wollte noch ein wenig die schöne Aussicht genießen.» Sie zeigte zum See hinunter.

«Ach so.» Ein Lächeln blitzte in seinen Augen.

Sie lächelte zurück. «Ich habe mich noch etwas umgesehen. Leider nicht sehr erfolgreich.»

«Viel zu sehen gibt es von außen nicht. Das hätte ich Ihnen gleich sagen können.»

«Es ist sehr gut abgeschottet.»

Nachdenklich schaute er an der Fassade hoch. «Es hat schon etwas von einem Gefängnis.»

«Man kommt nicht hinaus, aber auch nicht hinein. Außer man ist verrückt.»

«Oder Arzt», meinte er schalkhaft. Dann deutete er auf ihr Fahrrad. «Fahren Sie zurück in die Stadt?»

Sie nickte. «Hier scheine ich leider nicht weiterzukommen.» Das klang vorwurfsvoller, als sie wollte. Er konnte schließlich nichts dafür, dass er sich an die Vorschriften halten musste.

Ihn bekümmerte ihr Ton aber offenbar nicht. «Darf ich Sie ein Stückchen begleiten?», fragte er. «Mein Wagen steht unten an der Straße.»

Er hatte ein Auto, als Arzt verdiente er bestimmt nicht schlecht. Vielleicht kam er aber auch aus einer wohlhabenden Familie, so wie sie. Kannte sie ihn etwa von früher?

«Sofern Sie nicht gleich losfahren und den Hügel hintersausen wollen», fügte er jetzt hinzu. «So wie ich Sie einschätze, würde Ihnen das nicht schlecht gefallen.»

War sie so einfach zu durchschauen? Auch wenn sie der schnellen Geschwindigkeit von allem, was mit Strom oder Brennstoff betrieben wurde, nicht traute, so liebte sie es, auf ihrem Fahrrad den Fahrtwind zu spüren.

«Ich gehe mit Ihnen bis zu Ihrem Wagen. Vielleicht verraten Sie mir unterwegs noch etwas.»

Er ignorierte ihre Bemerkung und griff nach dem Lenker ihres Fahrrads. «Sie erlauben?»

Nebeneinander spazierten sie die Straße hinunter. Sie fühlte sich seltsam wohl in seiner Gegenwart. Gleichzeitig musste sie auf der Hut bleiben, wer weiß, ob sie ihm wirklich vertrauen konnte.

«Wohin fahren Sie denn?», erkundigte sie sich.

«Ich will zu Hannas Familie und in die Bergmann-Fabrik. Es lässt mir keine Ruhe, dass niemand zu wissen scheint, dass das Mädchen hier eingeliefert wurde.»

Meinte er das ernst?

«Das bleibt aber unter uns», sagte er.

Sie schaute ihn von der Seite an, er sah geradeaus Richtung See.

«Sie wollen dem nachgehen?»

Er nickte. «Um ehrlich zu sein, war mir Hannas Einlieferung von Anfang an suspekt.»

«Was meinen Sie damit?»

Er hielt kurz inne und erklärte dann: «Da es sich um ihren Gesundheitszustand handelt, darf ich Ihnen leider nicht mehr sagen.»

Sie machte zwei Schritte nach vorne und griff dann von der Seite an den Lenker des Fahrrads und stoppte es. Arnet wäre beinahe über seine eigenen Füße gestolpert. Sie stellte sich vor das Rad und fixierte ihn. «Bei allem Respekt, Herr Doktor, hier geht es um das Wohlergehen eines jungen Mädchens. Es muss doch in Ihrem Interesse liegen, Hanna zu helfen? Das ist doch Ihre Pflicht als Arzt, und es liegt offensichtlich weit mehr vor als ein gesundheitliches Problem. Da sind wir uns doch einig, oder?»

«Frau Wyss, Sie bringen mich in die Bredouille!»

«Nur wenn wir zusammenarbeiten, hat Hanna eine Chance, zu ihrer Familie zurückzukehren. Das müssen Sie doch einsehen! Ist das nicht Ihr Ziel: Ihren Patienten bestmöglich zu helfen? Deshalb muss ich wissen, was genau passiert ist und wie es ihr geht.»

Arnet griff nach ihrer Hand und löste sie vom Lenker. Doch sie ließ sich nicht stoppen.

«Ich weiß, dass Hanna sogenannte religiöse Erscheinungen hatte, doch das waren nur dumme Streiche. Die Frage ist, wer ihr diese Streiche gespielt hat und warum. Ob es nur ein paar freche Buben waren oder ob mehr dahintersteckt, verstehen Sie?»

Er sah sie verwundert an. «Was wissen Sie über die Halluzinationen?»

«Das sage ich Ihnen, wenn Sie mir alles berichten, was Sie wissen.»

Seufzend schüttelte er den Kopf. «Das geht nicht.» Er verzog das Gesicht. «So gern ich helfen möchte, sind mir schlichtweg die Hände gebunden. Ich will meine Stellung nicht verlieren und genau das riskiere ich momentan.»

Sie musste an Bader denken, das waren doch immer seine Worte.

Sie überlegte kurz und entschloss dann: «Gut, ich erzähle Ihnen, was ich weiß. Und Sie versprechen mir, dass Sie alles tun, was in Ihrer Macht steht, um Hanna mit meinen Informationen und dem, was Sie wissen, zu helfen. Einverstanden?»

Erstaunlicherweise erklärte er sich sofort einverstanden. «Ich will helfen, das versichere ich Ihnen.» Er sah sie gespannt an.

Warum sie ihm aufs Wort glaubte, hätte sie nicht sagen können. War es dieses Gefühl, dass sie ihn kannte? Oder ließ sie sich etwa zu einfach von seiner sympathischen Art und seinem Lächeln täuschen?

Sie löste ihre Hand vom Lenker und erzählte ihm dann alles, während sie wieder nebeneinander die Straße hinuntergingen.

«Darum muss ich wissen, warum Hanna im Burghölzli gelandet ist», schloss sie. «Ich bin sicher, dass es für alles eine Erklärung gibt, nur bin ich bis jetzt nicht daraufgekommen.»

Arnet hatte ihr gebannt gelauscht und sie nicht einmal unterbrochen. Jetzt hielt er inne und versicherte sich dann: «Sie haben also zwei Wochen in dieser Fabrik gearbeitet?» In seiner Stimme klang ehrliche Bewunderung.

«Es war furchtbar.»

Schweigend ging er weiter. Sie wartete ab. Würde er ihr doch noch etwas verraten? Vielleicht würde dann das Bild etwas schärfer werden.

Jetzt waren sie unten an der Straße angelangt.

«Dahinten steht mein Wagen.» Er hielt ihr das Fahrrad hin.

«Sie sagen mir einfach nichts?»

«Lassen Sie mir ein wenig Zeit. Ich muss darüber nachdenken.»

Sie hatten keine Zeit zum Nachdenken! Nur mit Mühe hielt sie eine Bemerkung zurück.

«Ich melde mich bei Ihnen, wenn ich von meinen Besuchen zurück bin. Vielleicht kann ich etwas in Erfahrung bringen, das Licht ins Dunkel bringt.» Er tippte sich an den Hut. «Einen guten Tag wünsche ich Ihnen.»

«Herr Doktor Arnet, eine letzte Frage: Warum hat Ihnen Hanna eigentlich nichts davon erzählt, dass ihre Familie nicht weiß, dass sie hier ist? Dürfen Sie mir wenigstens das verraten?»

Er schob die Hände in die Manteltaschen. «Sie geben wohl nie auf?»

Sie sagte nichts und schaute ihm direkt in die Augen.

«Also gut», lenkte er ein, ohne ihrem Blick auszuweichen, «aber Sie müssen mir versprechen, dass Sie absolutes Stillschweigen darüber bewahren.»

«Versprochen.»

«Hannas Seele war in einem desolaten Zustand, als sie zu uns kam. Sie war sehr verängstigt und hat zuerst nichts gesprochen. Dann nur wirres Zeug über ihre Erscheinungen. Ich habe mich entschieden, sie einer Schlafkur zu unterziehen, damit sie zur Ruhe kommen konnte.»

«Einer Schlafkur?»

«Bei einer Schlafkur sediert man den Patienten mit Medikamenten. Diese haben wir erst vor ein paar Tagen abgesetzt. Ich hatte gehofft, dass ich nun mehr von Hannas Erlebnissen erfahren würde, doch bis jetzt hat sich das als unmöglich herausgestellt. Sie hat bisher kaum etwas gesprochen und auch von ihrer Familie hat sie nichts erzählt. Wie gesagt, ist mir unglücklicherweise bis vorhin nicht aufgefallen, dass in ihren Unterlagen die Unterschrift eines Erziehungsberechtigten fehlt. Weil sich viele Familien schämen, wenn jemand bei uns aufgenommen wird, ist es leider nicht außergewöhnlich, wenn sich eine Weile niemand nach den Patienten erkundigt. Nicht wenige Menschen denken, dass es schlimmer ist, ein Familienmitglied in einer Anstalt zu haben als im Zuchthaus.»

«Wie schrecklich! Hannas Schwester hat anscheinend zu Hause nichts erzählt. Sonst wäre ihr Vater bestimmt hier aufgetaucht. Der war ganz außer sich, dass Hannas Lohn wegfällt.»

«Da ist leider einiges unglücklich abgelaufen. Nun sollte ich aber los, vielleicht kann ich noch etwas wiedergutmachen und Hanna möglichst bald nach Hause bringen.» Er nickte ihr zu. «Ich lasse wieder von mir hören. Ich habe ja Ihre Karte.»

Sie schaute ihm nach, wie er den kleinen Feldweg hinunterging, wo ein roter Fiatwagen stand. Dann traf es sie wie ein Schlag. Sein aufrechter Gang, seine freundliche Art, sein Lächeln, sein Ringen darum, ob er die Regeln über den Haufen werfen sollte, um jemandem zu helfen: Er erinnerte sie an Fred.

Doch ihre Sicht wurde bereits von den Bäumen, die wie eine Allee entlang der Mauer standen, verdeckt.

Jetzt hatte sie die Rückseite der Anstalt erreicht. Sie hielt kurz inne und schaute zum Bauernhof hinüber. Nichts regte sich, und das war insofern gut, als sie schließlich nicht ertappt werden wollte. Andererseits brauchte sie für das, was sie gleich vorhatte, Publikum.

Langsam bewegte sie sich auf das Tor zwischen den beiden Häuschen zu. Höchstwahrscheinlich diente dieses als Hintereingang, durch den Material, Wäsche und Essen angeliefert wurden. Hoffentlich befanden sich hinter diesem Tor auch Menschen, die sie bemerken würden.

Im Gehen öffnete sie ihre Handtasche und nahm eine kleine Glasflasche heraus. Diese hatte Fräulein Zimmermann heute Morgen widerwillig mit Bier gefüllt. Widerwillig, da sie ihr partout nicht hatte sagen wollen, was sie damit vorhatte. Es reichte, wenn Klara ungefähr Bescheid wusste, was für einen verrückten Plan sie ausgeheckt hatte, um in die Klinik zu kommen und dann möglichst für ein paar Tage bleiben zu können. Sie spürte ihren Herzschlag, und die Flasche in ihren Händen zitterte. Sollte sie das wirklich tun?

Sie schüttelte die Flasche, hielt inne, atmete tief durch. Für Hanna. Mit einem Zischen öffnete sie den Deckel, und das Bier spritzte über den Rasen. Sie nahm einen großen Schluck, ein bisschen Mut konnte sie gebrauchen. Dann leerte sie sich den Rest über ihre Jacke und den Rock und strich sich den Schaum um den Mund. In einem hohen Bogen warf sie die Flasche ins Gebüsch und füllte ihre Lungen mit Luft. Dann begann sie zu schreien.

Nichts geschah. Sie schrie lauter und ging näher ans Tor heran. Hörte sie denn niemand?

Da sah sie, wie sich auf der anderen Straßenseite beim Bauernhof etwas regte. Ein Mann trat aus dem Schatten der

Scheune, und sie spürte seinen Blick. Aber sie brauchte keinen Bauern, sie brauchte einen Arzt, einen Pfleger oder sonst einen Angestellten der Anstalt.

Sie schrie weiter, so laut sie konnte. Ihre Kehle schmerzte, doch so schnell würde sie nicht aufgeben.

Jetzt kam der Mann über die Straße auf sie zu. Sie warf sich auf den Boden und wand sich.

«He, beruhigen Sie sich!» Besorgte Augen schauten aus einem vom Wetter gegerbten Gesicht auf sie herab. Sie schlug noch vehementer um sich.

«Du meine Güte», murmelte der Mann und strich sich hilflos über den Kopf. Dann verschwand er aus ihrem Blickfeld und sie wälzte sich weiter im Gras.

«Aufmachen!», hörte sie ihn jetzt rufen, dann folgte ein lautes Hämmern. Sie hielt eine Sekunde inne und drehte den Kopf in die Richtung, aus der seine Stimme kam. Er stand mit dem Rücken zu ihr am Tor und schlug dagegen. «Hallo, ist da jemand?»

Endlich hörte sie ein Knarren, und kurz darauf wurde die Tür von innen geöffnet.

Sie nahm ihr Geschrei wieder auf, diesmal etwas leiser, damit sie verstehen konnte, was gleich geredet wurde. Es sollte bitte einfach nicht Doktor Arnet sein, der die Tür öffnete.

«Was ist hier los?», fragte jemand. Das war nicht Arnet.

«Die Frau da», erklärte der Bauer, «ich habe sie vor ein paar Minuten so vorgefunden. Sie scheint vollkommen außer sich zu sein. Ist sie eine Patientin?»

«Das kann ich nicht sagen, aber wir kümmern uns um sie. Gehen Sie zur Seite bitte.»

Zu gern hätte sie aufgeschaut, doch sie musste in ihrer Rolle bleiben.

«Karl, bringen Sie eine Trage und die Riemen», ordnete die Stimme jetzt an, und plötzlich wurde sie mit einem Ruck auf den Rücken gedreht und jemand drückte ihre Arme fest auf den Boden. Sie erschrak sich so, dass sie für einen Moment vergaß zu schreien.

«Ganz ruhig», sagte der Bebrillte, der sich über sie beugte. Er war ungefähr im Alter ihres Vaters und seiner Kleidung nach – er trug einen weißen Kittel wie Arnet – Arzt.

Sie wehrte sich gegen seinen Griff und begann, mit den Beinen zu kicken. Gleichzeitig schrie sie ihm ins Gesicht.

Er ließ sich nicht davon beirren und hielt ihre Handgelenke mit eiserner Hand fest. Er schien genau zu wissen, wie er sie festhalten musste, um nicht von ihr verletzt zu werden. Da er auf der Höhe ihres Oberkörpers neben ihr kniete, erreichte sie ihn nicht mit ihren Beinen.

Jetzt sah sie, wie zwei Männer mit einer Krankentrage auf sie zukamen. Der Bauer stand immer noch da und glotzte zu ihr herüber.

«Hier abstellen», kommandierte der Arzt, «und dann rauf mit ihr.»

Ehe sie sich versah, lag sie schon auf der Trage und wurde mit Riemen festgezurrt. Sie konnte nur noch den Kopf bewegen, ihre Arme und Beine waren fixiert. Die beiden Pfleger hoben sie hoch und der Arzt legte eine Hand auf ihre Schulter. Sollte das etwa beruhigend wirken?

Sie begann zu wimmern und ließ ihre Stimme immer weiter ansteigen. Es klang sehr verrückt, doch sie musste jetzt weitermachen, auch wenn sie langsam keine Kraft mehr in den Lungen hatte. Sie wurde durch das Tor getragen und hörte, wie dieses hinter ihr ins Schloss fiel. Sie war drin!

«Bringt sie gleich ins Bad», ordnete der Arzt an. «Das wird sie hoffentlich beruhigen. Wenn sie danach ansprechbar ist, behandle ich sie umgehend. Falls nicht, kommt sie über Nacht in eine Zelle im U. Meldung an mich.»

Ins Bad? Was sollte das heißen? Und wie und mit was würde er sie behandeln? Und was bedeutete ‹U›?

Ihr Körper wurde durchgeschüttelt, sanft waren die Pfleger nicht gerade. Über sich sah sie den Himmel, links und rechts einige Gebäude, dazwischen Grünflächen.

Plötzlich verdunkelte sich alles um sie herum. Sie waren in eines der Häuser hineingegangen.

«Wir haben eine Aufgeregte fürs Bad», meldete einer der beiden Pfleger.

Sie hob den Kopf, um sich umzuschauen, doch sofort legte sich eine warme, trockene Hand auf ihre Stirn und drückte ihren Kopf auf die harte Trage zurück. Das Gesicht der Frau, zu der die Hand gehörte, schob sich über sie. Diese trug ebenfalls die Kleidung der Pfleger.

«Sch, sch, ganz ruhig», sagte sie mit weicher Stimme und ließ ihre Hand auf ihrer Stirn liegen, während sie durch einen Flur getragen wurde.

«Hier hinein.»

Josephine hörte, wie eine Tür geöffnet wurde, und dann wurde es noch dunkler. Und warm.

«Stellt sie hier ab, und du, lass Wasser einlaufen, sie braucht sofort ein Bad.»

Die Trage wurde mit einem Ruck auf Hüfthöhe abgestellt. Lag sie jetzt auf einem Tisch? Wasserrauschen drang an ihr Ohr.

«So aufgeregt scheint sie aber nicht mehr zu sein», stellte die Pflegerin fest.

«Anweisung von Doktor Bühler», informierte sie einer der Männer. «Sie hat ganz ordentlich rumgeschrien, glaub mir!»

Wie zur Bestätigung gab Josephine ein lautes Jaulen von sich.

«Na, siehst du!»

«In Ordnung.» Die Hand löste sich von ihrer Stirn. «Guttun wird es ihr auf jeden Fall. Wo sollen wir sie nachher hinbringen?»

«Zu Bühler, falls sie ruhig ist, wenn nicht, dann ins U.» Was bedeutete nur dieses U? War es besser, dorthin gebracht zu werden oder zum Arzt? Sollte sie weiter schreien oder nicht?

«Wir gehen dann.» Die Schritte der beiden Männer entfernten sich, und eine Tür fiel ins Schloss.

«Kommt, stellt euch dahin», sagte die Pflegerin. «Im Moment ist sie ruhig, aber wir müssen sie festhalten können, falls sie ausschlägt. Und du, gib mir ein Hemd.»

Wie man hier über sie sprach! Als ob sie gar nicht anwesend wäre und nicht jedes Wort hören könnte. Da sie anscheinend sowieso in dieses Bad musste, würde sie sich vorerst ruhig verhalten. Falls jemand Verdacht schöpfte, konnte sie jederzeit wieder mit ihrem Schreikonzert beginnen.

Die Riemen um ihren Körper lösten sich. Was für eine Befreiung. Dann wurde sie unter den Achseln gepackt und ehe sie sich versah, stand sie auf dem Boden. Sie war in einer Art Waschraum, ihr gegenüber stand eine Frau an einer Badewanne, in die aus einem Hahn dampfendes Wasser hineinlief. Um sie herum versammelten sich jetzt drei Frauen, die mit geschickten Händen begannen, sie komplett zu entkleiden. Sie widerstand dem Reflex, sich zu wehren.

Wenige Sekunden später stand sie splitterfasernackt auf dem kalten Boden. Sie schlang die Arme um den Oberkörper.

«Arme hoch!», hieß es jedoch sofort.

Zitternd hob sie die Arme und jammerte leise vor sich hin. Zu ruhig durfte sie auch nicht sein, sonst würde ihr Theater bald auffliegen. Das Wimmern fiel ihr nicht sonderlich schwer, die Situation war zu unangenehm. Die zwei anderen Frauen – Josephine nahm an, dass sie Hilfspflegerinnen waren – zogen ihr eine Art Nachthemd über den Kopf. Immerhin musste sie nicht nackt ins Bad.

«Umdrehen!» Sie gehorchte. Was hatten sie jetzt noch vor?

In Windeseile lösten sie die Haarnadeln aus ihren Locken.

«Das Wasser ist bereit», meldete die Frau bei der Wanne.

«Dann los!» Die beiden Frauen nahmen sie zwischen sich, hielten sie an den Oberarmen fest und führten sie zum Bad. Mit dem Fuß schob eine von ihnen einen kleinen Hocker vor die Wanne.

«Steigen Sie hoch, wir helfen Ihnen rein.»

Sie setzte einen Fuß auf den Holzhocker, die Frauen stützten sie, als ob sie alt und gebrechlich wäre und es nicht allein schaffen würde, in diese Wanne zu kommen.

«Setzen Sie sich», kommandierte die eine, als sie im warmen Wasser stand.

Sie gehorchte und ließ sich ins Bad gleiten.

«Versuchen Sie, sich zu entspannen», sagte die Stimme der Pflegerin hinter ihrem Kopf. «Heidi, du bleibst bei ihr und überwachst sie.»

Josephine lehnte den Kopf an den harten Rand der Wanne und versuchte, ruhig zu atmen. Entspannung hätte sie dringend nötig gehabt, aber sie durfte sich nicht einlullen lassen von der wohltuenden Wärme. Wann hatte sie das letzte Mal ein Bad genommen? Sie legte die Arme auf den Wannenrand, doch sofort zischte die Hilfspflegerin: «Runter!» Gehorsam ließ sie sie wieder unter die Wasseroberfläche gleiten und gab ein Knurren von sich. Zu normal durfte sie nicht wirken.

Mit halb geschlossenen Augen überlegte sie krampfhaft, ob es wohl besser war, zum Arzt gebracht zu werden oder in eine Zelle. Es war jetzt wahrscheinlich erst gegen zehn Uhr morgens, sie würde also im schlimmsten Fall den ganzen Tag und vielleicht sogar die Nacht in der Zelle verbringen. Wahrscheinlich allein. Und daraus gab es sicher kein Entkommen. So viel Zeit durfte sie nicht verlieren. Also zu Doktor Bühler.

Sie ächzte. «Ich glaube, es geht mir schon viel besser», ließ sie die Hilfspflegerin, die sie mit Argusaugen beobachtete, wissen.

«Das wird Frau Küster entscheiden, mir brauchen Sie nichts zu erzählen. Noch zehn Minuten, dann können Sie raus und dann sehen wir weiter.»

«Danke», murmelte sie und drückte das Nachthemd, das sich im Wasser aufgeblasen hatte, nach unten. Dann verschränkte sie die Hände über der Brust und versuchte, tief und regelmäßig zu atmen. Das würden sehr wahrscheinlich die letzten ruhigen Minuten für eine ganze Weile sein.

Doch ihr Kopf ließ ihr keine Ruhe. Was würde sie Doktor Bühler erzählen? Und wie sollte sie zu Hanna kommen? Oder diesen Pfleger finden, der das Mädchen damals in der Bergmann-Fabrik abgeholt hatte? Wie leicht würde es sein, sich hier zu bewegen, ohne dass jemand Verdacht schöpfte? Sie schaute zu den Pflegerinnen hinüber, die an einem Tisch Hemden falteten und mit dem Rücken zu ihr standen. Hinter ihnen war ein Regal, auf dem sich Wäsche stapelte. War diese nur für die Patienten bestimmt oder lagerte hier auch die Kleidung für das Personal? Vielleicht konnte sie an eine solche Schürze kommen und damit unauffällig durch die Anstalt spazieren.

«Suchen Sie etwas?», drang die Stimme der Hilfspflegerin zu ihr hindurch.

Sie verneinte.

«Die Zeit ist auch um. Frau Küster, das Bad hat jetzt zwanzig Minuten gedauert. Die Patientin war die ganze Zeit ruhig.»

Die Pflegerin trat an die Wanne heran und schaute sie ernst an. «Sie sieht normal aus. Ihr könnt sie rausholen und abtrocknen. Und dann steckt ihr sie in ein frisches Hemd.»

Sie stützte sich auf den Rand der Badewanne und stand auf. Das Hemd klebte an ihrem Körper. Die beiden Hilfspflegerinnen halfen ihr aus dem Bad. Das Wasser lief aus ihren Haaren über ihren Rücken und tropfte vom Saum des Hemdes auf den Steinboden. Sie fröstelte.

Doch bevor sie richtig zu frieren begann, wurde sie in ein Tuch gewickelt und vier Hände rieben an ihr herum. Dann hieß es wieder «Arme hoch», und sie stand nackt mitten im Raum. Noch einmal wurde das Tuch um sie geschlungen.

Immerhin durfte sie ihre eigene Unterwäsche anziehen. Die Pflegerin überprüfte diese aber sehr genau, bevor sie sie ihr reichte. Dann folgte ein trockenes Hemd, ihre Kleider bekam sie nicht mehr zu Gesicht.

«Meine Tasche?», fragte sie.

«Die ist hier.» Die Pflegerin bückte sich und zog sie unter dem Tisch hervor. Zum Glück hatte jemand daran gedacht, sie mitzunehmen, sie selbst hatte vor lauter Schauspielerei nicht darauf geachtet. «Sie bekommen Sie zusammen mit Ihren Kleidern zurück, wenn Sie entlassen werden.»

Bevor sie noch protestieren konnte, brach draußen plötzlich ein Tumult los. Die Frauen eilten zur Tür.

Blitzschnell war sie um den Tisch herum und beim Wäscheregal. Da! Auf der rechten Seite lagen genau die Schürzen, die die Pflegerinnen trugen. Und auch Blusen und Röcke für darunter. Aber wie sollte sie so eine Pflegerinnen-Uniform unauffällig mitnehmen?

Hinter ihr schrie jemand wie am Spieß. Sie fuhr herum. Eine laut kreischende Frau wurde von den gleichen Männern, die auch sie vorhin hierhergebracht hatten, in den Raum gezerrt. Rasch trat sie an die Stelle zurück, wo sie vorhin mit den Frauen gestanden hatte. Ihr Herz raste, doch niemand beachtete sie.

Die schreiende Frau trug bereits ein Hemd, und so wurde ihr die erniedrigende Prozedur des Ausziehens erspart. Dafür banden ihr die beiden Pfleger jetzt je einen Riemen um den Oberkörper und um die Beine. Dann packten sie sie und trugen sie zur Wanne. Sie wand sich und versuchte, sich zu befreien. Vergeblich. Die Männer hoben sie hoch und legten sie in die Wanne. Eine der Hilfspflegerinnen stand am Kopfende und stützte der Patientin den Nacken. Die andere drückte ihr den Mund auf und schob ihr ein Stoffstück zwischen die Zähne. Das Schreien ging über in ein ersticktes Jaulen.

«Kommt ihr zurecht?», fragte einer der Männer.

Die Pflegerin nickte. «Sie wird sich bald beruhigen. Wer ist der zuständige Arzt?»

«Arnet. Er ist informiert und wird gleich nach ihr schauen kommen.»

Bitte nicht Doktor Arnet! Sie musste weg hier.

«Und was ist mit mir?», fragte sie und trat einen Schritt vor. Ihre Stimme klang heiser und ihre Kehle schmerzte.

Sechs Augenpaare schauten sie erstaunt an. Sie schienen sie komplett vergessen zu haben. Wäre das der Moment gewesen, um sich davonzuschleichen?

«Ah, die ist auch noch hier», sagte die Pflegerin, «die kommt zu Bühler. Könnt ihr das machen?», wandte sie sich an die beiden Männer. «Es ist besser, wenn wir hier zu viert bleiben, falls die wieder durchdreht.» Sie deutete zur Wanne hinüber, von wo noch immer ein Klagen kam.

«Natürlich. Los, kommen Sie!»

Josephine schaute an sich herunter. Dieses Hemd! Jetzt erst bemerkte sie, dass sie noch immer barfuß war. Ihre Füße fühlten sich an wie Eiszapfen. Da entdeckte sie ihre Schuhe, die halb unter dem Tisch standen. Sie bückte sich und wollte sie anziehen.

«He, Finger weg!», hielt sie die Pflegerin zurück, «keine Schnürsenkel!» Sie griff in eines der Regale, zog ein Paar Schlappen und lange Stricksocken hervor und warf sie ihr vor die Füße. «Die können Sie anziehen.»

Sie schlüpfte hinein. Nicht sehr praktisch, falls sie sich schnell davonmachen müsste. Zudem trugen die Pflegerinnen alle normale Schuhe, da musste sie sich für ihre Verkleidung noch etwas einfallen lassen. Mit diesen Schlappen würde sie sich sofort verraten.

Die beiden Männer traten neben sie und griffen sich jeder einen ihrer Oberarme. Brav trottete sie zwischen ihnen durch die Tür und auf den Vorplatz des Waschhauses.

Über ihr strahlte die Sonne, und die Vögel sangen so laut, als ob sie sich lustig machen wollten über ihren komischen Aufzug.

15

«Haben Sie sich ein wenig beruhigt?», fragte Doktor Bühler und nahm sie mit einem herzlichen Händedruck in Empfang. Sie starrte auf den Boden und streckte ihm steif die Hand entgegen. In den wenigen Minuten, die der Weg vom Waschhaus bis ins Hauptgebäude gedauert hatte, hatte sie sich eine Strategie zurechtgelegt, wie sie sich verhalten wollte. Schreien würde sie nicht mehr, das brächte sie höchstens in eine Zelle. Und doch musste sie einen seltsamen Eindruck machen, sodass der Arzt sie nicht sofort nach Hause schickte. Sie hatte sich für apathisches Schweigen entschieden, auch wenn es ihr schwerfallen würde, ihn nicht mit Fragen zu löchern.

Die beiden Pfleger, die sie hergebracht hatten, verzogen sich, und dann war sie mit dem Arzt allein. Sein Behandlungszimmer war fast identisch eingerichtet wie das von Doktor Arnet, und soweit sie es auf dem Weg hierher hatte einschätzen können, lag es auch nicht allzu weit davon entfernt.

«Legen Sie sich doch hin.» Doktor Bühler zeigte auf das Ruhebett, das sie schon aus Arnets Büro kannte.

Unschlüssig setzte sie sich auf die Kante der Liege.

Bühler lächelte sie an. «Entspannen Sie sich. Hier können Sie sich weiter ausruhen.» Sanft drückte er gegen ihre Schulter. Sie legte sich hin und starrte an die Decke. Aus den Augenwinkeln sah sie, wie der Arzt einen der Lehnsessel zurechtrückte und sich dann so an ihrem Kopfende platzierte, dass sie ihn nicht sehen konnte.

«So ist es recht», stellte er zufrieden fest. «Dann beginnen wir doch mit den einfachen Dingen: Können Sie mir Ihren Namen, Ihr Alter und Ihre Adresse nennen?»

Sie bearbeitete ihre Unterlippe mit den Zähnen. Er wartete. Dann wiederholte er seine Frage. Sie schwieg.

«Nun, möchten Sie mir sonst etwas erzählen? Wie ist es dazu gekommen, dass Sie heute Morgen vor unserer Anstalt diesen Anfall hatten?»

An die Decke fiel ein Sonnenstrahl. Sie fixierte ihn.

«Können Sie sich daran erinnern, was heute Morgen passiert ist?», ließ der Arzt nicht locker.

Sie hörte ihn neben sich atmen.

Dann blieb er mehrere Minuten lang stumm. Von weit her drangen Stimmen und das Klappern von Geschirr. Mittlerweile musste es Mittag sein. Vielleicht waren die Insassen am Essen?

«Haben Sie Alkohol getrunken?», unterbrach er dann die Stille. «Sie haben danach gerochen, als wir Sie aufgegriffen haben.»

Ach ja, das Bier, das musste übel gerochen haben. Sie drehte den Kopf zur Wand.

Neben ihr scharrten Stuhlbeine, und der Schatten des Arztes fiel über sie. Seine Hand griff nach ihrem Kinn, und er drehte ihr Gesicht zu sich. Mit durchdringendem Blick schaute er sie an. Dann ließ er sie wieder los und setzte sich zurück auf den Stuhl.

«Sie scheinen mir keine dem Alkoholismus verfallene Natur zu sein», stellte er fest, und sie hörte das Kratzen seines Bleistiftes. «Also, warum sind Sie hier?»

Sie starrte weiter an die Decke. Wieder schwieg Doktor Bühler einige Minuten lang. Die Stille auszuhalten war fast noch schlimmer, als von fremden Menschen nackt ausgezogen und in ein Bad gesteckt zu werden. Ob das auch eine Behandlungsmethode war? Die Patienten mit Schweigen zum Reden zu bringen? Früher oder später würde das bei ihr bestimmt funktionieren. Es wurde immer schwieriger, einfach hier zu liegen und nichts zu tun, während dieser fremde

Mann ruhig neben ihr saß. Jetzt begann auch noch ihre Nase zu jucken. Einfach ignorieren, sie durfte sich nicht bewegen.

Ihr lautes Niesen durchschnitt die Stille wie ein Messer. Sie schniefte. Ein Taschentuch schob sich in ihr Blickfeld. Sie rührte sich nicht und zog die Nase hoch. Das Taschentuch verschwand.

Sie hörte das Rascheln von Papier und dann ein leises Trommeln neben ihrem Ohr. Sie schielte nach rechts, doch der Arzt saß genau so, dass sie ihn nicht sehen konnte, ohne den Kopf zu bewegen. Sie schaute wieder zum Lichtstrahl an der Decke hoch.

«Schweigen ist ein furchtbares Druckmittel.» Seine Stimme ließ sie zusammenfahren. «Für beide Seiten.»

Dann verstummte er wieder.

Sie wusste nicht, wie lange sie so dagelegen und gewartet hatte. Ihre Hände kribbelten, als ob tausend Ameisen darin unterwegs wären. Aber sie würde nicht aufgeben. Abgesehen davon, dass sie keine Vorstellung davon hatte, was sie tun sollte. Doktor Bühler würde sie wohl kaum einfach so hier hinausgehen lassen. Und auch wenn sie in eine Zelle gebracht würde, ließe man sie bestimmt keine Sekunde unbeobachtet.

Plötzlich stand er mit einem Ruck auf und stellte sich ans Fußende der Liege. «Sie scheinen nicht bereit sein, mit mir zu sprechen. Wir behalten Sie über Nacht hier, zu Ihrer eigenen Sicherheit. Wenn Sie sich bis morgen früh ruhig verhalten, dürfen Sie gehen. Falls wir jemanden informieren sollen, müssen Sie es mir jetzt sagen.» Er schaute sie erwartungsvoll an. Sie wich seinem Blick aus und starrte wieder an die Decke.

Schließlich wandte er sich ab und ging zur Tür.

«Hallo, ich brauche zwei Mann für einen Transport», rief er in den Flur hinaus.

Vorsichtig hob sie den Kopf. Die Tür stand offen, doch der Arzt war nicht mehr zu sehen. Sie ließ den Blick durch den Raum gleiten. Konnte sie etwas brauchen hier aus dem Zimmer? Schuhe! Unter dem Garderobenständer neben dem Schreibtisch stand ein Paar elegante Herrenschuhe. Besser als nichts. Lautlos ließ sie sich von der Liege gleiten, schlüpfte aus ihren Schlappen und schlich zum Schreibtisch. Sie schnappte sich die Schuhe. Das war immerhin ein Anfang.

«He, ist denn niemand hier?» Bühlers Stimme hallte durch den Flur, dann entfernten sich seine Schritte. Das war ihre Chance. Mit den Schuhen unter dem Arm spähte sie auf den Flur hinaus. Etwa zehn Meter rechts den Gang hinunter stand der Arzt mit dem Rücken zu ihr. Sie wandte sich nach links. Endlos erstreckte sich der Flur vor ihr. Es hatte keinen Sinn, hier loszurennen, Bühler würde sie sofort entdecken. Auf Zehenspitzen schlich sie aus dem Behandlungszimmer und zur nächsten Tür. *Putzraum* stand da auf einem Emailleschild. Was für ein Glück. Sie schlüpfte hinein und schloss die Tür lautlos hinter sich. Inständig hoffte sie, dass sich hier auch die Kleidung für das Putzpersonal befand. Das wäre zwar auffälliger als eine Pflegerinnen-Uniform, aber besser als das Patientenhemd. Aber zuerst musste sie sich verstecken und warten, bis die Luft rein war.

Es roch nach Bohnerwachs und Chemikalien. Der Raum war so vollgestellt mit Regalen voller Putzmaterialien, Flaschen und Tiegeln, dass kaum Licht durch das Fenster hereinkam. Beim Regal gleich neben der Tür fehlten zwei Bretter im unteren Teil, der Platz wurde für einen Stapel Körbe genutzt. Sie zog sie hervor, hob die kleineren heraus und stellte sie vors Fenster. Dann ging sie in die Hocke und stülpte den größten Korb über sich und kroch so weit wie möglich in das Regal.

Gerade rechtzeitig, denn jetzt drangen laute Stimmen vom Flur zu ihr. Bühler hatte ihr Verschwinden entdeckt.

Im Bruchteil einer Sekunde wurde die Tür zur Putzkammer aufgerissen. Durch die Ritzen im Korb konnte sie die Spitze eines Schuhs erkennen.

«Hier ist niemand!» Die Tür knallte zu.

Sie verharrte unter dem Korb und wartete, bis sich die Schritte auf dem Korridor entfernten. Dann stemmte sie den Korb nach oben und kroch hervor. Gehetzt sah sie sich um. Dahinten! Das sah nach Kleiderstapeln aus. Sie wühlte sie hastig durch. Es gab Kittel, wie Bohnenblust einen trug, Herrenhosen und … sie unterdrückte einen Juchzer: dunkelgraue Blusen, genau solche, wie sie die Pflegerinnen trugen. Gleich daneben entdeckte sie weiße Schürzen. Sie kramte weiter. Warum gab es da keine Röcke?

Behände streifte sie sich das Patientenhemd über den Kopf und zog die Bluse an, sie passte wie angegossen. Die Schürzen hingegen waren viel zu groß. Sie schlang eine davon um ihre Hüfte. Der viele Stoff war gar nicht schlecht, denn die Enden überlappten hinten, und man würde nicht auf den ersten Blick sehen, dass sie keinen Rock darunter trug. Zudem war die Schürze bodenlang, was auch die Wollsocken verdecken würde. Die Pflegerinnen trugen bestimmt Strümpfe. Jetzt die Schuhe. Die waren natürlich auch zu groß. Sie nahm ein paar Putzlappen aus dem Regal und stopfte sie vorne in die Spitzen. So sollte es gehen. Glücklicherweise wurde das für eine Frau gänzlich unpassende Schuhwerk ebenfalls von der langen Schürze verdeckt. Zumindest, wenn sie ruhig stand. Daran musste sie denken, wenn sie jemandem begegnete. Denn, wenn sie sich bewegte, konnte man bei jedem Schritt die riesigen Latschen sehen.

Sie wollte schon nach der Türklinke greifen, als ihr Blick auf ein kleines weißes Stück Stoff auf dem Boden fiel. Was war denn das? Eine Haube! Natürlich, die Pflegerinnen hatten solche getragen. Diese musste sie unbedingt aufsetzen. Sie strich sich über die Haare. Ihre Locken waren sonst schon schwer zu bändigen, aber durch die Feuchtigkeit im Bad waren sie bestimmt fürchterlich zerzaust. Die Zeit für eine ordentliche Frisur musste sein, sonst würde ihr ganzes Kostüm nichts nützen. Sie versuchte, die Haare mit den Fingern glatt zu streichen. So straff es ohne Nadeln ging, drehte sie die Haare zusammen und stopfte sie unter die Haube. Sie versuchte, sich in der Spiegelung des Fensters zu sehen, doch es war viel zu hell draußen, als dass sie etwas erkennen konnte. War also nur zu hoffen, dass sie einigermaßen anständig aussah.

Sie öffnete die Tür einen Spalt und streckte den Kopf hinaus. Alles war ruhig. Wenn sie sich richtig orientiert hatte, dann war sie auf derselben Etage, auf der sich auch das Büro von Doktor Arnet befand. Dort lag die Akte von Hanna und darin stand vielleicht, wo das Mädchen untergebracht war. Denn einfach so losmarschieren, um Hanna zu finden, war zu riskant.

Sie trat aus dem Putzraum. Kühle Luft zog unter ihre Schürze, während sie mit zackigen Schritten den Flur hinunterging. Ab jetzt musste sie sich wie eine Pflegerin bewegen, geschäftig und konzentriert. Sie ging am Behandlungszimmer von Doktor Bühler vorbei, einer der nächsten Räume zu ihrer Linken musste derjenige von Arnet sein.

Ein lautes Poltern gefolgt von Stimmen drang von der Treppe zu ihr. Sie verharrte. Doch ehe sie sich verstecken oder davonmachen konnte, kam ein Mann in einem Arztkittel gefolgt von einer Pflegerin um die Ecke geeilt. Josephine blieb stehen, die Schuhe durften sie nicht verraten. Sie nickte den beiden zu, doch diese beachteten sie nicht und stürmten zu einer der Türen.

«Doktor Arnet!», rief der Mann und riss die Tür, ohne anzuklopfen, auf.

«Was ist denn los?», hörte sie den Arzt antworten.

«Eine Patientin ist abgehauen, wir brauchen jeden Mann, um sie zu suchen. Kommen Sie? Die ist wie vom Erdbeben verschluckt.»

«Ach kommen Sie.» Arnets Stimme klang jetzt schon näher, gleich würde er an der Tür stehen und sie sehen. Sie drehte sich um und ging den Weg, den sie gerade gekommen war, wieder zurück. Hoffentlich sah man Bühlers Schuhe unter ihrer Schürze von hinten nicht.

«Wir haben noch keinen unserer Patienten verloren», sagte Arnet hinter ihr. «Die sind immer in Kürze wieder aufgetaucht. Außer, wenn sie es geschafft haben, über die Mauer zu kommen.»

Sie ging schneller. Da sich der Flur schnurgerade vor ihr erstreckte, würde sie nicht außer Sichtweite des Personals gelangen, aber sie wäre hoffentlich weit genug entfernt, damit Arnet sie nicht erkennen würde. Am Ende des Korridors entdeckte sie, dass hier ein weiteres Treppenhaus war. Sie hatte einen Fluchtweg.

Hinter sich hörte sie eine Tür zuschlagen. Im Gehen schaute sie über die Schulter. Arnet stand jetzt auf dem Flur. Dann verschwanden die drei über die Treppe ins Erdgeschoss.

Sie hetzte über den Korridor zurück und schlüpfte in Arnets Behandlungszimmer.

Hannas Akte war in den Schränken auf der linken Seite. War es die oberste Schublade gewesen? Ah nein, hier, alles fein säuberlich angeschrieben. *K-L-M.* Hastig blätterte sie die Mappen durch. Drei Meiers gab es da, aber keine Hanna. Sie schob die Schublade zu und stürzte zum Schreibtisch. War sie hier? Sie wühlte in den Papierbergen, nichts.

Von draußen drangen laute Stimmen zu ihr hoch. Sie ging zum Fenster. Auf dem Vorplatz unter ihr hatte sich eine Gruppe Personal versammelt und diskutierte wild gestikulierend miteinander. Zwischen den Leuten entdeckte sie Arnet und den Arzt sowie die Pflegerin, die ihn vorhin geholt hatten. Wenn sich so viele Leute auf die Suche nach ihr machten, dann würde sie nicht lange unentdeckt bleiben. Trotz ihrer Verkleidung. Aber wenn sie es schon geschafft hatte, sich hier einzuschleichen, dann musste es ihr einfach gelingen, zu Hanna zu kommen.

Noch einmal machte sie sich am Schreibtisch zu schaffen. Wo war bloß diese Akte? Da blieb ihr Blick an etwas Bekanntem haften. Auf dem kleinen Tisch zwischen den beiden Sesseln am Fenster lag ihre Visitenkarte. Und darunter ... sie stürzte zum Tischchen. Da war sie! *Hanna Meier.* Und rechts oben stand in großen Lettern *Abt. R / 33.*

Abteilung R! Dort musste sie hin! Und 33 war wahrscheinlich die Zellennummer. Sie schnappte sich die Akte, verließ das Zimmer und machte sich auf zum hinteren Treppenhaus.

Arnet hatte doch erwähnt, dass hier in diesem Gebäude nur die Behandlungszimmer und die Administration waren, die Patientenabteilungen lagen also woanders auf dem Areal.

Durch eine Hintertür gelangte sie in den Innenhof. Zwei Pflegerinnen standen vor einem der kleinen Gebäude und rauchten. Sie ging auf sie zu. Dabei zog sie die Schürze ein wenig nach vorne, damit man ihre Schuhe nicht so gut sah. Die beiden waren aber so in ihr Gespräch vertieft, dass sie sie sowieso erst bemerkten, als sie vor ihnen stand.

«Guten Tag, ich bin neu hier», sagte sie forsch, «könnt ihr mir sagen, wo die Abteilung R ist?»

«Herzlich willkommen in der Spinnwinde», sagte die Größere der beiden, die andere kicherte, «da hast du aber Glück, dass du im R anfangen darfst.»

Josephine lächelte. Wenn sie nur wüsste, was diese Buchstaben bedeuteten.

«Ich musste damals bei den Unruhigen beginnen», plauderte die Pflegerin weiter, «das war hart.» Die andere nickte zustimmend.

U wie unruhig. Dort hatte Bühler sie also hinbringen wollen.

16

Geschäftig hielt sie Hannas Akte vor die Brust und betrat den Trakt der Abteilung R. Nur zu gern hätte sie einen Blick in die Unterlagen geworfen und Arnets Einschätzung zu Hannas Zustand gelesen. Doch sie hatte keine Zeit.

Sie nickte einer Pflegerin zu, die ihr entgegenkam. Diese schaute sie zwar leicht irritiert an, ließ sie aber unbehelligt vorbeigehen. So schnell es die zu großen Schuhe erlaubten, marschierte sie weiter, auch wenn sie nicht wusste, wohin sie sich eigentlich wenden sollte. Auf beiden Seiten des Flures gab es Türen, doch keine war mit einer Nummer angeschrieben. Vielleicht waren das die Räume für das Personal oder weitere Behandlungszimmer.

Endlich, am Ende des Flurs hing ein Orientierungsschild. Der Pfeil neben den Nummern 30–35 zeigte in den Korridor zu ihrer Rechten. Hanna war also hier im Erdgeschoss untergebracht, sehr gut.

Der Gang hier war kurz, und nur auf der einen Seite gab es Türen. Ihnen gegenüber war eine Fensterreihe, die auf einen Innenhof hinausging. Die Gebäude in dieser Anstalt waren verflixt verschachtelt. Bei ihrem Weg vom Hauptgebäude zur Abteilung R war sie um mehrere kleine Häuser und Gärten herumgegangen und hatte beinahe die Orientierung verloren.

Die vierte Tür war wie erwartet mit der Nummer 33 angeschrieben. Sie hielt inne und horchte. Alles war ruhig, kein Geräusch kam aus den Zellen, und auch hier draußen in den Fluren herrschte Stille.

Direkt gegenüber der Zelle, in der sie Hanna vermutete, war eine Tür mit einem Glaseinsatz, die in den Hof führte. Sie ging zu ihr hin und drückte die Klinke. Nicht abgeschlossen! Falls also jemand käme, könnte sie ganz einfach nach draußen flüchten.

Sie zog die Tür wieder ins Schloss und drehte sich um. Leise klopfte sie an die Zelle Nummer 33 und flüsterte: «Hanna?»

Keine Antwort.

Noch einmal klopfte sie, dieses Mal etwas lauter.

Nichts regte sich.

Sie trat einen Schritt zurück. Etwas oberhalb ihrer Augenhöhe war eine kleine Klappe, die mit einem Riegel fixiert war. Sie löste ihn, schob das kleine Türchen zur Seite und stellte sich auf die Zehenspitzen. Gitterstäbe versperrten einen Teil der Sicht in das kleine Zimmer dahinter. Dieses war in fahles Licht getaucht, das durch ein kleines Fenster ihr gegenüber hineindrang.

Erst auf den zweiten Blick erkannte sie die Umrisse eines schmalen Bettgestells und darauf den zusammengerollten Körper eines Mädchens. War das Hanna?

«Hallo», raunte sie, «ich bin es, Josephine Wyss, ich war vor ein paar Wochen bei dir zu Hause. Frieda, deine Freundin, hat mich auf die Suche nach dir geschickt.»

Keine Reaktion. Atmete das Mädchen überhaupt noch? Panik stieg in ihr auf. «Hanna! Wach auf! Ich will dir helfen!» Nichts.

Sie ließ sich zurück auf die Fersen sinken und lockerte ihre Beine. Dann schlich sie in den Hauptflur und sah sich um. Immer noch war niemand zu sehen. Sie musste es also wagen, lauter zu sprechen.

Wieder vor der Zellentür angelangt, brachte sie ihren Mund so dicht es ging an die Gitterstäbe und rief: «Du musst aufwachen!»

Ein leises Stöhnen drang zu ihr hinaus, und dann hob das Mädchen den Kopf. Es war Hanna.

Aus dunklen Augenhöhlen schaute sie sie an. Dann richtete sie sich mühsam auf und stellte die nackten Füße auf den Boden. Sie trug ein Patientenhemd wie Josephine vorhin.

«Bitte komm her», wisperte sie, «ich muss dringend mit dir sprechen. Und beeil dich, ich dürfte eigentlich nicht hier sein.»

Mit tapsenden Schritten kam Hanna auf sie zu und blieb mit solchem Abstand vor der Tür stehen, dass sie sie gerade noch durch das Fensterchen sehen konnte. Wie schmächtig sie war!

«Ich möchte dich hier herausholen, alle machen sich Sorgen um dich.»

«Wer?» Hannas Stimme krächzte.

«Frieda und ihr Vater, Ida...» Sie stockte. Wer noch? Ihre Eltern? Die Frauen in der Fabrik?

Hanna senkte den Kopf. «Meine Eltern wohl kaum», sagte sie, als ob sie Josephines Gedanken lesen könnte.

«Ich weiß es nicht», log sie, «aber wahrscheinlich schon.» Die Schultern des Mädchens zitterten.

«Hör mal, es tut mir leid, wir haben nicht viel Zeit. Kannst du mir sagen, wer dich hierhergebracht hat, und kannst du dir vorstellen, warum?»

Das Mädchen strich sich über die Augen und sagte: «Sie haben mich in der Fabrik abgeholt.»

«Wer?»

«Ein Wärter hier aus der Anstalt.»

«Und warum?»

«Ich habe Erscheinungen.»

Josephine stützte sich mit den Händen gegen die Tür, ihre Waden schmerzten. «Was meinst du damit?» Sie wollte unbedingt von Hanna selbst hören, wie sie ihre Erlebnisse beschrieb. Bis jetzt hatten immer nur andere darüber gesprochen.

«Religiöse.» Hanna knetete ihre Hände. «Wie meine Mutter.»

«Was hast du gesehen?»

«Einen Engel.»

Das Mädchen hatte also noch andere Dinge gesehen als die drei Stadtheiligen. Was für Streiche hatte man ihr nur sonst noch gespielt?

«Und Felix, Regula und ...»

«Exuperantius.»

Hanna nickte. «Die Geköpften.» Es schauderte sie.

«Sonst noch etwas?»

«In der Fabrik gab es seltsame Geräusche, die nur ich gehört habe.»

In der Fabrik? Bis jetzt war Josephine davon ausgegangen, dass sich Hannas Erscheinungen auf Albisrieden beschränkt hatten.

«Und das ist der Grund, warum du hier bist?»

Das Mädchen hob nur hilflos die Schultern. «Ich weiß es nicht.»

«Haben sie dir denn nicht gesagt, warum sie dich hierhergebracht haben?» Sie konnte sich nicht vorstellen, dass das heutzutage noch möglich war.

«Nein. Aber ich nehme an, dass ich geheilt werden soll. Wahrscheinlich habe ich die gleiche Krankheit wie meine Mutter.»

«Unsinn! Du machst überhaupt keinen verrückten Eindruck.» Das Mädchen war erschöpft und verängstigt, wirkte aber ansonsten klar und wach.

«Holen Sie mich jetzt hier raus? Bitte?» Hanna schaute sie mit geröteten Augen an.

«Das möchte ich! Aber ich weiß leider noch nicht, wie. Warte kurz.»

Sie ließ sich auf die Fersen nieder. Ihre Beine brannten. Immer noch war alles ruhig um sie herum. Bis jetzt hatte sie nicht viel Neues von Hanna erfahren. Aber etwas musste sie sie noch fragen. Sie stellte sich wieder auf die Zehenspitzen, obwohl ihre Waden rebellierten.

«Hanna, hat der Fabrikherr, Herr Honegger, dir irgendetwas angetan?»

«Was meinen Sie?»

«Könnte er dahinterstecken, dass du hier bist? Wollte er dich vielleicht wegschaffen?»

Hanna schaute sie verständnislos, aber mit klarem Blick an.

«Hat er dich bedrängt? Angefasst oder Schlimmeres?»

«Nein!», antwortete das Mädchen bestimmt.

«Gibt es sonst etwas Merkwürdiges, was in der Fabrik vorgefallen ist? Hat er andere Mädchen belästigt?» Ihre Stimme war laut geworden.

«Ich weiß nicht», wisperte Hanna und nestelte an ihrem Hemd herum.

Mit einem Knallen fiel eine Tür vorne im Gebäude zu. Dann drangen die Stimmen zweier Frauen durch den Flur.

Sie musste weg hier.

«Bitte, Hanna! Wenn dir irgendetwas aufgefallen ist!»

Die Schritte kamen näher.

«Ich ...», hob das Mädchen an. Josephines Beine zitterten. Noch zwei Sekunden würde sie warten.

«Einmal ...», stotterte sie.

«Was?»

«Ach, nichts. Es hat bestimmt nichts zu bedeuten.»

«Hanna!»

Die Stimmen waren jetzt ganz nah. Sie konnte nicht länger warten.

Als sie schon zwei Schritte Richtung Hoftür gemacht hatte, hörte sie Hanna hinter sich sagen: «Einmal haben sie ... von einem toten Kind gesprochen.»

Ein totes Kind? Hatte sie das richtig verstanden?

In dem Moment kamen zwei Pflegerinnen um die Ecke. Sie stürzte zur Tür zum Hof, riss sie auf und prallte mit Doktor Bühler zusammen.

Die Zelle, in der sie saß, sah identisch aus wie diejenige von Hanna und lag auch auf demselben Flur. Kahle Wände, das Schiebefensterchen in der Tür, eine Pritsche unter dem kleinen Fenster und ein Eimer für ihre Geschäfte in der Ecke. Sie erinnerte sie an die Gefängniszelle, in der sie während der Ermittlungen zu ihrem ersten Fall eine Nacht verbracht hatte. Nur war sie damals nicht sicher gewesen, ob sie wieder herauskommen würde. Hier ging sie davon aus, dass Klara sie befreien würde. Dieses Mal wusste immerhin jemand Bescheid, wo sie war.

Und dann war da auch noch Doktor Arnet, der ihre wahre Identität und den Grund ihrer Anwesenheit kannte. Sie konnte sich nicht vorstellen, dass er sie nicht umgehend aus der Zelle holen lassen würde, sobald er erfuhr, dass sie hier festgehalten wurde.

Sie zog die schmutzige Wolldecke eng um sich. Das Hemd, in das sie sie wieder gesteckt hatten, war zwar aus grobem Stoff, doch in der Zelle konnte man die Feuchtigkeit regelrecht riechen. Sie saß im Schneidersitz auf dem Bettgestell und kaute auf einem Stück hartem Brot herum, das ihr vor einer halben Stunde zusammen mit einem Becher Wasser in den Raum gestellt worden war. Besser als im Gefängnis war es hier nicht.

Natürlich hatte sie keine Chance gehabt, an Doktor Bühler vorbeizukommen. Er hatte sie sofort gepackt und nach

Unterstützung gerufen. Die beiden Frauen, deren Stimmen sie vorhin auf dem Flur gehört hatte, waren sofort bei ihnen gewesen. Hannas Akte hatte ihr Bühler aus der Hand gerissen, sie kurz stirnrunzelnd angeschaut, aber nichts gesagt. Kurz darauf war ein Pfleger hinzugekommen, ein Baum von einem Mann, der sie mit geübten Griffen in eine Jacke aus grobem weißem Stoff gezwängt hatte. Die Arme waren ihr vor dem Bauch gekreuzt und mit Bändern, die an den Enden der Ärmel angebracht waren, auf dem Rücken festgebunden worden. So war jeglicher Widerstand zwecklos gewesen.

Sie hatte versucht, Bühler von ihrem Gespräch mit Hanna zu erzählen. Dass sie Privatdetektivin sei und das Mädchen unbedingt hier herausholen wollte. Dass irgendetwas geschehen sein musste, etwas mit einem toten Kind. Und dass die Erscheinung von Felix, Regula und Exuperantius nur ein Streich gewesen war. Sogar in ihren eigenen Ohren hatte das alles sehr wirr geklungen.

Der Arzt und die Pfleger hatten ihre Erklärungsversuche demzufolge auch ignoriert, und sie hatte sich nicht dagegen wehren können, in diese Zelle gesteckt zu werden. Dabei hatte sie krampfhaft versucht, das Gefühl der Panik, das dieses Eingepfercht-Sein in ihr ausgelöst hatte, zu unterdrücken.

Glücklicherweise war sie in der Zelle von diesem Höllending von einer Jacke befreit worden und hatte wieder durchatmen können. Seither – es musste späterer Nachmittag gewesen sein – war sie allein hier.

Auch wenn es ihr schwerfiel, sich zu konzentrieren, und sie ihr Notizheft schmerzlich vermisste, versuchte sie, ihre Gedanken zu ordnen. Die Begegnung mit Hanna. Es war unübersehbar, dass das Mädchen eingeschüchtert und am Ende seiner Kräfte war. Aber verrückt? Auf keinen Fall! Hanna hatte während ihres Gespräches trotz ihrer Gefangenschaft klar und wach gewirkt. Aber anscheinend wusste sie auch nicht, warum sie hierhergebracht worden war.

Was konnte das nur für ein totes Kind sein? Und wen hatte Hanna dieses erwähnen hören? Krampfhaft versuchte sie, sich zu erinnern, über was sie kurz davor gesprochen hatten. Über die Belästigungen des Fabrikherrn. Hanna schien aber nichts davon zu wissen. Waren es vielleicht nur böse Gerüchte? Die Frauen in der Fabrik tratschten viel, das hatte sie schließlich selbst erlebt.

Sie legte das Brot zurück in die Blechschale. Wenn sie noch einmal daraufbiss, würde sie sich ein Stück Zahn abbrechen.

Wem sollte sie nur glauben? Hanna schien die Wahrheit zu erzählen. Aber auch bei den Fabrikarbeiterinnen war sie sich eigentlich sicher gewesen, dass das, was sie über ihren Vorgesetzten gesagt hatten, echt war.

Hätte sie doch nur einen Blick in Hannas Akte werfen können! Zumindest hätte sie dort Doktor Arnets Einschätzung ihres Zustands gefunden. Bei ihrem Gespräch hatte sie doch den Eindruck gehabt, dass er der ganzen Geschichte mit den religiösen Erscheinungen auch nicht traute. Und hatte er vielleicht in der Zwischenzeit bei Hannas Familie und in der Fabrik etwas herausgefunden?

Ihr Kopf schwirrte. Zu viele Fragen. Sie streckte sich auf der Pritsche aus, legte die Decke über sich und starrte zu dem kleinen Fenster hoch. Dann schloss sie die Augen. Ein bisschen Schlaf musste sein, der morgige Tag würde sicher wieder einiges an Aufregung bringen.

Der Pfleger! Sofort riss sie die Augen wieder auf. Den hatte sie ganz vergessen. Sie musste morgen diesen Mann suchen, der Hanna aus der Fabrik abgeholt hatte. Falls sie jemals wieder aus dieser Zelle herauskam …

17

Josephine schreckte hoch. Auf dem Flur vor ihrer Zelle trampelten Schritte hin und her, Stimmen schnatterten aufgeregt, und eine Tür schlug mit einem Knall zu. Sie schälte sich aus der Wolldecke und schlüpfte in die Schlappen, die vor dem Bett standen. Dann ging sie zur Tür und presste ihr Ohr dagegen.

«... Polizei gerufen ...», «Grundgütiger!», «... das arme Kind ...», hörte sie Leute durcheinanderrufen. Soweit sie es einordnen konnte, waren es alles Frauenstimmen.

Sie hämmerte gegen die Tür und rief so laut sie konnte: «Hallo! Was ist passiert?»

Niemand reagierte, wahrscheinlich hörte man sie nicht in diesem Tumult. Sie trommelte noch stärker.

Plötzlich wurde das Guckfenster aufgerissen, und sie schaute in ein ältliches Gesicht, das von einem Kranz grauer Haare umrahmt wurde, gekrönt von einer weißen Haube. «Seien Sie ruhig!», beschwichtigte sie die Pflegerin, «wir haben genug zu tun hier draußen. Sie bekommen Ihr Essen gleich.»

Das Fensterchen war schon wieder zur Hälfte zugeschoben worden, als sie protestierte: «Halt, warten Sie! Ist etwas geschehen?»

«Nichts, was Sie was angeht.»

«Bitte, ist Doktor Arnet hier?»

«Nein. Der kommt aber sicher gleich. Das Mädchen war schließlich seine ...» Sie stockte.

«Seine was? Welches Mädchen? Hanna Meier?» Ihre Stimme klang schrill und heiser.

Das Guckloch schloss sich. Wieder hämmerte sie gegen die Tür. «Informieren Sie Doktor Arnet, dass ich hier bin. Josephine Wyss. Die Privatdetektivin.»

Keine Antwort.

Sie fuhr sich durch die Haare. Wenn etwas mit Hanna geschehen war, dann musste sie es wissen. Aber die Pflegerinnen würden ihr nichts sagen, geschweige denn, sie hier hinauslassen. Sie musste warten, bis Doktor Arnet eintraf, und es dann irgendwie schaffen, ihn auf sich aufmerksam zu machen. Mittlerweile war es ihr egal, was er von ihrer Aktion mit der Einlieferung dachte. Hauptsache, mit Hanna war alles in Ordnung. Sie lehnte sich an die Tür und lauschte dem Treiben auf dem Korridor. Früher oder später würde Arnet hier eintreffen und wenn er vom Haupteingang herkam, dann musste er an ihrer Zelle vorbei. Diesen Moment durfte sie nicht verpassen.

«Detektiv-Wachtmeister Bader, Stadtpolizei Zürich.» Sie fuhr zusammen. Hatte sie richtig gehört?

«Sie haben mich gerufen.» Das war eindeutig Baders Stimme. War es ein gutes Zeichen, dass er hier war? Er würde sie auf jeden Fall aus dieser Zelle befreien, falls Doktor Arnet das nicht tun sollte. Aber ihm hier begegnen? In diesem Aufzug? Sie strich sich das Hemd glatt.

Jetzt antwortete jemand, aber sie verstand kein Wort. Schritte gingen an ihrer Zelle vorbei. Noch einmal hörte sie Bader etwas sagen, doch er war schon zu weit weg, sie verstand ihn nicht mehr.

Ihre Stimmbänder schmerzten noch von ihrer gestrigen Darbietung, doch sie nahm alle Kraft zusammen und begann, so laut sie konnte, zu schreien. Dabei schlug sie mit den Fäusten gegen die Tür.

Mit einem Ruck wurde das Fensterchen geöffnet, und sie schaute in die schwarzen Augen von Doktor Arnet. Eine Sekunde lang verhakten sich ihre Blicke, und sie starrten sich an. Dann klimperte ein Schlüssel und die Tür wurde geöffnet.

«Frau Wyss, was in aller Welt tun Sie hier?»

«Was ist passiert?», keuchte sie und versuchte, sich an ihm vorbeizuzwängen. Doch er packte sie geistesgegenwärtig an den Schultern.

«Beruhigen Sie sich, Sie sind ja ganz außer sich.» Er musterte sie. «Warum tragen Sie ein Patientenhemd und was machen Sie in dieser Zelle?»

«Ist etwas mit Hanna?», ignorierte sie seine Fragen.

Eine kurze Unsicherheit flackerte in seinen Augen. «Hören Sie, es ist gerade sehr ungünstig. Was halten Sie davon, wenn eine der Pflegerinnen sich darum kümmert, dass Sie anständige Kleider erhalten, und dann unterhalten wir uns gleich in Ruhe in meinem Büro?»

«Davon halte ich gar nichts. Ich will wissen, was los ist!» Sie schüttelte ihn ab, doch er blieb felsenfest vor ihr stehen.

«Das geht nicht. Beziehungsweise weiß ich selbst noch nicht einmal, was geschehen ist.»

«Also ist etwas geschehen!»

Eine große Gestalt trat hinter Doktor Arnet. «Herr Doktor, kann ich Sie sprechen?» Bader! Sie hatte gehofft, dass sie noch ein paar Sekunden Zeit hätte, etwas von Arnet zu erfahren, bevor der Polizist sie entdeckte.

«Sind Sie das, Frau Wyss?» Er schaute zuerst sie an und dann den Arzt. «Was geht hier vor?»

«Herr Bader, das erkläre ich Ihnen gerne ein anderes Mal.» Sie verschränkte die Arme über dem dünnen Stoff des Hemdes.

«Kennen Sie diese Frau?», fragte Arnet den Polizisten.

«Äh ja, aber ich verstehe gerade überhaupt nicht, was sie hier macht.»

Schon wieder wurde über sie gesprochen, als ob sie nicht anwesend wäre. Sie schielte an Bader vorbei den Gang hinunter. Eine der Zellentüren stand weit offen, und davor standen zwei Pflegerinnen, die sich gegenseitig stützten. Gegenüber der Zelle war die Tür zum Garten. Es war Hannas Zelle.

«Um Frau Wyss können wir uns später kümmern», sagte der Arzt zu Bader. «Ich habe ihr schon vorgeschlagen, in meinem Büro zu warten.»

Bader nickte. «Sehr gut. Dann ...»

Was er weiter sagte, hörte sie nicht mehr, denn jetzt hechtete sie los.

«He!», schallte es hinter ihr her.

Sie lief zu Hannas Zelle, stürmte an den Pflegerinnen vorbei, und da hing sie. Noch kleiner, noch zarter, als sie gestern ausgesehen hatte. Ihr Körper sah aus wie der einer Puppe. Das, was von ihrem Gesicht zu sehen war, war bläulich verfärbt. Neben ihren Füßen, die etwa dreißig Zentimeter über dem Boden baumelten, lag ein Eimer. Ein dunkler Fleck erstreckte sich über den Boden.

Die Erde und ihr Magen drehten sich. Sie krümmte sich nach vorne.

Zwei warme Hände fassten sie von hinten behutsam an den Schultern und drehten sie um. Sie schaute an ein kleines gesticktes rotes Kreuz am Kragen eines weißen Kittels.

«Kommen Sie, Frau Wyss», sagte Doktor Arnet leise, doch ihre Beine gaben unter ihr nach. Er fing sie auf und hielt sie fest. Sie schaute zu ihm hoch, doch ihr Blick wurde von Baders aufgefangen, der hinter Arnet stand. Sein Gesicht war gerötet, und seine Augen funkelten dunkel.

«Helfen Sie mir mal», sagte Arnet, und die beiden Männer packten sie je unter einem Arm. Wie vorhin die Pfleger führten sie sie aus der Zelle. Sie zitterte am ganzen Körper.

Auf dem Flur beauftragte Arnet zwei Pflegerinnen, sich um sie zu kümmern. «Besorgen Sie ihr normale Kleider und schauen Sie zu, dass sie sich irgendwo hinlegen kann. Vielleicht würde ihr auch ein Bad guttun.»

Josephine griff nach seinem Arm. «Kein Bad, bitte!»

«In Ordnung.» Dann wandte er sich wieder an die beiden Frauen: «Befolgen Sie bitte ihre Wünsche, sie ist keine Patientin. Aber behalten Sie sie im Auge und geben Sie mir Bescheid, wo Sie sie hinbringen. Ich werde mich dann um sie kümmern, sobald ich hier fertig bin.»

Bader räusperte sich. «Ich glaube, es wäre besser, wenn ich das übernehmen würde. Ich kenne Frau Wyss schon seit Längerem und kann sie nach Hause bringen, denn ich weiß, wo sie wohnt.»

Seine Stimme entfernte sich und um sie herum wurde alles schwarz.

Ein warmes, feuchtes Tuch legte sich auf ihre Stirn. Sie blinzelte.

«Sie kommt zu sich», sagte jemand ganz nah neben ihr.

«Gut, dann schau, dass sie sich nicht aufregt», klang es von weiter her, «und sie darf keinesfalls aufstehen. Nicht dass sie uns gleich wieder umkippt.»

Sie versuchte, sich aufzurichten und die Decke, die auf ihr lag, wegzuschieben. Doch eine Hand drückte sie zurück. Die Matratze unter ihr fühlte sich hart an.

«Wo bin ich?» Ihre Kehle brannte, und das grelle Deckenlicht blendete sie.

Das freundliche Gesicht einer jungen Frau in Pflegerinnen-Uniform lächelte sie an. Sie war also immer noch in der Heilanstalt.

«Sie sind in einem Behandlungsraum für Patienten.»

«Aber nicht als Patientin», beeilte sich die ältere Pflegerin klarzustellen, die jetzt neben ihre Kollegin ans Bett trat. «Sie sind nur hier, weil Sie einen Schwächeanfall hatten.»

Wie ein Blitz fuhr das Bild von Hannas Körper, der von der Decke hing, durch ihren Kopf. Sie schnappte nach Luft.

«Bleiben Sie ruhig.» Wieder wurde sie auf die Liege gedrückt.

«Ich muss gehen, sofort!» Mit aller Kraft versuchte sie, sich gegen die Hände der Pflegerinnen zu stemmen. Aber ehe sie sich versah, hatten diese ihre Handgelenke links und rechts am Bettgestell festgebunden.

«Bitte», flehte sie, «lassen Sie mich gehen. Ich darf keine Zeit verlieren, ich muss dieser Sache auf den Grund gehen und weiter ermitteln.»

Die junge Pflegerin trat vom Bett weg und winkte die andere zu sich heran. Obwohl sie flüsterten, drangen ein paar Gesprächsfetzen zu ihr.

«... doch verrückt ... in eine Zelle bringen ... Medikament?»

Nein, sie durften sie nicht wegbringen, und auf keinen Fall wollte sie Medikamente, die ihre Sinne vernebelten.

«Wir warten auf Doktor Arnet», beschloss jetzt die ältere Pflegerin. «Er hat die Anweisungen gegeben, und an die halten wir uns.»

Josephine atmete auf. Dann würde sie sich still verhalten, damit sie sie auf keinen Fall wegbrachten.

«Sie scheint erst mal ruhig zu sein, setz dich zu ihr und überwach sie. Ich bin im Raum nebenan, wenn etwas ist.»

Die junge Frau zog einen Stuhl heran und setzte sich neben ihr Bett, während die ältere das Zimmer verließ.

Und so starrte sie schon wieder an die Decke eines Behandlungszimmers im Burghölzli. Nur schob sich jetzt immer wieder das Bild der toten Hanna vor ihr inneres Auge.

Endlich klopfte es an der Tür, und Doktor Arnet betrat zusammen mit Bader den Raum. Die Pflegerin sprang auf und machte ihnen Platz. Nebeneinander stellten sie sich an ihr Bett.

«Frau Wyss, wie fühlen Sie sich?», erkundigte sich der Arzt und wollte nach ihrem Handgelenk greifen. «Warum ist sie festgebunden?», wandte er sich mit strengem Ton an die junge Frau, die sich ans Fußende des Bettes gestellt hatte. «Ich habe ausdrücklich gesagt, dass sie keine Patientin ist!»

«Sie wollte aufstehen. Und sie hat so komische Sachen gesagt. Dass sie weiter ermitteln müsse oder so.»

Bader räusperte sich.

Arnet löste die Bänder und erklärte: «Sie ist Privatdetektivin, darum spricht sie von Ermittlungen.»

Die junge Pflegerin schaute sie mit großen Augen an.

«Wenn Sie erlauben, werde ich Sie kurz untersuchen.» Arnet beugte sich über sie. «Um sicherzugehen, dass alles in Ordnung ist. Sie haben einen ziemlichen Schock erlitten. Verständlicherweise.» Er griff wieder nach ihrem Arm, doch sie zog ihn weg.

«Mir geht es gut.» Sie schlug die Decke zurück. Oh, nein! Sie trug immer noch dieses Hemd.

Bader drehte sich diskret weg, Arnet half ihr unbeirrt, sich aufzusetzen.

«Was halten Sie davon, wenn Sie sich frisch machen und anziehen?», schlug er vor. «Und wenn das ohne Schwindel oder sonstige Komplikationen klappt, dann lasse ich Sie nach Hause gehen. Der Polizist kann Sie wie vorgeschlagen begleiten.»

Bader ballte die Fäuste, ließ sich jedoch nicht zu einer Bemerkung hinreißen.

«Einverstanden», sagte sie und stand auf.

Die Männer verließen das Zimmer, und die junge Pflegerin machte eine Waschschüssel bereit. «Ihre Kleider sind dort hinten.» Sie deutete zu einem Paravent in der Ecke.

Kurz darauf hatte sie endlich wieder ihre eigenen Sachen an. Diese rochen zwar nach abgestandenem Bier, aber immerhin musste sie nicht mehr dieses schreckliche Hemd tragen. Auch ihre Schuhe und die Tasche standen bereit. Sie zog ihr Notizheft hervor und setzte sich auf einen Stuhl ans Fenster. Wo sollte sie nur anfangen? So viel war geschehen seit ihrem letzten Eintrag.

«Sind Sie wirklich Privatdetektivin?», wollte die Pflegerin wissen.

Josephine nickte.

«Und was ermitteln Sie?»

Sie schaute zu den Rebbergen, über denen sich der Himmel grau und düster wölbte. «Bis vor Kurzem in einem Vermisstenfall. Seit heute Morgen in einem Todesfall.»

«In einem Mord?»

«Wenn ich das wüsste.»

«Das Mädchen hat sich umgebracht.» Bader legte seinen Hut auf die Liege und kam zu ihr ans Fenster. Arnet blieb neben der Tür stehen, als ob er sichergehen wollte, dass niemand hereinkam. Die junge Pflegerin hatte er vorhin hinausgeschickt und die Tür fest ins Schloss gezogen.

Der Detektiv versuchte vergeblich, sein widerspenstiges Haar mit den Fingern zu bändigen. «Das sage ich Ihnen im Vertrauen, Frau Wyss, das wissen Sie.»

Sie schaute zu ihm hoch. «Sind Sie sicher?»

Er zog die Augenbrauen zusammen. «Natürlich bin ich sicher. Es ist leider nicht das erste Mal, dass hier so etwas passiert. Da geben Sie mir sicher recht, Herr Doktor Arnet?» Er betonte das Wort «Doktor».

Der Arzt nickte. «Wir haben leider immer wieder Patienten hier, die sehr anfällig für Selbsttötung sind. Wenn ich das so offen sagen darf.»

Arnet kam ein paar Schritte auf sie zu und lehnte sich dann an die Streben am Fußende des Metallbetts. War er ebenso von Hannas Selbstmord überzeugt wie Bader? Sein Gesichtsausdruck verriet nichts. Hätte sie doch nur die Patientenakte lesen können, so könnte sie besser einschätzen, was der Arzt über den Zustand des Mädchens dachte. Gedacht hatte.

Ihre Brust zog sich zusammen. Wie würde Frieda auf Hannas Tod reagieren? Und Ida?

«Möchten Sie mir jetzt vielleicht mal erzählen, was Sie hier tun?», wollte Bader wissen.

Stimmt, er hatte keine Ahnung, wie sie hierhergekommen war. Vielleicht wusste er nicht einmal, dass es sich bei Hanna um das Mädchen handelte, nach dem sie gesucht hatte. Sie war sich nicht mehr sicher, ob sie ihren Namen ihm gegenüber erwähnt hatte.

Unschlüssig schaute sie zu Arnet hinüber. Konnte sie ihm vertrauen? Bei Bader war sie sich mittlerweile sicher, dass er, wenn es darauf ankam, auf ihrer Seite stand. Trotz seiner ruppigen Art und seiner dauernden Anweisungen, dass sie sich nicht in polizeiliche Ermittlungen einmischen sollte, schien er langsam akzeptiert zu haben, dass sie das trotzdem ab und zu tat. Zudem hatte sie ihn mittlerweile mehr als einmal bei der Aufklärung eines Falles unterstützt. Auch er hatte ihr das eine oder andere Mal aus der Patsche geholfen. Aber sollte sie vor dem Arzt, den sie erst seit Kurzem kannte, alles offenlegen?

«Frau Wyss?», fragte Bader.

Sie musste es riskieren. Wenn sie alles erzählte, würde Arnet ihr vielleicht ebenfalls ein paar Informationen geben. Arztgeheimnis hin oder her.

«Per Zufall habe ich erfahren, dass Hanna hier in der Anstalt ist», begann sie und erzählte dann alles über ihre Nachforschungen im Burghölzli. Als sie berichtete, wie sie eingeliefert worden war, schaute sie kurz zu Doktor Arnet hinüber. Er verzog keine Miene.

«Dann hat mich Doktor Arnet aus der Zelle befreit, und den Rest kennen Sie», schloss sie ihren Bericht.

«Sie sind wirklich von allen guten Geistern verlassen, Frau Wyss», seufzte Bader.

«Wie Sie meinen! Aber jetzt erklären Sie mir, warum Sie so überzeugt davon sind, dass sich Hanna getötet hat.»

«Ich glaube nicht, dass das in Ihrem Zustand ein geeignetes Thema ist», wandte Arnet ein.

«Mir geht's wieder prima. Also?» Sie nickte Bader zu.

«Nun, das Mädchen hat aus dem Bettlaken Streifen gerissen und eine Schlinge daraus geknüpft. Dann hat sie sich auf den umgekehrten Eimer gestellt und das Seil am Haken, an dem die Lampe hängt, befestigt. Die Schlinge hat sie sich um den Hals gelegt und den Eimer weggekickt. So ist sie gestorben.»

Josephine schaute auf ihre Notizen und unterdrückte die Übelkeit, die schon wieder in ihr hochstieg. «Wäre es denn rein theoretisch möglich, dass jemand anders involviert war?»

«Sie meinen, dass jemand Hanna umgebracht hat?», fragte Arnet.

«Was meinen Sie?», wollte sie von Bader wissen.

«Grundsätzlich schon», bestätigte er und griff dann in seine Westentasche. «Wenn das hier nicht wäre.» Er reichte ihr einen kleinen zusammengefalteten Zettel.

Sie öffnete ihn und las:

Für meine Schwester Ida, für meine Familie und für Frieda
Die drei Geköpften waren hier. An ihrem Todestag. Sie lassen mich nicht in Ruhe.
Hanna

Die Geköpften! «Welches Datum haben wir heute?»

«Der 11. September.»

Hastig blätterte sie in ihrem Heft. Da waren die Notizen zu Felix, Regula und Exuperantius. «Das stimmt! Laut Legende wurden die drei am 11. September 302 oder 303 nach Christus geköpft!»

18

Die Sonne strahlte von einem wolkenlosen Himmel, und die Vögel zwitscherten um die Wette. Die Natur schien sich noch einmal aufzubäumen, bevor schon bald die dunkle Jahreszeit hereinbrechen würde.

Josephine saß auf einer Bank vor der Albisriedener Kirche. Das Wetter hatte so gar nichts mit ihrer Stimmung zu tun. Ihr war immer noch flau im Magen von den gestrigen Ereignissen; das Bild des toten Mädchens würde sie wohl noch für lange Zeit verfolgen.

Nachdem sie gestern Hannas Abschiedsbrief gelesen hatte, war ihr klar geworden, dass sie erst mal davon ausgehen musste, dass sie sich selbst getötet hatte. Sie hatte sich entschieden, ihr Bauchgefühl für den Moment zu unterdrücken. Zuerst wollte sie in Ruhe nachdenken und alles, was passiert war, ordnen.

Bader hatte sie mit dem Dienstwagen nach Hause gefahren. Dabei hatten sie fast nichts gesprochen.

Als sie am Abend etwas zur Ruhe gekommen war, hatte sie sich an den Küchentisch gesetzt und alles aufgeschrieben, was seit ihrem Einzug ins Burghölzli geschehen war. Insbesondere hatte sie versucht, den Finger darauf zu legen, was ihr an Hannas Selbstmord seltsam vorkam. Und wie sie weitermachen sollte. Denn das würde sie, keine Frage. Sie konnte sich nicht darauf verlassen, dass die Polizei noch etwas unternehmen würde, für die war der Fall abgeschlossen. Ob Doktor Arnet so überzeugt war, konnte sie nicht einschätzen. Er hatte gestern im Behandlungszimmer meist geschwiegen.

Sie hatte alle möglichen nächsten Schritte gegeneinander abgewogen. Viele waren es nicht. Da Hanna jetzt tot war, war die vielversprechendste Spur verloren. Hannas Bemerkung über das tote Kind, dort hätte sie weitermachen können. Aber hatte das überhaupt etwas zu bedeuten? Und wen hatte Hanna bloß mit «sie» gemeint? «Sie haben über ein totes Kind gesprochen.»

Dann war da noch dieser Pfleger, der Hanna in der Fabrik abgeholt hatte. Aber sie konnte unmöglich heute schon wieder im Burghölzli aufkreuzen. Vielleicht würde sie morgen versuchen, mit Doktor Arnet zu telefonieren und etwas herauszufinden. Wusste der überhaupt, wer dieser Pfleger war? Hoffentlich war das in der Akte vermerkt, sonst könnte es schwierig werden. Kompliziert war es aber sowieso, auch das, was sie jetzt vorhatte. Sie wollte nämlich noch einmal versuchen, mit Ida zu sprechen, und sie hier nach dem Sonntagsgottesdienst abfangen. Bader hatte gestern angekündigt, dass er Hannas Familie gleich über den Tod der Tochter informieren wollte. Ihre jüngere Schwester wusste also Bescheid. Auch wenn es ihr sehr unangenehm war, Ida nach dieser schweren Nachricht mit ihren Fragen zu belästigen, so war sie auf keine bessere Idee gekommen, um weiterzumachen. Sie musste dieser Sache einfach auf den Grund gehen, ganz unabhängig davon, ob sich Hanna selbst getötet hatte oder ob sie umgebracht worden war. Es gab zu viele offene Fragen, als dass sie einfach die Hände in den Schoß hätte legen können. Irgendjemand hatte dem Mädchen Böses gewollt, und sie musste herausfinden, wer.

Der Zeiger der Kirchenuhr schob sich auf halb elf, und unmittelbar danach begannen die Glocken zu läuten.

Sie stand auf und nahm ihre Tasche. Dann ging sie über die kleine Wiese und stellte sich mitten auf den Vorplatz. So hatte sie einen guten Überblick über die Menschen, die jetzt aus der Kirche strömten.

Ganz vorne kam der sommersprossige Peter mit zwei anderen Jungen die Treppe heruntergerannt. Es waren die Buben, die sie bei ihrem letzten Besuch hier im Dorf mit ihren Holzwaffen hatten aufhalten wollen. Als Peter sie erblickte, sperrte er Augen und Mund auf und hielt seine Freunde zurück. Dann machten sie kehrt und rannten um die Kirche herum weg. Sie sah ihnen nach. Hatte der Junge etwa Angst vor ihr? Sie war doch ganz freundlich zu ihm gewesen.

Sie machte einer Frau mit Kinderwagen Platz und wäre beinahe in jemanden geprallt. «Entschuldigung», sagte sie und schaute in das Gesicht von Ida. Auf dem Arm trug sie das kleine Mädchen, das Josephine bei ihren Besuchen gesehen hatte, an der anderen Hand zerrte ein Junge. Hinter ihr standen noch zwei weitere, etwas größere Kinder. Und Hannas Vater. Bevor sie etwas sagen konnte, hatte er sie schon entdeckt und schaute sie grimmig an.

«Sie», knurrte er.

«Papa», flüsterte Ida und stellte sich vor ihren Vater, «lass gut sein.»

Kurt Meier schob seine Tochter zur Seite. «Geht nach Hause und macht das Mittagessen fertig.» Die Röte stieg ihm ins Gesicht.

Unschlüssig blieben Ida und ihre Geschwister neben ihm stehen.

«Los, macht euch vom Acker!»

Ida zog den kleinen Jungen mit sich fort, die anderen Kinder trotteten hinter ihr her.

Josephine stützte die Hände in die Hüfte und streckte den Rücken. Was immer dieser Trunkenbold von ihr wollte, sie würde ihm Paroli bieten.

Er baute sich vor ihr auf und funkelte sie an. «Was wollen Sie schon wieder hier?» Sein fauliger Atem stieg ihr in die Nase.

«Ich wollte Ihnen mein Beileid zum Verlust Ihrer Tochter Hanna aussprechen.»

Er stutzte. «Was?»

«Ihre Tochter? Die Polizei war doch gestern bei Ihnen.»

«Heute Morgen, aber was geht Sie das an?»

«Nichts, aber ich wollte Ihnen trotzdem sagen, dass es mir leidtut.»

Er verzog das Gesicht. «Sie war in der Klapsmühle», brummte er und schaute an ihr vorbei. «Sie haben sie eingeliefert. Ohne uns – ihrer eigenen Familie! – etwas zu sagen!» Jetzt fixierte er sie mit seinen geröteten Augen. «Haben Sie etwas damit zu tun?» Er machte einen Schritt auf sie zu. «Sie haben doch bei uns herumgeschnüffelt, und kurz darauf ist das Mädchen verschwunden. Man hat mir auch erzählt, dass Sie noch einmal hier im Dorf gewesen sind und Fragen gestellt haben. Und in der Fabrik waren Sie auch. Das hat zumindest Ida gesagt.» Seine Stimme wurde immer lauter.

Der Kirchplatz hatte sich geleert, nur noch ein paar Männer standen diskutierend unter einem Baum.

«Raus mit der Sprache! Was wollen Sie hier? Was haben Sie meiner Tochter angetan?» Er griff nach ihrem Arm.

«He, Kurt!», rief einer der Männer. Hannas Vater drehte den Kopf.

Sie nutzte die Gelegenheit, machte sich los und trat ein paar Schritte zurück.

«Dieses Frauenzimmer hier schnüffelt in unseren Familienangelegenheiten herum», beschwerte er sich.

«Ach komm! Was gibt's denn da zu schnüffeln? Du bist ein Säufer, und deine Frau spinnt!» Die Männer lachten.

Kurt Meier schnaubte. Dann wandte er sich wieder Josephine zu. «Da hören Sie's: Eine Spinnerin hab ich geheiratet! Wie ein Trottel habe ich mich über den Tisch ziehen lassen.» Er spuckte auf den Boden.

«Was? Wer hat Sie über den Tisch gezogen?»

«Ha!» Er stach mit dem Zeigefinger in die Luft. Doch bevor er weiterreden konnte, kamen die Männer zu ihnen herüber.

«Kurt, jetzt lass sie in Ruhe», sagte einer. «Komm lieber mit uns zum Frühschoppen, anstatt hier rumzumeckern.» Er packte ihn am Ärmel. Leise vor sich hin fluchend ließ sich Hannas Vater von den Männern Richtung Wirtshaus mitziehen.

Was hatte Kurt Meier nur gemeint? Wer sollte ihn hereingelegt haben und womit?

Obwohl sich alles in ihr sträubte, folgte sie den Männern zum Restaurant. Sie wollte der Sache sofort auf den Grund gehen und Hannas Vater zur Rede stellen, bevor er zu viel intus hatte.

Sie betrat den dunklen, verrauchten Gästeraum. Hier drinnen merkte man nichts davon, dass draußen das schönste Herbstwetter war. Es stank nach ranzigem Fett und den Ausdünstungen der Männer, die an den Tischen saßen. Jeder hinter seinem Bierkrug. Am Stammtisch wurde gejasst und angestoßen.

Durch die Rauchschwaden hielt sie Ausschau nach Hannas Vater.

«Wenn ich Sie wäre, würde ich hier sofort verschwinden», sagte eine Stimme neben ihr. Einer der Männer von vorhin saß am Tresen und lehnte sich zu ihr herüber. «Mit Kurt Meier ist nicht zu spaßen. Vor allem, wenn er sich jetzt gleich mit Bier vollschüttet.»

«Ich muss mit ihm sprechen. Es geht um seine Tochter.»

Der Mann nickte betrübt. «Das macht ihm arg zu schaffen. Auch wenn er es nicht zeigen kann. Aber es ist besser, wenn Sie ihn in Ruhe lassen. Er ist unter normalen Umständen schon unberechenbar, aber in diesem Zustand kann er jeden Moment explodieren. Da schreckt er auch nicht davor zurück, gegen eine Frau handgreiflich zu werden.»

Gegen eine Frau? Er verprügelte seine Kinder!

Endlich entdeckte sie ihn an einem der hinteren Tische. Sie ließ den Mann stehen und schritt entschlossen auf Kurt Meier zu. Doch sobald dieser sie sah, sprang er auf und stützte sich mit beiden Fäusten auf dem Tisch ab. «Was will die noch hier?», brüllte er, und die Köpfe um sie herum drehten sich ihnen neugierig zu.

«Ich möchte mit Ihnen über Ihre Frau und über Hanna sprechen», verlangte sie mit fester Stimme und stellte sich vor den Tisch.

«Warum? Kümmern Sie sich um Ihren eigenen Dreck!»

«Ich glaube nicht, dass Ihre Tochter Selbstmord begangen hat.»

Die Gespräche um sie herum verstummten, und außer dem Klirren von Gläsern, das vom Tresen herüberdrang, war es plötzlich totenstill im Raum.

Meiers Gesicht wurde noch eine Nuance dunkler, und auf seiner Stirn bildeten sich Schweißperlen. «Was erlauben Sie sich?»

«Jemand hat Ihrer Tochter üble Streiche gespielt und sie damit an ihrem Verstand zweifeln lassen. Diese Streiche haben dazu geführt, dass sie ins Burghölzli gebracht wurde. Ohne das Wissen ihres eigenen Vaters.» Sie zeigte auf ihn. Er richtete sich auf, und seine Gesichtsfarbe wechselte von Rot zu Weiß. «Kommt Ihnen das nicht seltsam vor? Es ist nicht erlaubt, einen Menschen einfach ohne Einverständnis der Angehörigen in eine Anstalt zu sperren. Und wenn ich es richtig einschätze, war Hanna noch minderjährig.»

Kurt Meier starrte sie an, doch sie ließ sich nicht beirren. Sie musste ihn so weit provozieren, dass er herausrückte mit dieser Geschichte, bei der er seiner Meinung nach betrogen worden war. Oder was er sonst noch wusste oder vermutete. «Warum haben Sie, ihr Vater, nicht gewusst, wo Hanna vier Wochen lang war?» Ihre Stimme war jetzt so laut, dass jeder in der Gaststube sie hören musste. «Sie wurde vor den Augen ihrer Schwester und wahrscheinlich auch anderer Arbeiterinnen aus der Fabrik abgeholt. Und alle haben darüber geschwiegen?»

«Ida hat davon gewusst?» Bares Entsetzen sprach aus seinem Gesicht. Dann ließ er sich auf die Holzbank sinken. «Und hat uns nichts gesagt?» Er legte seine großen schwieligen Pranken auf den Tisch und betrachtete sie, als ob sie nicht zu ihm gehören würden.

Josephine zog den Stuhl ihm gegenüber hervor und setzte sich. «Herr Meier, was war das mit Ihrer Frau, das Sie vorhin erwähnt haben? War sie etwa schon krank, als Sie sie geheiratet haben? Und wer sollte Sie über den Tisch gezogen haben?»

Keine Antwort, Meier starrte nur weiter auf seine Hände und wirkte plötzlich viel kleiner.

Sie wartete.

Die Leute um sie herum betrachteten die Vorstellung anscheinend als beendet und nahmen ihre Gespräche wieder auf. Schon bald summte der Raum wieder von Stimmen.

«Herr Meier?», fragte sie auffordernd. Doch der Mann schien vollständig in seine Gedanken versunken zu sein.

Neben ihnen tauchte eine Servierkraft auf und stellte ihm einen Schnaps hin. «Trink das, Kurt, dann wird's dir besser gehen», sagte sie und schob ihm das Glas hin. «Und Sie», wandte sie sich dann an Josephine, «Sie gehen jetzt besser. Der arme Mann hat schon genug um die Ohren, ohne dass Sie ihn auch noch mit Ihren dummen Fragen quälen.»

Meier griff nach dem Schnapsglas und leerte es in einem Zug. Dann stützte er seinen Kopf in die Hände und sagte leise: «Lassen Sie mich einfach in Ruhe.»

Zögernd stand sie auf.

«Ida hat es wirklich gewusst?» Seine Stimme klang heiser.

«Anscheinend.»

Er stieß einen lauten Seufzer aus und starrte auf das Glas vor ihm. «Hauen Sie jetzt endlich ab!», polterte er dann plötzlich und schlug mit der Faust auf den Tisch.

«Ist ja gut!» Widerwillig ließ sie ihn sitzen und ging an den Tischen vorbei zur Tür. Sie konnte nur hoffen, dass sie Ida mit ihren Aussagen nicht in Schwierigkeiten gebracht hatte. In der Hitze des Gefechts hatte sie nicht daran gedacht, dass es den Vater in Rage versetzen würde, wenn er erfuhr, dass seine Tochter ihm verschwiegen hatte, wo Hanna all die Zeit gewesen war.

Sie hatte den Ausgang schon fast erreicht, als es aus der dunklen Ecke neben dem Windfang krächzte: «Der arme Kurt wurde nach Strich und Faden reingelegt.» Ein trockenes Lachen folgte, und sie blickte in einen zahnlosen Mund. Rasch schaute sie sich um. Anscheinend achtete niemand mehr auf sie. Auch die Kellnerin stand mit dem Rücken zu ihr hinter dem Tresen. Flink schlüpfte sie auf die Bank neben den alten Mann.

«Ja, guten Tag, schöne Frau», sagte er und zeigte ihr wieder sein Zahnfleisch.

«Was haben Sie da gesagt über Herrn Meier?»

«Na, der Trottel wurde doppelt veräppelt.»

Trotz seiner schrecklichen Fahne rutschte sie noch näher an ihn heran.

«Veräppelt? Von wem?»

Er griff nach seinem Bierglas und nahm einen großen Schluck. «Na, der hat eine Verrückte geheiratet, ohne es zu merken.»

«Frau Meier war schon vor ihrer Heirat krank?»

«Krank?» Er lachte meckernd. «So kann man es auch nennen!»

«Sie haben gesagt, dass er betrogen worden sei. Was meinen Sie damit?»

Er wischte sich den Bierschaum mit dem schmutzigen Ärmel seiner Jacke vom Mund. «Der Trottel hat sich blenden lassen von der Mitgift! Mitgift! Verstehen Sie? Woher sollte eine solch arme Familie Geld haben, um der Tochter mehr als einen Koffer mit Wäsche in die Ehe mitzugeben? Das hätte ihm doch verdächtig vorkommen sollen!»

«Aber woher kam das Geld?», hakte sie nach.

«Das weiß ich doch nicht! Aber ganz offensichtlich wollten sie sie unter die Haube bringen, bevor er erfuhr, dass sie eine Übergeschnappte ist.»

Frau Meier war also schon sehr lange in diesem Zustand, vielleicht schon seit immer? Konnte sie ihre Krankheit an Hanna vererbt haben?

«Na, trinken Sie noch eins mit mir?», krächzte der Alte jetzt. «Es passiert mir nicht jeden Tag, dass ich in so ansehnlicher Gesellschaft hier sitze.»

Sie ignorierte seine Frage. Irgendetwas war da doch noch gewesen. Was hatte er vorhin gesagt?

«Doppelt!», rief sie dann. «Was haben Sie damit gemeint, dass Meier doppelt veräppelt worden sei?»

«Hab ich das gesagt?»

«Ja!» Er musste sich erinnern. Oder war vielleicht sowieso alles nur dummes Geschwätz? «Frau Meier war krank, aber war sonst noch etwas mit ihr?»

«Ach so! Die Spinnerin hatte zu allem Elend auch noch einen Bastard bekommen.» Er grinste sie an. «Alle hier im Dorf wissen das, nur er nicht!» Er lachte laut auf und verschluckte sich dann so sehr, dass er heftig zu husten begann. Sein ganzer Körper wurde durchgeschüttelt, und eine Sekunde lang hatte Josephine Angst, dass er ersticken könnte.

Bevor sich der Mann wieder erholen konnte, tippte ihr jemand mit spitzem Finger auf die Schulter.

«Hab ich Ihnen nicht gesagt, dass Sie unsere Gäste nicht weiter belästigen sollen?» Die Kellnerin hatte sich neben ihr aufgebaut und schaute sie streng an.

Der alte Mann schnappte röchelnd nach Luft.

«Los, raus hier!», befahl die Frau und zeigte zur Tür.

Sie gab sich geschlagen und gehorchte.

Sie war schon fast aus dem Wirtshaus raus, als sie den Mann hinter sich keuchen hörte: «Dieser arme Löli!»

Das Sonnenlicht blendete sie, als sie aus dem dunklen Wirtshaus auf die Landstraße trat. Sie hielt die Hand schützend über ihre Augen und schaute zur Kirche hoch. Mittlerweile hatten sich die Kirchgänger alle zerstreut, die Männer ins Wirtshaus, die Frauen wahrscheinlich nach Hause an den Herd, um das Mittagessen vorzubereiten. Auch Ida und ihre Geschwister mussten längst daheim sein.

Sie machte sich auf den Weg die Straße hoch zu den Kratz-Häusern. Kurt Meier würde hoffentlich noch eine Weile in der Gaststube verweilen, die Kirchenuhr zeigte erst elf Uhr. So konnte sie es wagen, zum Haus der Familie Meier zu gehen. Ida musste ihr jetzt endlich Rede und Antwort stehen.

Sie bog um die Ecke der Häuserreihe, in deren Mitte das Haus der Familie Meier stand.

Hanna hatte gesagt, dass jemand in der Fabrik über ein totes Kind gesprochen hatte. Wusste vielleicht Ida auch etwas darüber? Und was war mit der Bemerkung des zahnlosen Mannes im Wirtshaus über ein uneheliches Kind der Mutter? Alle wüssten Bescheid. Wer waren alle? Oder war es vielleicht nur ein böses Gerücht? Aber wenn nicht, wo war dieses Kind?

Sie war vor der Haustür der Meiers angelangt. Obwohl sie endlich alles wissen wollte, was Ida verheimlichte, musste sie behutsam vorgehen, wenn sie dieses Kind erwähnte. Solange sie nicht wusste, ob das, was der Mann in der Wirtsstube ihr erzählt hatte, wahr war, konnte sie das Mädchen nicht damit konfrontieren. Ziemlich sicher wussten die Kinder nichts von einem Halbgeschwister. Oder war vielleicht Hanna etwa nicht das leibliche Kind des Vaters?

Sie klopfte an die Tür.

Sofort wurde sie von innen aufgerissen, und Ida schaute sie grimmig an. Bestimmt hatte sie sie durchs Wohnzimmerfenster gesehen. Vielleicht hatte sie sogar erwartet, dass sie hier auftauchen würde.

«Verschwinden Sie!», sagte das Mädchen.

«He, ich will doch nur mit dir reden.»

«Das hab ich mittlerweile kapiert! Immer wollen Sie mit mir reden, aber das bringt doch jetzt nichts mehr. Hanna ist tot!» Ihre Augen füllten sich mit Tränen.

«Ida, es tut mir so leid.»

Das Mädchen verschränkte die Arme vor der Brust und schniefte mit gesenktem Kopf.

«Hör mal, ich will dir nur ein paar Fragen stellen. Du willst doch auch wissen, was mit deiner Schwester passiert ist, oder?»

Ida verharrte in ihrer Haltung und schwieg.

«Ich konnte noch mit Hanna sprechen vor ihrem Tod», sagte Josephine besänftigend.

Jetzt hob Ida den Kopf. Ihr Ausdruck war aber nicht wie erwartet erstaunt oder interessiert, sondern noch wütender. Bevor das Mädchen etwas sagen konnte, fragte Josephine: «Weißt du etwas über ein totes Kind? Hanna hat erwähnt, dass sie jemanden in der Fabrik über ein totes Kind hat sprechen hören.»

Die Zornesfalten auf Idas Gesicht wurden noch eine Spur tiefer und sie verneinte vehement.

«Ganz sicher nicht? Hat sie dir nichts davon erzählt?»

«Nein!»

«Der Zettel an meinem Fahrrad, den hast du geschrieben?» Vielleicht kam sie mit dieser Frage weiter.

Ida nickte. Immerhin.

«Du wolltest also, dass ich im Burghölzli nach Hanna suche. Aber warum hast du deinem Vater nicht gesagt, dass deine Schwester in der Heilanstalt ist? Er hätte sie wahrscheinlich ziemlich leicht herausbekommen.»

«Ich durfte nicht.» Ida nestelte an ihrer Schürze herum.

«Was meinst du damit? Hat es dir jemand verboten?»

«Nein.»

«Ida! Wer hat gesagt, dass du nichts sagen darfst?»

«Niemand.»

«Bitte, Ida!»

«Das darf ich nicht erzählen. Ich will nicht auch im Burghölzli landen und sterben.»

«Das wirst du nicht!»

«Ich glaube Ihnen gar nichts. Ich hätte Ihnen nie verraten sollen, wo Hanna ist. Wegen Ihnen hat sie sterben müssen.» Sie ballte die Fäuste.

Hatte sie richtig gehört? «Was meinst du damit? Ich war die Einzige, die überhaupt nach deiner Schwester gesucht hat.»

Ida lachte höhnisch auf. «Nachdem Hanna wegen Ihnen abgeholt worden war.»

«Hä?» Was fiel dem Mädchen eigentlich ein?

«Sie waren hier, haben mit meinem Vater gestritten, und zwei Tage später wurde Hanna abgeholt. Dann haben Sie mich verfolgt und sich sogar in die Fabrik eingeschlichen. Und nachdem Sie im Burghölzli waren, hat sich meine Schwester umgebracht. Das ist doch alles kein Zufall!» Sie wischte sich über die Augen.

Josephine fühlte sich, als ob Ida ihr ein Messer ins Herz gestoßen hätte. Glaubte Ida allen Ernstes, dass sie Hanna in den Selbstmord getrieben hatte? Sie streckte ihre Hand nach dem Mädchen aus. «Bitte, das kann doch nicht dein Ernst sein.»

Ida wich zurück und griff nach der Klinke.

Josephine holte tief Luft. «Ich glaube nicht, dass sich deine Schwester umgebracht hat.»

Idas Kiefer klappte nach unten.

«Obwohl die Ärzte und auch die Polizei das glauben.» Sie fixierte Ida. «Und trotz des Abschiedsbriefes.»

Das Mädchen horchte auf. «Was für ein Abschiedsbrief?», stammelte es dann.

«Hanna hat eine kleine Notiz für dich und deine Familie hinterlassen. Hat die Polizei euch diese nicht gezeigt?»

Ida ließ die Arme sinken. «Ich weiß es nicht. Mein Vater hat mich rausgeschickt, als der Wachtmeister heute Morgen hier war.» Sie hielt inne und rieb sich dann ungläubig die Augen. «Aber ... Hanna kann doch gar nicht schreiben.»

19

War sie schuld an Hannas Tod?

Idas Worte hallten in ihrem Kopf, als sie langsam zwischen den kleinen, geduckten Holzhäusern des Kratz zurück zur Kirche ging.

Wäre Hanna noch am Leben, wenn sie nicht nach ihr gesucht hätte? Ida hatte nämlich recht: Hanna war zwei Tage, nachdem sie das erste Mal in Albisrieden gewesen war, verschwunden. Hatte sie mit ihrem Besuch irgendetwas ausgelöst? Hatte sie jemanden aufgescheucht, der Hanna etwas Böses wollte? Aber was? Und warum? Das Mädchen hatte es doch schon schwer genug gehabt im Leben. Mit der Arbeit in der Fabrik, dem Haushalt und dem Beerensammeln im Wald hatte sie doch eigentlich keine Zeit gehabt, irgendjemandem in die Quere zu kommen. Ihre Familie war bettelarm, die Mutter krank und der Vater ein Säufer. Warum hatte jemand sie quälen oder einschüchtern wollen?

An einem Baum auf dem Kirchplatz lehnte ihr Fahrrad. Sie schloss es auf und hängte ihre Handtasche an den Lenker.

Hätte sie zuerst klären müssen, wer hinter diesem Streich steckte, bevor sie mit Hanna Kontakt aufgenommen hatte? Vielleicht war sie ungeschickt vorgegangen. Aber sie hatte doch nicht ahnen können, dass dieser Fall so gefährlich werden würde. Es war doch nur ein dummer Spaß gewesen, den sich jemand mit dem Mädchen erlaubt hatte.

Es musste einfach ein Zufall sein, dass Hanna kurz nach ihrem Besuch verschwunden war! So viele Leute hatten das doch nicht mitbekommen. Oder doch? Sie überlegte. Sie hatte mit diesen Jungen gesprochen, insbesondere mit Peter. Dem hatte sie sogar gesagt, dass sie Privatdetektivin sei, und ihn nach Hanna und ihren Erscheinungen gefragt. War das ein Fehler gewesen? Die Männer beim Wirtshaus. Vielleicht hatten auch die etwas gehört. Es wurde bestimmt viel getratscht hier. Wer weiß, wer wem was erzählt hatte nach ihrem Besuch.

Sie nahm ihr Rad und schlenderte zur Rückseite der Kirche. Je mehr sie sich bemühte, Argumente für ihre Vorgehensweise zu finden, desto lauter wurden die kritischen Stimmen in ihrem Kopf. Trotz der herbstlichen Sonne, die den Kirchplatz erleuchtete, fröstelte sie. Nicht nur Ida hatte ihr Vorwürfe gemacht, sondern auch ihr Vater. Ein junger Mensch war gestorben, und sie würde wohl nie erfahren, ob sie eine Mitschuld trug.

Über ihr krächzte eine Krähe. Es klang, als ob sie sie verhöhnen wollte. Weg mit diesen zermürbenden Gedanken! Sie brachten nichts, sie drehte sich im Kreis. Ein kühler Windstoß fuhr ihr um die Ohren, und sie sog die frische Herbstluft ein. Viel wichtiger war jetzt, dem nachzugehen, was wirklich mit Hanna geschehen war. Das war sie ihr und ihrer Familie schuldig. Und Frieda. Morgen würde sie das Mädchen kontaktieren und ihr die traurige Nachricht überbringen. Dass das Ergebnis ihres Auftrags so ausfallen würde, hätte sie sich in ihren schlimmsten Träumen nicht ausmalen können. Hoffentlich dachte Frieda nicht auch, dass sie für Hannas Tod verantwortlich sei. Oder machte sich am Ende sogar selbst Vorwürfe. Schließlich hatte sie das Ganze ins Rollen gebracht. Aber wer weiß, was sonst geschehen wäre?

Sie ging den kleinen Weg hinunter, dort, wo sie letztes Mal von den Buben aufgehalten worden war.

Es war alles so verworren. Hanna konnte nicht schreiben. Wer hatte dann den Brief verfasst? War Hanna umgebracht worden, und jemand wollte es wie Selbstmord aussehen lassen?

Plötzlich durchfuhr sie ein Gedanke: Hatten vielleicht die Leute aus dem Dorf etwas mit der Sache zu tun? Hier hatten einige Leute mitbekommen, dass eine Privatdetektivin nach Hanna suchte. Und wenn der alte Mann aus dem Wirtshaus recht hatte, dann wusste man hier, dass Hannas Mutter ein uneheliches Kind hatte. Die Leute hatten also ein Geheimnis, das vor dem Vater bewahrt werden sollte. Oder war es nur ein dummes Gerücht?

Sie schob das Rad durch das kleine Tor am Ende des Weges und trat auf die Landstraße. Die Häuser lagen wie ausgestorben vor ihr, wahrscheinlich waren alle beim Mittagessen.

Da wurde die Stille plötzlich von einem Motorengeräusch durchbrochen, und ein Auto kam in flottem Tempo den Hügel hoch. Sie wartete, bis es an ihr vorbei war, und wollte schon auf ihr Fahrrad steigen, als es nur wenige Meter oberhalb von ihr scharf abbremste. Inmitten der Staubwolke, die es aufgewirbelt hatte, sprang ein Mann aus dem roten Fahrzeug und kam auf sie zu. Doktor Arnet.

«Frau Wyss!», rief er und strahlte übers ganze Gesicht. Er nahm den Hut ab und streckte ihr die Hand entgegen.

«Herr Doktor Arnet, was machen Sie denn hier?»

Er hielt ihre Hand ganz fest in seiner. «So ein Glück, dass ich Sie hier antreffe! Ihre werte Angestellte hat mir gesagt, dass Sie heute hier auf Ermittlungen seien. Frau Zimmermann, so ist ihr Name, oder?»

«*Fräulein* Zimmermann, darauf legt sie großen Wert.»

Der Arzt nickte, ließ ihre Hand los und lächelte sie weiterhin an.

«Sie war etwas verärgert, die Arme.»

«Warum denn das?»

«Anscheinend haben Ihre Eltern einen Riesentumult veranstaltet, da Sie heute nicht zum Sonntagsbraten erschienen sind.»

Mist! Das sonntägliche Pflichtprogramm im Hause Vonarburg! Das hatte sie vor lauter Aufregung ganz vergessen.

«Oje, das tut mir leid, dass Fräulein Zimmermann das jetzt alles abbekommen hat. Ich werde mich später bei ihr entschuldigen müssen. Meine Eltern können ziemlich hartnäckig sein.»

«Heinrich und Louise Vonarburg, nicht wahr?»

«Sie kennen meine Eltern?»

«Natürlich, wer kennt sie nicht in unseren Kreisen?»

Klara hatte also recht gehabt, Doktor Arnet gehörte zur selben Schicht wie ihre und auch Klaras Eltern.

«Mir war bis jetzt gar nicht bewusst, dass Sie ... »

«... aus solch vornehmem Hause stammen», beendete sie seinen Satz. «Das wollten Sie doch sagen?»

«Äh ja.»

«Man sieht es mir nicht an, ich weiß.» Sie deutete auf ihre einfache Kleidung. «Aber das ist eine lange Geschichte.»

«Die ich sehr gerne einmal hören möchte.» Er zwinkerte ihr zu. Wieder sah sie Freds freundliches Gesicht in seinem.

«Aber deshalb sind Sie wohl nicht hierhergekommen. Nur, um mir zu sagen, dass ich den Sonntagsbraten verpasst habe, oder?»

«Natürlich nicht. Ich muss dringend mit Ihnen sprechen.»

«Hier in Albisrieden?»

«Ich weiß, das scheint etwas überstürzt, aber die ganze Sache lässt mir keine Ruhe.» Sein Lächeln verschwand.

«Mir auch nicht.»

«Natürlich, das muss ein arger Schock gewesen sein für Sie.» Er sah sie mitfühlend an. «Wenn ich irgendetwas tun kann ...»

«Ich war gerade bei Hannas Schwester. Sie denkt, dass *ich* schuld sei an Hannas Tod.»

«Sie? Wie kommt sie denn darauf?»

Sie verzog den Mund. «Ich hätte – wer auch immer hinter der ganzen Sache steckt – mit meinen Nachforschungen dafür gesorgt, dass Hanna eingeliefert worden und daraufhin gestorben ist.»

«Also, ich weiß nicht», meinte Arnet unsicher.

«Was?»

«Irgendetwas ist doch faul hier! Dieser Selbstmord ...»

«Es war kein Selbstmord.»

Der Arzt nickte langsam.

«Hanna kann nicht schreiben.» Durfte sie ihm das erzählen? Müsste sie nicht zuerst zur Polizei gehen mit dieser Information? Vor lauter Selbstzweifeln hatte sie gar nicht daran gedacht, dass sie doch eigentlich sofort Bader hätte informieren müssen, damit er weiter ermitteln konnte. Wenn Hanna umgebracht worden war, dann musste *er* den Fall klären, nicht sie. Sie hatte schließlich keinen Auftrag mehr.

«Ich wusste es!», triumphierte Arnet. «Nur schon die ganze Geschichte mit diesen Erscheinungen. Hanna hat einen sehr normalen Eindruck auf mich gemacht. Sie war schlicht und einfach verängstigt. Was durchaus nachvollziehbar war, nach dem, was sie in ihrem jungen Alter schon alles hatte erdulden müssen. Mein Ziel war es, ihr die nötige Ruhe und Erholung zu geben und sie dann zu ihrer Familie zurückzuschicken.» Er hielt inne. «Also, wenn Hannas Schwester Sie beschuldigt, dann kann sie mich genauso beschuldigen. Ich hätte nicht übersehen dürfen, dass Hannas Eltern nichts davon wussten, dass sie in der Anstalt war.»

«Apropos Hannas Familie: Sie waren doch am Donnerstag bei ihr, oder? Was ist eigentlich dabei herausgekommen?»

«Leider nichts. Ich habe weder den Vater noch die Mutter angetroffen. Es waren nur zwei der kleineren Geschwister da, und die wollten mich nicht ins Haus lassen. Ich habe versucht, etwas von ihnen zu erfahren, doch sie haben immer nur den Kopf geschüttelt. Da wollte ich sie auch nicht weiter einschüchtern. Eigentlich hätte ich morgen noch einmal vorbeischauen wollen.» Er drehte seinen Hut in den Händen und murmelte dann nachdenklich: «Wäre ich am Donnerstag doch nur hartnäckiger gewesen!»

«Ich weiß nicht, ob wir Hanna hätten retten können», überlegte sie, «ob das überhaupt jemand hätte tun können. Das werden wir wohl erst wissen, wenn wir herausfinden, was wirklich geschehen ist, und warum.»

«Falls wir überhaupt jemals Klarheit haben werden», gab er zu bedenken.

Sie verzog das Gesicht und wollte dann von ihm wissen: «Waren Sie eigentlich auch in der Bergmann-Fabrik?»

«Ja, aber leider genauso wenig erfolgreich. Ich wurde von der Frau des Fabrikherrn regelrecht hinausgeworfen.»

«Sie mögen es gar nicht, wenn man bei ihnen rumschnüffelt. Die Arbeitsbedingungen sind einfach schrecklich, und Herr Bader, also die Polizei, war letzthin auch da, weil es einen Unfall gegeben hat. Die Fabrikleitung wollte es vertuschen, aber jemand hat die Polizei eingeschaltet. Ich hatte den Eindruck, dass dort alle so verängstigt sind, dass sie auch nicht über den Vorfall mit Hanna sprechen wollten. Trotz der Arbeit der Gewerkschaften sind die Leute leider so unter Druck, dass sich niemand zur Wehr setzt.»

«Diesen Eindruck hatte ich auch.»

«Aber warum wollten Sie mich denn nun eigentlich sprechen?»

«Genau wegen dieser Ungereimtheiten. Ich hatte schon beim Gespräch mit Herrn Bader in der Anstalt den Verdacht, dass Sie der Geschichte mit dem Selbstmord nicht trauen. Ich teile dieses Gefühl.»

«Das sich mittlerweile bestätigt hat.»

Er räusperte sich. «Was halten Sie davon, wenn ich Sie zurück in die Stadt fahre und wir uns bei einem Mittagessen in Ruhe darüber unterhalten? Es würde mich nämlich brennend interessieren, wie Sie jetzt weiter ermitteln werden.»

Sie begegnete seinem wachen Blick, sein Interesse schien echt zu sein.

«Also, falls Sie das überhaupt mit einem Außenstehenden teilen möchten. Oder dürfen.»

Noch bevor sie etwas antworten konnte, sprangen plötzlich drei kleine Gestalten aus dem Gebüsch neben ihnen und rannten johlend die Straße hinunter. Das waren doch die Buben, die sie schon das letzte Mal hier getroffen hatte. Nur dieser Peter war nicht dabei.

Ohne lange zu überlegen, drückte sie Arnet ihr Fahrrad in die Hände und lief den Jungen nach.

«Frau Wyss, so warten Sie doch!», hörte sie den Arzt hinter sich rufen.

Einer der Buben riss das nächste Gartentor auf, und die drei stürmten auf das Haus zu, aus dessen Fenster damals die Mutter von Ruedi und seinem Bruder geschimpft hatte.

Sie lief ebenfalls in den Vorgarten und sah gerade noch, wie zwei der Jungen im Haus verschwanden. Der dritte sprang über den Gartenzaun gegenüber und verschwand im Gebüsch. Bei der Tür angelangt, klopfte sie laut dagegen. Nach wenigen Sekunden wurde über ihr ein Fenster geöffnet, und der Junge, der Ruedi hieß, streckte seinen Kopf hinaus.

«Gehen Sie weg!», schnauzte er sie an. «Was wollen Sie von uns?»

Ja, was wollte sie eigentlich? Sie war einem Impuls gefolgt, den Jungen nachzurennen, mehr wusste sie nicht.

«Wir haben nichts getan!» Ruedis Kopf verschwand mit einem Ruck, als ob er von jemandem weggezogen würde. Und das wurde er auch, denn jetzt erschien das Gesicht seiner Mutter über ihr.

«Sie kenne ich doch», stellte sie verwundert fest. «Sie waren doch kürzlich schon einmal hier.»

Josephine nickte.

«Ich hoffe, die Bengel haben Sie nicht schon wieder belästigt. Ruedi!», wetterte sie dann in den Raum hinter sich, «was habt ihr schon wieder angestellt? Geht nach unten und wascht euch die Hände. Das Mittagessen steht schon auf dem Tisch.» Dann wandte sie sich wieder Josephine zu. «Es tut mir leid, was haben sie diesmal ausgeheckt?» Sie stützte sich aufs Fensterbrett.

«Eigentlich nichts.»

«Na, dann ist ja gut. Ich muss dann auch.» Die Frau richtete sich auf und schloss das Fenster.

Josephine blieb einen Moment unschlüssig stehen. Was hatte sie sich erhofft? Dann fiel ihr ein, dass sie Doktor Arnet einfach oben an der Straße mit ihrem Fahrrad hatte stehen lassen. Sie war schon fast zurück beim Gartentor, als sie lautes Schimpfen vom Haus her hörte. Was hatten die Jungen jetzt schon wieder angestellt?

Sie schlich zurück zum Haus. Die Stimmen kamen von der hinteren Seite. Sie ging nah an der Wand entlang und spähte um die Ecke. Neben dem Haus stand ein Mann, der in dem Moment den kleinen Ruedi am Kragen packte und ihn kräftig schüttelte. Die zwei mussten aus der Seitentür auf den schmalen Rasenstreifen gelangt sein.

«Wenn du mir nicht sofort sagst, woher du das Geld für diesen ganzen Kram hast, dann setzt es was!» Er riss Ruedi ein hölzernes Spielzeugauto aus der Hand und warf es auf den Boden.

«Nicht!», schrie der Junge. «Das gehört mir!»

«Wer hat das bezahlt?»

«Ich!»

«Mit welchem Geld? Jetzt spuck's aus, sonst prügle ich dich windelweich!»

«Ich habe es verdient, ehr und redlich, ich schwör's, Papa!»

Der Mann holte aus und gab Ruedi eine kräftige Ohrfeige. Der Junge duckte sich und hielt sich die Wange. «Es stimmt!», bekräftigte er und kämpfte mit den Tränen.

«Dann sag mir jetzt sofort, mit was du es verdient hast und wer dich bezahlt hat! Diesem Halunken werd ich die Leviten lesen. Einem kleinen Jungen Geld geben für ich weiß nicht was. Was fällt den Leuten eigentlich ein?»

Etwas berührte sie an der Schulter, und sie hätte vor Schreck beinahe laut aufgeschrien.

«Ich bin es nur», raunte Arnet neben ihr. «Was tun Sie hier, Frau Wyss?»

Sie hielt ihren Zeigefinger vor den Mund. Er nickte und schaute sie verschwörerisch an. Sie beugte sich wieder nach vorn. Sie sah gerade noch, wie Ruedis Vater seinen Sohn am Hemdkragen zurück ins Haus zog.

«Wenn du nicht rausrücken willst, dann gibt's Hausarrest, und zwar so lange, bis du mir die Wahrheit sagst.»

Das war das Letzte, was sie hörte, bevor die Tür hinter den beiden zuschlug.

«Ist das ein Verdächtiger?», fragte Arnet.

«Wer?»

«Na, dieser Mann! Er scheint nicht gerade zimperlich mit seinem Nachwuchs umzugehen.»

«Nein, aber ich habe langsam den Eindruck, dass das hier oben niemand tut. Aber ein Verdächtiger? Ich glaube nicht.» Sie rückte ihren Hut zurecht. «Diese Buben haben mich das letzte Mal, als ich hier war, so erschreckt. Darum wollte ich sie nicht ungeschoren davonkommen lassen. Jetzt verschwinden wir aber lieber von hier. Mit Ruedis Vater ist nicht gut Kirschen essen. Der erwischt uns besser nicht hier in seinem Vorgarten.»

Arnet folgte ihr zum Gartentor.

Sie stand bereits draußen auf der Straße, als er sie zurückhielt. «Was ist denn das? Schauen Sie mal, Frau Wyss!»

Sie lehnte sich über den Zaun. Der Arzt deutete auf etwas, das hinter einem Holzstapel neben dem Tor lag. Es sah aus wie ein Kleid oder ein Tuch. Sie trat zurück in den Garten und schlüpfte an Arnet vorbei hinter das Holz.

Trotz der hochstehenden Sonne kam hier fast kein Licht hin. Der Stofffetzen, den Arnet entdeckt hatte, war an der Seite eines der Holzscheite hängen geblieben, darum hatte er ihn vom Gartenweg aus sehen können. Der Rest des Stoffes lag ordentlich gestapelt auf einer Kiste, die hinter dem Vorratsholz stand. Sie hob den ganzen Stoffberg hoch und trug ihn nach vorne ins Licht.

«Was ist das?», fragte Arnet und nahm ihn ihr ab. Dann breitete er ihn auf dem Weg aus.

Sie kniete sich nieder und zog die Stoffstücke auseinander. Insgesamt waren es sechs einzelne Kleider. Drei weiße und drei rote. Das durfte doch nicht wahr sein! Sie nahm eines der weißen Gewänder und hielt es hoch. Dort, wo normalerweise die Öffnung für den Kopf gewesen wäre, war es vollständig zugenäht. Dafür entdeckte sie auf der Höhe, wo ungefähr die Schlüsselbeine zusammenkamen, zwei kleine runde Löcher.

« Für die Augen », murmelte sie.

20

Mit einem lauten Quietschen wurde das Gartentor aufgestoßen. Josephine und Doktor Arnet fuhren herum. Der sommersprossige Junge, der jetzt durch das Tor trat, schlug die Hand vor den Mund, als er sie sah.

«Peter!»

Blitzschnell machte er kehrt, sprang über das Tor und lief los. Josephine drückte Arnet das Gewand in die Hand, raffte ihren Rock und stürmte hinterher. Er lief die Straße hoch, doch mit wenigen Schritten hatte sie den Abstand zu ihm schon beträchtlich verringert. Der Junge schien nicht sehr kräftig zu sein. Oben an der Straße bog er nach rechts ins Kratzquartier ab. Sie beschleunigte. Wenn er erst zwischen den verwinkelten Häuschen verschwunden war, hatte sie keine Chance mehr. Bestimmt kannte er hier jedes Versteck.

Und prompt verschwand seine blaue Jacke hinter einem Schuppen, und als sie dort ankam, war keine Spur mehr von ihm zu sehen.

«Peter! Ich tue dir doch nichts!», rief sie. Ihre Stimme klang hohl und nicht sehr überzeugend. Sie riss die Tür zum Schuppen auf. Darin stapelten sich Holzkisten und allerlei Gerümpel. Aber der Junge hätte keine Zeit gehabt, sich hier drinnen zu verstecken. Jedenfalls nicht so, dass sie ihn nicht gleich entdeckt hätte.

Sie schlug die Tür zu und horchte in die Mittagsstille. Doch sie hörte nur ihren eigenen schnaufenden Atem. Peter war verschwunden.

Auf dem Rückweg zur Straße schaute sie noch in jeden Winkel, doch sie gab bald auf. Dann also zurück in den Garten. Sie musste diesen Ruedi erwischen. Die Umhänge waren wohl nicht per Zufall vor seinem Haus versteckt worden.

Sie bog um die Ecke in die Hauptstraße ein. Doktor Arnet lehnte an seinem Auto. In den Händen hielt er die Gewänder. Als er sie entdeckte, stieß er sich ab und kam ihr entgegen.

«Wer war denn das?»

«Vielleicht ein Zeuge. Oder ein Informant. Oder beides. Oder nichts.»

«Sie haben ihn nicht erwischt?»

Sie verneinte.

Da blitzte eine Erinnerung in ihr auf.

«Ich bin gleich wieder da!», rief sie und nahm alle Kraft zusammen, die noch in ihren Beinen steckte. Die Straße hoch und dann rechts den kleinen Weg zur Kirche. Peter hatte doch gesagt, dass seine Großeltern auf der anderen Seite der Kirche wohnten. Sehr wahrscheinlich wurde er doch dort zum Mittagessen erwartet.

Im Schatten der Bäume schlich sie die Steinmauer entlang, überquerte den Kirchplatz und dann die Straße. Dort versteckte sie sich hinter einer Hausecke.

Und tatsächlich: Keine fünf Minuten vergingen, da schlenderte dieser Lausbub pfeifend und mit den Händen in den Hosentaschen zwischen den Häusern auf der gegenüberliegenden Seite hervor. Er schien sich sehr sicher zu sein, dass sie nicht mehr nach ihm suchte.

Jetzt kam er herüber, ging einige Meter die Straße entlang, bog dann plötzlich rechts ab und verschwand aus ihrem Blickfeld. Sie löste sich aus ihrem Versteck und preschte los. Sobald sie bei dem kleinen Pfad angelangt war, drosselte sie ihr Tempo wieder. Zwischen ein paar Wohnhäusern sah sie ihn den Hügel hochspazieren. Sie schlich ihm nach. Jetzt öffnete sich der immer steiler ansteigende Weg zu großen Wiesenflächen, die bis zum Wald hinaufreichten. Rechts stand ein letztes Holzhaus, das Peter nun passierte. Ein morscher Zaun trennte das dahinterliegende Feld vom Weg.

Mit wenigen Schritten war sie bei ihm und packte ihn von hinten an den schmächtigen Schultern, drehte ihn um und hielt ihn an den Oberarmen fest. Das Blut schoss ihm ins Gesicht, und seine Sommersprossen leuchteten in der Sonne.

«Was wollen Sie von mir?», stammelte er und versuchte, sich aus ihrem Griff zu befreien.

«Du weißt etwas! Du musst es mir erzählen, was immer es auch ist!»

«Nein, ich weiß gar nichts!» Er wand sich, doch sie ließ keinen Millimeter locker. Sie spürte seine knochigen Arme unter ihren Fingern.

«Peter! Hanna ist tot! Sie wurde umgebracht!» Sie schüttelte ihn.

«Ich kann doch nichts dafür!» Tränen schossen ihm in die Augen.

«Das behaupte ich auch nicht», entgegnete sie und versuchte, ihre Stimme etwas ruhiger klingen zu lassen. «Aber du musst mit mir reden. Wir müssen doch herausfinden, wer ihr das angetan hat.»

Er ließ die Arme hängen und sie lockerte ihren Griff ein wenig. «Bitte, Peter!»

Er schaute sie misstrauisch an. Sein struppiges Haar stach unter seiner Mütze hervor. «Sie wollten doch nichts Böses», erklärte er dann.

«Wer? Du warst doch nicht etwa dabei bei den Streichen, die Hanna gespielt wurden?»

Seine Wangen wurden noch eine Nuance dunkler und er verzog den Mund.

«Ruedi? Sein Bruder und der andere Junge? Felix, Regula und Exuperantius?»

In diesem Moment sprang jemand von hinten an ihr vorbei und warf sich mit voller Wucht auf Peter. Da sie ihn immer noch an den Schultern festhielt, wurde sie mitgerissen und fiel neben Peter der Länge nach hin.

«Spinnst du eigentlich?», schrie jemand über ihr. «Du erzählst der Tante doch nicht etwa von unserem Geheimnis?»

Neben ihr ächzte Peter.

Mühsam drehte sie sich auf die Seite und hob den Kopf. Auf Peter, der neben ihr im Staub lag, saß Ruedi und drückte dessen Schultern auf den Boden. Er sah sie wütend an und sagte: «Sie verschwinden jetzt besser ein für alle Mal von hier. Das ist eine Angelegenheit unter Männern.» Fast hätte sie laut aufgelacht, doch Ruedi schien es ernst zu meinen. Und wenn sich die beiden Jungen gemeinsam gegen sie stellen würden, käme sie wohl nicht so einfach davon.

Sie kam auf die Beine und stellte sich so hin, dass Ruedi sie sehen konnte. «Seid ihr eigentlich noch bei Trost?»

«Hauen Sie ab!», zischte der Junge und ließ Peter weiterhin unter sich zappeln.

«Warum habt ihr das dem armen Mädchen angetan?» Sie machte einen Schritt auf die beiden zu.

«Sag's ihr doch einfach!», heulte Peter auf. «Hanna ist tot, kapierst du das denn nicht?»

Ruedi schaute auf ihn hinunter, und seine Schultern zitterten.

«Dann findet die vielleicht ihren Mörder», drang Peter weiter auf ihn ein.

«Aber wir kommen ins Gefängnis», widersprach Ruedi.

«Was redest du da?», fragte sie. «Was habt ihr nur angestellt?»

Die beiden schwiegen.

«Warum steht ihr nicht auf, und wir unterhalten uns wie normale Menschen?» Sie beugte sich zu Ruedi hinunter und versuchte, ihn hochzuziehen.

«Ich kann das schon allein», murrte er und ließ endlich von Peter ab. Dann rappelten sich die zwei auf und stellten sich mit gesenkten Köpfen vor sie hin.

«Also?»

«Sie wissen es doch schon», sagte Peter resigniert.

«Was weiß sie, was hast du ihr erzählt?», wollte Ruedi wissen.

«Na, dass ihr Hanna erschreckt habt mit eurer Maskerade beim Wald oben.»

Ruedi grunzte nur.

«Hast du damals schon gewusst, dass es deine Freunde waren?», wollte Josephine von Peter wissen.

«Es war doch nur ein Spaß!»

Ruedi nickte bestätigend.

«Mich habt ihr auch aus Spaß erschreckt?», wandte sie sich an Ruedi.

Dieser nickte. «Es war die Idee meines Bruders. Wir haben die Umhänge geholt und uns hinter der Kirchenmauer auf Holzkisten gestellt.»

Deshalb waren die drei so groß gewesen. «Und die Kisten habt ihr dann mitgenommen, als ihr weggerannt seid?»

Ruedi nickte.

«Aber ich verstehe nicht, warum ihr Hanna einschüchtern wolltet. Einfach so aus Jux?»

«Manchmal tut man Dinge aus Not.»

«Was meinst du damit?»

«Sie wissen halt nicht, wie das ist, wenn man arm ist!» Er schaute sie herausfordernd an. «Wir wollten uns auch mal was kaufen können.»

Das Spielzeugauto! Ruedis Vater hatte doch wissen wollen, woher er das Geld dafür gehabt hatte.

Sie packte Ruedi unter dem Kinn. «Ihr habt Geld dafür bekommen, dass ihr Hanna einen Schrecken einjagt?»

Er drehte den Kopf weg und schüttelte ihre Hand ab.

«Von wem?», insistierte sie.

«Ich weiß es nicht. Ich kenn die nicht!»

«Die?»

«Eine Frau. Sie ist hier ins Dorf gekommen und hat uns gefragt, ob wir uns ein Taschengeld verdienen möchten.»

«Wie hat sie ausgesehen?»

«Normal.»

«Ruedi!»

«Ich weiß doch nicht! Wie meine Mutter?»

Diese Jungs waren zäh! Oder wussten sie tatsächlich nicht mehr?

«Frau Wyss!»

Sie drehte den Kopf. Doktor Arnet kam den Hügel hochgelaufen.

«Da sind Sie ja! Ich habe Sie überall gesucht!» Er stoppte und rief: «Achtung!», und zeigte an ihr vorbei.

Sie fuhr herum und sah gerade noch, wie Ruedi und Peter über den Zaun auf die Wiese sprangen und hinter dem Holzhaus verschwanden. Sie kapitulierte. Noch einmal nachrennen würde sie den beiden nicht.

Kurz darauf stand sie mit Doktor Arnet wieder bei seinem Wagen.

«Ich habe eine Idee», sagte er zögernd.

«Was denn?»

«Nun, es ist mir sehr wohl bewusst, dass Sie hier die Expertin sind. Aber was halten Sie davon, wenn ich versuche herauszufinden, wer bei uns in der Anstalt Hanna damals in der Fabrik abgeholt hat?»

«Natürlich! Daran habe ich auch immer wieder gedacht. Aber ich wusste nicht, wie ich diesen Pfleger finden sollte. Geschweige denn, wie ich ihn dazu bringen würde, mir zu verraten, wer ihn beauftragt hat.»

«Sie hätten mich jederzeit um Hilfe bitten können.»

«Ja, hätte ich», gab sie zu.

«Aber Sie wussten nicht, ob Sie mir trauen können.»

Er schien sie ziemlich genau einschätzen zu können. Aber das war schließlich sein Beruf.

Sie nickte. «Wenn Sie das tun könnten, wäre das natürlich sehr hilfreich. Es ist die einzige Spur, die mir noch bleibt.»

«Gut! Dann mache ich mich gleich auf den Weg. Soll ich Sie mitnehmen?»

«Nein, danke, das ist nicht nötig.»

«Darf ich Sie dann später anrufen? Ich hoffe natürlich, dass ich Ihnen dann etwas Interessantes berichten kann.»

«Das hoffe ich auch. Langsam gehen mir die Ideen aus.»

Seit einer Stunde saß sie nun schon wieder auf der Bank bei der Kirche. Sie hatte sich nicht dazu entschließen können, nach Hause zu fahren. Irgendetwas hielt sie hier fest.

Inzwischen bereute sie, dass sie nicht mit Doktor Arnet mitgefahren war. Zu gern wäre sie dabei gewesen, wenn dieser den Pfleger zur Rede stellte. Aber wahrscheinlich hätte sie nur gestört. Es war besser, wenn der Arzt als Vorgesetzter agieren konnte, ohne dass eine Außenstehende dabei war. So, wie sie ihn einschätzte, hatte er bestimmt ein gutes Verhältnis zu seinen Angestellten, und vielleicht würde es ihm gelingen, etwas aus dem Pfleger herauszubekommen.

Sie klappte ihr Notizbuch zu und steckte es in die Tasche. Noch eine letzte Runde würde sie drehen, dann blieb ihr wohl nichts anderes übrig, als das Dorf zu verlassen. Unverrichteter Dinge beziehungsweise mit neuen Fragen, auf die sie keine Antwort wusste. Wo sollte sie nur weitermachen? Noch einmal in der Fabrik? Aber würden ihr die Arbeiterinnen plötzlich mehr erzählen wollen als bisher?

Sie erhob sich. Die Straßen waren leer gefegt, die Menschen schienen die Sonntagsruhe zu genießen. Einige hatte sie vor ihren Häusern auf den Bänken sitzen sehen, aber die meisten dösten jetzt nach dem Mittag wohl in ihren Stuben.

Ihr Fahrrad ließ sie an der Linde neben der Bank stehen und machte sich dann auf zu den Kratz-Häusern. Sie musste aufpassen: Hannas Vater wollte sie nicht noch einmal in die Arme laufen. Sein Zustand war nach dem Besuch im Wirtshaus bestimmt nicht der beste.

Sie spazierte zwischen den schrägen Holzhäusern hindurch und hielt Ausschau nach – ja, wonach eigentlich? Wen konnte sie überhaupt noch befragen? Erzählen wollte ihr anscheinend niemand etwas. Wenn nur dieser Ruedi mit irgendetwas herausgerückt wäre. Oder Peter. Sie wurde das Gefühl nicht los, dass die Buben mehr wussten, als sie vorgaben. Kannten sie diese Frau wirklich nicht? Oder hatten sie die ganze Geschichte sowieso bloß erfunden, um sie loszuwerden? Aber Hanna war gestorben. Das musste doch auch für die zwei ein Schock gewesen sein! Waren sie wirklich so abgebrüht, dass sie die Person, die dahintersteckte, immer noch schützten?

Ein leises Scharren riss sie aus ihren Gedanken. Dann lugte ein Schopf widerspenstiger Haare hinter einem Schuppen hervor, verschwand aber gleich wieder.

«Peter!»

Langsam ging sie auf den Schuppen zu. Bevor sie jedoch dort angelangt war, kam Peter schon um die Hausecke herum. Die Hände hatte er wieder tief in seinen Hosentaschen vergraben. Er stellte sich vor sie hin und sah sie mit festem Blick an.

«Willst du mir etwas sagen?», begrüßte sie ihn.

Er schluckte so laut, dass sie es hören konnte.

«Hör mal, ich habe euer Theater langsam satt. Entweder du sagst mir jetzt endlich die Wahrheit, oder ...»

«Sie müssen mir versprechen, dass ...», setzte er an, verschluckte sich dann aber so heftig, dass er nicht weitersprechen konnte. Er hustete und röchelte.

Sie beugte sich zu ihm und klopfte ihm auf den Rücken.

Als er sich endlich etwas beruhigt hatte, glänzten Tränen in seinen Augen, und aus seiner Nase lief ein Rotzfaden. Sie zog ein Taschentuch aus ihrer Jackentasche und reichte es ihm. Geräuschvoll putzte er sich die Nase. Dann begann er zu weinen. Plötzlich sah er aus wie ein kleiner Junge und nicht mehr wie der freche Bengel, den er bisher zur Schau gestellt hatte.

Er tat ihr leid. Doch gleichzeitig wollte sie sich nicht noch einmal von ihm täuschen lassen. Sie musste jetzt einfach wissen, wer die Felix-Regula-und-Exuperantius-Streiche angezettelt hatte. Das würde sie vielleicht endlich auf die richtige Spur bringen.

«Was muss ich dir versprechen?», nahm sie den Faden wieder auf.

Peter rieb sich die Augen und erklärte: «Dass Sie niemandem sagen, dass Sie es von mir gehört haben. Meine Großeltern und Geschwister verlieren sonst alle ihre Arbeit.»

«Warum? Was hat deine Familie mit der ganzen Sache zu tun? Wenn ich es richtig verstanden habe, warst du nicht dabei, oder?»

«Nein, aber ich habe Hanna angelogen, und jetzt ist sie tot.»

«Kennst du die Frau, von der Ruedi gesprochen hat? Existiert sie tatsächlich, oder ist das nur eine weitere Lüge von deinem Freund?»

«Die Frau gibt es.»

«Wer ist sie?»

«Sie müssen es zuerst versprechen!»

Sie seufzte. «Also gut, ich verspreche, dass ich deinen Namen nicht erwähne. Ich bin nämlich sicher, dass du ziemlich wenig damit zu tun hast, auch wenn du nicht die Wahrheit gesagt hast.»

«Danke.» Er senkte den Blick und betrachtete seine Schuhspitzen.

Er würde es sich doch nicht wieder anders überlegen? «Also, was ist?»

Plötzlich wandte er sich jäh um und wollte loslaufen. Doch sie packte ihn von hinten am Kragen. Hatte sie es doch geahnt!

«So nicht, Bürschtli! Rück raus! Ich habe keine Geduld mehr!» Sie zog ihn zu sich heran und schämte sich gleichzeitig, dass sie einem Jungen, der mindestens einen Kopf kleiner war als sie, so zusetzte.

«Au!», protestierte er.

Doch sie hielt ihn fest und schrie ihm ins Ohr: «Wer ist diese Frau?»

Zuerst zappelte er noch heftig, gab dann seinen Widerstand aber auf. «Sie wohnt in der Villa», flüsterte er.

«Was für eine Villa?»

«Vorne an der Hauptstraße, in der Kurve.»

Das herrschaftliche Haus zwischen den blühenden Sträuchern, das ihr bei einem ihrer früheren Besuche aufgefallen war.

Sie ließ den Jungen los. Mit hochrotem Kopf drehte er sich zu ihr um.

«Wenn du lügst, bist du dran!», stieß sie hervor. Dann ließ sie ihn stehen und lief zwischen den Häusern hindurch zur Straße bei der Kirche und von dort zur Hauptstraße. Überquerte diese und schon stand sie vor dem Zaun der Villa. Sie stürmte durch den Vorgarten zum Haupteingang hoch. Schon hatte sie die Hand gehoben, um anzuklopfen, als die Tür von innen aufgerissen wurde.

Vor ihr stand die Frau des Besitzers der Bergmann-Fabrik.

21

«Verlassen Sie sofort dieses Grundstück!», keifte Frau Honegger.

Josephines war so verblüfft, dass sie kein Wort herausbrachte. Ihr Kopf ratterte. Anscheinend wohnte die Familie des Fabrikherrn hier. Aber war Frau Honegger die Frau, die Peter gemeint hatte? Die Frau, die Ruedi und die anderen zwei Buben bezahlt hatte?

«Sind Sie taub?»

«Nein, ich ...»

«Verziehen Sie sich! Sonst rufe ich die Polizei!»

«Entschuldigen Sie bitte die Störung.» Sie musste die Frau irgendwie beruhigen, damit sie herausfinden konnte, ob sie etwas mit dieser Geschichte zu tun hatte. Hier wohnten sicher noch mehr Frauen: Bedienstete oder andere weibliche Familienmitglieder. «Und noch dazu an einem Sonntag, ich weiß», fügte sie hinzu.

«He!», sagte die Frau jetzt, «Sie kenne ich doch!» Die Falte zwischen ihren Augen vertiefte sich. «Liesel», rief sie dann nach hinten in den Hausflur, «ruf sofort die Polizei an, hier ist ein Eindringling in unserem Garten.»

«Frau Honegger, so hören Sie doch», versuchte Josephine sie zu beruhigen.

«Nein, Sie hören jetzt zu: Sie haben mir schon genug Ärger in der Fabrik bereitet. Sie werden mir nicht noch meine Sonntagsruhe verderben. Was wollen Sie überhaupt hier?»

«Ich habe nur Ihre schönen Blumen bewundert.»

«Wollen Sie mich für dumm verkaufen?»

«Ich habe nicht geahnt, dass Sie hier wohnen. Es ist doch ungewöhnlich, dass die Besitzer so weit von ihrer Fabrik entfernt wohnen.»

«Meinem Mann gehört nicht nur eine Fabrik, wir haben hier in Albisrieden noch eine weitere, eine Farbholzmühle.»

«Ach so.»

«Aber das geht Sie überhaupt nichts an. Gehen Sie jetzt!»

«Ich war bei Hannas Familie», sagte sie forsch und beobachtete die Frau ganz genau. Aber in ihrem Gesicht regte sich nichts.

«Wer ist Hanna?», fragte sie lediglich.

«Hanna Meier, eine Ihrer Arbeiterinnen. Sie ist vor ein paar Wochen verschwunden.»

Frau Honegger überlegte. Dann meinte sie: «Die Verrückte?»

«Sie ist gestern gestorben.»

«Ach ja?»

«Anscheinend wurde sie aus der Bergmann-Fabrik abgeholt und ins Burghölzli gebracht.»

«Da hat sie wohl auch hingehört.»

Das laute Brummen eines Motors durchbrach die sonntägliche Stille, und wenige Sekunden später bog ein Auto um die Ecke. Als es schon fast an ihnen vorbei war, bremste es ab, und kurz darauf zwängte sich ein Mann aus dem Wagen. Es war Bader.

«Frau Wyss, schon wieder Sie?» Er setzte seinen Hut auf und kam die Auffahrt zum Haus herauf.

«Sind Sie von der Polizei?», wollte Frau Honegger mit lauter Stimme wissen und drängte sich an ihr vorbei zu Bader.

Dieser tippte sich an den Hut. «Detektiv-Wachtmeister Bader von der Stadtpolizei.»

Sie stutzte. «Aber wie können Sie schon hier sein? Meine Dienstmagd hat doch eben erst telefoniert.»

Bader schüttelte den Kopf. «Ich verstehe nicht. Wer sind Sie?»

«Honegger, mein Name. Wir haben einen Eindringling gemeldet.»

«Ach so. Ich war zufällig in der Gegend, wegen einer Ermittlung.»

Natürlich, er war heute Morgen bei Hannas Familie gewesen.

«Dann habe ich mich ein wenig umgesehen», redete er weiter, «in Ihrer schönen Dorfbeiz Mittag gegessen und jetzt wollte ich eigentlich zurück in die Stadt.» Seine Mundwinkel zuckten. «Frau Honegger, gehe ich richtig in der Annahme, dass das hier der Eindringling ist?» Er zeigte auf Josephine.

«Diese Frau», echauffierte sich die Fabrikbesitzergattin, «hält sich unbefugt auf meinem Grundstück auf. Und egal, was ich ihr sage, ich krieg sie nicht los.»

«Das ist ihre Spezialität.»

«Wie bitte?»

«Diese Dame hier hat die Angewohnheit, immer an genau den Orten aufzutauchen, an denen sie nichts zu suchen hat.»

«Kennen Sie sie etwa?»

«Nur zu gut.» Dann wandte er sich an Josephine: «Frau Wyss, wenn Sie dann bitte so freundlich wären, den Vorgarten zu verlassen. Dann könnte ich mich nämlich endlich meinem wohlverdienten freien Sonntagnachmittag widmen.»

Widerstrebend ging sie an Frau Honegger vorbei. In Baders Anwesenheit würde sie bestimmt nichts mehr aus ihr herauskriegen.

Bader begleitete sie den Weg bis zur Straße hinunter. «Kann ich Sie in die Stadt mitnehmen?»

Sie überlegte. Konnte sie hier noch etwas ausrichten?

«Und Sie erzählen mir im Gegenzug, was Sie wieder aushecken?», fuhr er fort.

Sie schaute zu ihm hoch. «Ich hecke gar nichts aus. Ich verfolge eine heiße Spur.»

«Dann erzählen Sie mir halt von der heißen Spur.»

«Ich müsste aber noch mein Fahrrad holen, das steht oben bei der Kirche. Passt das da rein?» Sie deutete auf seinen Wagen.

Er nickte. «Das sollte gehen.»

«Ich bin gleich zurück.» Sie überquerte die Straße und stürmte zur Kirche.

Gerade als sie ihr Fahrrad aufgeschlossen hatte und losfahren wollte, kam ein Mann aus der Richtung des Wirtshauses heraufgelaufen und winkte mit beiden Armen. Sie schaute sich um. Meinte er etwa sie?

«Frau Wyss!», rief er, «sind Sie Frau Wyss?» Jetzt war er bei ihr angelangt.

«Ja, die bin ich. Was ist denn los?»

«Ein Anruf für Sie. Es scheint dringend zu sein.»

«Ein Anruf? Ich verstehe nicht.»

«Jemand hat für Sie im Wirtshaus angerufen, schon dreimal. Ein Doktor Arnet. Er will Sie unbedingt sprechen und hat gesagt, wenn wir Sie sehen, sollen wir Ihnen sofort Bescheid geben, dass Sie ihn zurückrufen sollen. Als ich Sie gesehen habe, hab ich mir gleich gedacht, dass die Beschreibung des Herrn Doktor auf Sie passt. Viele Fremde treiben sich hier schließlich nicht herum. Vor allem nicht an einem Sonntagnachmittag. Kommen Sie!»

Sie zögerte. Sollte sie Bader Bescheid geben?

«Na, was trödeln Sie herum? Wenn ein Arzt einen dringend sucht, dann muss man doch vorwärts machen!» Er lief los und winkte sie hinter sich her.

Bader musste also warten.

«Hier ist die Nummer.» Die Kellnerin, die sie vorhin hinausspediert hatte, reichte ihr mit grimmigem Gesicht einen Zettel.

Ein paar Sekunden später diktierte Josephine dem Fräulein von der Telefonzentrale die Zahlenreihe. Ihre Hand, mit der sie den Hörer hielt, war ganz nass. Was wollte Doktor Arnet nur von ihr? Was hatte er herausgefunden?

Es klingelte. Und klingelte. Es kam ihr wie eine Ewigkeit vor.

«Doktor Arnet, sofort, bitte!», rief sie in den Hörer, als sich endlich jemand meldete.

«Wer spricht?»

«Josephine Wyss. Doktor Arnet erwartet meinen Anruf.»

«Josephine Wyss. Das sagt mir doch was. Sie haben sich doch vor ein paar Tagen unbefugt Zutritt zu unserer Institution verschafft. Einfach durch die Haupttür sind Sie hereinspaziert. Unfassbar, einfach unfassbar!»

Bohnenblust, bitte nicht dieser Wachhund!

«Herr Bohnenblust, so war doch Ihr Name?», fragte sie und versuchte ruhig und vertrauensvoll zu klingen, obwohl sie vor Ungeduld am ganzen Körper zitterte. «Herr Doktor Arnet hat mir ausrichten lassen, dass er mich dringend sprechen möchte. Wären Sie vielleicht so nett, mich mit ihm zu verbinden? Oder ihn zu holen?»

«Herr Doktor Arnet? Ich bin nicht sicher, ob er überhaupt im Haus ist.»

«Ist er! Bitte schauen Sie nach! Schnell!»

«Bohnenblust, was ist los?», hörte sie eine Stimme im Hintergrund. Dann wurde gemurmelt, anscheinend hielt der Portier seine Hand über die Sprechmuschel. Dann rief jemand laut: «Verdammt, geben Sie mir das Ding!» Bohnenblust blaffte noch etwas, doch dann erklang Arnets Stimme:

«Frau Wyss, sind Sie das?»

«Was ist denn los?»

«Gott sei Dank! Sind Sie noch in Albisrieden? Sind Sie in Sicherheit?»

«Ja, bin ich und mir geht es gut.»

«Zum Glück!»

«Was ist denn geschehen?»

«Stellen Sie sich vor: Ich konnte den Pfleger zum Reden bringen. Aber es ist alles sehr konfus.»

«Sprechen Sie einfach drauflos. Ich habe auch einige neue Informationen und vielleicht bringe ich jetzt endlich alles zusammen.»

«Wunderbar, dann ... ähm ... also: Unser Pfleger wurde tatsächlich beauftragt, Hanna in der Fabrik abzuholen und hierherzubringen. Und der Halunke ließ sich dafür bezahlen. Zuerst wollte er nicht damit herausrücken, aber dann habe ich ihm Druck gemacht, von wegen Entlassung und Diskreditierung. Da hat er gestanden. Sein Auftrag war aber lediglich, dass er mit einem unserer Patientenwagen losfährt und in der Fabrik so auftritt, als hätte er einen offiziellen Auftrag, das Mädchen einliefern zu lassen. Es gab überhaupt keine Probleme – warum, das erzähle ich Ihnen gleich. Was man meinem Angestellten zugutehalten muss, ist, dass ihn das schlechte Gewissen in den letzten Wochen zermürbt hat und er sich anscheinend mehrfach überlegt hat, alles zu beichten.»

«Das ist schön und gut, aber er hat sich trotzdem ein Verbrechen zuschulden kommen lassen.»

«Es ist noch schlimmer, hören Sie! Am Tag von Hannas Tod hat er derselben Person Zugang zu ihrer Zelle verschafft. Zu ihrer Zelle, verstehen Sie?» Seine Stimme wurde immer lauter. «Auch wieder gegen einen guten Batzen Geld. Er schwört, dass er nicht gewusst hat, dass diese Person Hanna zum Selbstmord bringen würde. Dass sie umgebracht wurde, weiß er natürlich nicht.»

«Herr Doktor Arnet, kennt der Pfleger diesen Mann? Sagen Sie!»

«Kein Mann, eine Frau.»

Ihr stockte der Atem. «Eine Frau Honegger?», murmelte sie dann in den Hörer.

Das Erstaunen in Arnets Stimme hätte nicht größer sein können. «Woher wissen Sie das?»

22

So schnell es ihre Beine zuließen, radelte sie vom Wirtshaus die Straße hoch, über den Kirchplatz und hinten den kleinen Weg hinunter. An dessen Ende angelangt sprang sie vom Rad und öffnete das kleine Tor. Schon sah sie Baders Auto, das immer noch vor dem Zaun der Villa stand. Jetzt sah sie auch ihn: Er lehnte an der Steinmauer, die das Haus umgab. Sie begann zu winken. Als er sie sah, stieß er sich von der Mauer ab und kam ihr erwartungsvoll entgegen.

In dem Moment, in dem sie über die Straße zu ihm eilen wollte, schoss ein grüner Wagen mit quietschenden Reifen hinter der Villa hervor. Sie stoppte und wäre beinahe über ihre eigenen Füße gestolpert. Hinter dem Steuer blitzte etwas Rotes. Ein Hut! Und unter dem Hut das Gesicht von Frau Honegger.

«Herr Bader!», rief sie, so laut sie konnte, «halten Sie sie auf!»

Geistesgegenwärtig stellte sich der Polizist mit ausgebreiteten Armen mitten auf die Straße. Doch ohne abzubremsen, raste der Wagen weiter, schlug nach links aus und versuchte, Bader auszuweichen.

Sie hörte jemanden schreien, es war sie selbst. Sie ließ das Fahrrad fallen und schlug die Hände vors Gesicht. Ein Bild schob sich vor ihr inneres Auge. Ein anderes Auto, ein anderer Mann. Fred. Ein dumpfer Schlag. Motorengeheul. Dann brummte das Auto davon.

Sie konnte die Hände nicht von den Augen lösen.

«Frau Wyss!», keuchte es von der Straße. «Was stehen Sie da rum? Helfen Sie mir!»

Sie schaute zwischen ihren Fingern hindurch. Als sie sah, dass Bader mühsam versuchte, sich aufzurappeln, kam sie wieder zu sich. Sie stürzte zu ihm hin.

«Wir müssen sie verfolgen! Sie hat Hanna umgebracht!» Sie packte ihn am Arm und versuchte, ihn hochzuziehen.

«Langsam!», protestierte er. «Ich glaube, ich habe mir den Fuß verstaucht.»

Hastig schaute sie sich um. «Können Sie fahren?»

«Ich kann nicht mal auftreten, verdammt!» Sein Gesicht wurde hochrot. «Diese dumme Kuh! Wenn ich die erwische, dann kann sie was erleben!» Er pfefferte seinen Hut mitten auf die Straße und fluchte wie ein Rohrspatz.

«Herr Bader, wir haben jetzt keine Zeit für Ihre Wutausbrüche!» Hastig schaute sie sich um. Dann eilte sie zu Baders Auto, riss die Tür auf, warf ihre Tasche auf den Beifahrersitz und setzte sich hinters Steuer. Sie atmete kurz durch und versuchte, sich in Erinnerung zu rufen, welche Handgriffe der Chauffeur ihres Vaters jeweils machte, wenn er den Wagen starten wollte. Er hatte ihr doch erst vor Kurzem ein paar Dinge erklärt. Sie hantierte wild herum, und siehe da: Der Motor heulte auf. Gut! Jetzt den Gang einlegen. Und dann Gas geben. Nichts passierte, nur der Motor protestierte laut. Da war doch etwas mit Kuppeln gewesen. Was immer das auch heißen mochte. Sie drückte auf den Pedalen herum, und plötzlich machte das Auto einen Satz.

«Frau Wyss, was tun Sie da?» Bader kam auf sie zu gehumpelt.

«Zur Seite!», schrie sie. Sie trat das rechte Pedal durch. Bader konnte sich gerade noch mit einem Sprung an den Straßenrand retten, sonst wäre er ein zweites Mal umgefahren worden. Seinem Hut wurde dieses Schicksal jedoch nicht erspart.

«Entschuldigung!», rief sie über die Schulter.

Mit allem, was der Wagen hergab, fuhr sie die Landstraße hinunter. Vom Auto der Fabrikbesitzergattin keine Spur. Doch dies war der einzige befahrbare Weg hier oben, sie konnte also nur auf dieser Straße unterwegs sein. Und Josephine musste sie vor der Stadtgrenze einholen. Sobald sie in den Verkehr der Stadt geraten würde, wäre sie verloren. Geradeaus fahren ging gerade noch so, aber Kurven? Geschweige denn andere Autos, Fahrräder und Fußgänger.

Mit beiden Händen hielt sie das Steuerrad fest und starrte konzentriert auf die Straße. Da! Plötzlich tauchte vor ihr ein kleines Pünktchen auf. Sie drückte das Pedal noch tiefer nach unten. Der Motor ächzte und brummte, doch der Wagen beschleunigte.

«Dich kriege ich!», keuchte sie.

Sie schloss immer näher zum Auto vor ihr auf. Jetzt war sie nur noch wenige Meter entfernt und konnte Frau Honeggers roten Hut erkennen. Aber wie sollte sie sie zum Anhalten bringen? Dazu müsste sie sie überholen und ihr den Weg abschneiden. Das war viel zu riskant. Doch was sollte sie sonst tun?

Ohne das Tempo zu verlangsamen, drehte sie das Steuerrad leicht nach links. Kies stob unter den Rädern hoch, doch der Wagen gehorchte. Es durfte ihr einfach auf keinen Fall jemand auf der Gegenspur entgegenkommen. Mit noch mehr Druck auf das Pedal verlangte sie dem Wagen alles ab.

Jetzt hatte sie das grüne Auto beinahe aufgeholt. Schon war sie auf der Höhe der hinteren Sitzreihe. Und dann begegnete sie dem Blick von Frau Honegger im Rückspiegel. Eine Sekunde später riss diese das Steuerrad nach links. Josephine trat mit voller Kraft aufs Bremspedal.

Die beiden Autos touchierten einander. Josephine wurde durchgeschüttelt, doch sie hielt das Steuerrad mit eisernem Griff fest. Die Reifen quietschten, der Wagen schlingerte und stellte sich dann quer zur Straße. Mit einem dumpfen Dröhnen kam er zum Stillstand.

Das grüne Auto wurde ebenfalls hin und her geschleudert, fand dann aber wieder auf die Spur zurück und raste davon.

«Gopf!» Sie schlug mit beiden Händen auf das Steuerrad. Dann stieß sie die Tür auf und stieg aus. Sie war komplett verschwitzt, obwohl bereits die herbstliche Abendkälte heraufstieg.

Weit und breit war niemand zu sehen. Wie sollte sie jetzt zurück in die Stadt kommen? Zu Fuß würde sie sicher fast eine Stunde brauchen bis nach Hause. Aber dort wollte sie jetzt sowieso nicht hin. Sie musste diese Frau finden, und zwar, bevor sie sich ganz und gar aus dem Staub machen konnte.

Würde sie das Auto wieder zum Fahren bringen? Vielleicht könnte sie damit wenigstens bis zum Stadtrand fahren und es dann irgendwo abstellen. Die Polizei würde es früher oder später schon finden. Hoffentlich bekam Bader deswegen keine Probleme. Und hoffentlich hatte er sich nicht ernsthaft verletzt. In ihrem Bauch grummelte es ein wenig, als sie daran dachte, wie sie ihn einfach stehen gelassen und sein Auto geklaut hatte.

Sie schaute die Straße hoch nach Albisrieden und traute ihren Augen nicht. Da kam der Polizist doch auf ihrem Fahrrad angefahren. Das eine Bein hielt er zur Seite gestreckt, mit dem anderen trat er das Pedal.

Kurz überlegte sie, ob sie weglaufen oder versuchen sollte, den Wagen noch einmal zu starten. Doch Frau Honegger war weg, und warum sollte sie vor ihm davonfahren? Früher oder später würde sie ihm sowieso Rede und Antwort stehen müssen.

Bader strafte sie mit eisigem Schweigen. Außer einem unterdrückten Stöhnen, immer wenn er die Kupplung mit seinem verletzten Fuß treten musste, gab er keinen Ton von sich.

Er hatte nichts davon wissen wollen, dass sie den Wagen fuhr. «Ich bin doch nicht lebensmüde», hatte er gesagt. Wortlos hatte er auf den Beifahrersitz gedeutet, und sie hatte ebenso still Platz genommen. Auf keinen Fall hatte sie einen seiner berüchtigten Wutanfälle provozieren wollen. Obwohl er jeden Grund dafür hatte, verärgert zu sein.

Ihr Fahrrad hatte er aufs rechte Trittbrett gestellt und mit einem Seil festgebunden. Während der Fahrt hielt Josephine es durch das offene Fenster fest.

Jetzt fuhren sie am Sportplatz Utogrund vorbei und schon bald überquerten sie die Stadtgrenze. Rechts erstreckte sich die Mauer des Friedhofs Sihlfeld. Sie dachte an Fred. Wie sehr er fehlte. Und wie viel passiert war seit seinem Tod.

«Soll ich hier schon abbiegen?», sagte Bader in die Stille hinein, «oder ist der Weg über die Hauptstraße schneller?»

Sie schaute ihn von der Seite an. «Sie sprechen also wieder mit mir?»

«Nur, wenn nötig.» Stur starrte er geradeaus.

Sie hatten die nächste Kreuzung fast erreicht, als sie zwischen den Bäumen hindurch eine rötliche Backsteinfassade sah. «Biegen Sie bitte rechts ab, in die Aemtlerstraße», ordnete sie hastig an, «und dann gleich rechts ran. Wir gehen in die Bergmann-Fabrik.»

«Sie denken, dass Frau Honegger in die Fabrik geflüchtet ist», sagte er nachdenklich und bremste ab. Dann bog er in die Seitenstraße ein.

«Halten Sie hier, den Rest gehen wir zu Fuß.» Sie langte schon nach dem Türgriff.

Bader parkte den Wagen neben dem Portal des Friedhofs. Sie zögerte. Hier hatten sich die Trauernden zu Freds Beerdigung versammelt. Auch Bader hatte ihrem Mann die letzte Ehre erwiesen. Sie begegnete seinem Blick. Ahnte er, an was sie dachte? Sie verscheuchte den Gedanken, nahm ihre Handtasche und stieg aus. «Kommen Sie, am besten gehen wir hintenrum, da sieht man uns nicht gleich. Falls überhaupt jemand hier ist.»

Sie gingen nah am Zaun entlang, der das Fabrikareal zum Friedhof hin abgrenzte. Wenn jemand an einem der oberen Fenster stünde, würde man sie hier nicht entdecken.

Doch schon von Weitem sah sie, dass das hintere Tor, durch das sie neulich der Arbeiterinnengruppe in die Mittagspause gefolgt war, verschlossen war. Natürlich, es war schließlich Sonntag.

Bader rüttelte daran. «Hier kommen wir nicht rein.»

Sie fasste unter ihren Hut und zog zwei Haarnadeln hervor. Dann begann sie, im Schloss herumzustochern.

«Was tun Sie da?»

«Warten Sie, ich hab's gleich.» Mit einem leisen Klicken löste sich die Verriegelung.

«Sie können doch hier nicht einfach einbrechen.»

«Aber wie sollen wir sonst ungesehen auf das Areal kommen?» Sie schob das Tor auf und duckte sich in den Schatten des Gestrüpps, das an der rechten Seite wucherte. «Na, los, kommen Sie schon!»

«Das ist Einbruch. Sie wissen schon, dass ich deswegen meine Stelle verlieren kann?»

«Und ich kann deshalb verhaftet werden. Aber das ist jetzt unwichtig. Der Zweck heiligt die Mittel. Wenn diese Frau Hanna umgebracht hat, dann müssen wir sie kriegen. Am Ende wird niemand mehr danach fragen, wie wir hier hereingekommen sind.»

Der Polizist murrte leise und humpelte dann neben sie in die Büsche.

«Zuerst versuchen wir, in dieses Gebäude zu kommen.» Sie deutete auf das Haus, in dem sich die Siederei befand. Ein kurzer Blick nach rechts und links, alles war still. Dann überquerten sie den kleinen Platz und Josephine hielt schon ihre Haarnadeln bereit, als Bader die Klinke herunterdrückte und die Tür öffnete. Sie schauten sich triumphierend an. Ein Hindernis weniger.

Doch dann hielt sie ihn am Arm zurück. «Wenn die Tür offen ist, bedeutet das doch, dass jemand hier ist», flüsterte sie.

Sie hielten inne und horchten. Da! Aus dem Fabrikraum drangen Geräusche. «Das ist die Siederei.» Sie zeigte auf das zweiflüglige Tor vor ihnen.

Er hielt den Zeigefinger vor die Lippen und griff in seinen Mantel. Dann zog er seine Waffe hervor und bedeutete Josephine, hinter ihm zu bleiben. Breitbeinig stellte er sich vor die Tür, und seine Schultern hoben und senkten sich. Langsam streckte er seine linke Hand aus und schob die Tür auf. Die Pistole hielt er mit angewinkeltem Arm auf Schulterhöhe, drehte seine linke Schulter aber so zum Raum, dass man sie nicht sofort sehen würde.

«Wer ist da?», rief er dann laut und trat in die Fabrikhalle. Josephine schlüpfte neben ihn.

Der Mann, der bei den Trögen auf der linken Seite stand – genau dort, wo vor wenigen Tagen der Topf mit der flüssigen Seife neben ihr heruntergefallen war –, fuhr herum. Es war der Fabrikherr.

«Was soll das?», schnauzte er Bader an. Doch der Schreck stand ihm ins Gesicht geschrieben.

«Das ist der Fabrikbesitzer, Frau Honeggers Mann», raunte sie Bader zu.

«Ich bin Detektiv-Wachtmeister Bader, Stadtpolizei Zürich. Wir suchen eine Frau Honegger», erklärte er und steckte seine Pistole weg. Wahrscheinlich dachte er, dass es genüge, wenn der Mann wusste, dass er bewaffnet war.

«Das ist meine Frau.» Der Mann stellte den Bottich, den er trug, auf den Boden und kam auf sie zu. «Was wollen Sie denn von ihr? Hat sie was ausgefressen?» Er lachte grimmig.

«Sie steht unter Mordverdacht», warf Josephine ein und kassierte postwendend einen bösen Blick von Bader.

«Was?» Herr Honegger schaute sie ungläubig an. «Das ist ein schlechter Scherz, oder?»

«Wissen Sie, wo sich Ihre Frau zurzeit aufhält?», wollte Bader wissen.

«Na, zu Hause, so hoffe ich doch! Wir wohnen in Albisrieden. Haben Sie sie dort schon gesucht?»

«Von dort kommen wir gerade.»

«Dann kann ich Ihnen auch nicht weiterhelfen. Ich bin schon seit Stunden hier bei der Kontrolle. Dem Gesindel, das wir Geschäftsleute heutzutage einstellen müssen, ist vorne und hinten nicht zu trauen. So nutze ich ab und zu am Sonntag die leeren Stunden, um zu schauen, ob alles seine Ordnung hat. Aber wie kommen Sie darauf, dass meine Frau etwas verbrochen hat? Darüber wüsste ich doch Bescheid!»

In diesem Augenblick öffnete sich auf der gegenüberliegenden Seite die Tür, die von der Straßenseite her in die Halle führte.

«Was ist hier los?» Die junge Vorarbeiterin trat ein und schaute sich erstaunt um. Dann fiel ihr Blick auf Josephine. «Was machst du denn hier? Ich hab gedacht, du hättest es nicht mehr nötig, hier zu arbeiten?»

Bader ließ sie nicht weiterreden. «Wer sind Sie?»

«Wer will das wissen?»

«Therese, bitte! Das ist die Polizei», ermahnte sie der Fabrikherr. Dann erklärte er an Bader gewandt: «Das ist Therese Haug, unsere Vorarbeiterin.»

«Danke! In dem Fall, Frau Haug, wissen *Sie* vielleicht, wo wir Frau Honegger finden können?» Bader schaute sie auffordernd an.

Die Vorarbeiterin schüttelte den Kopf. «Was weiß ich? Zu Hause wahrscheinlich.»

«Mist», murmelte Bader.

«Was ist denn eigentlich passiert?», fragte der Fabrikbesitzer. «Wen soll meine Frau denn umgebracht haben?»

«Ihre Frau hat jemanden umgebracht?», rief die Vorarbeiterin entsetzt.

«Behauptet dieser Detektiv hier.» Honegger zeigte auf Bader.

«Das ist nicht Ihr Ernst, oder?»

Josephine zupfte Bader am Ärmel und bedeutete ihm, sich zu ihr herunterzuneigen. Sie stellte sich auf die Zehenspitzen und flüsterte ihm ins Ohr: «Wir sollten ins Burghölzli fahren. Frau Honegger ist nicht hier.» Er schaute sie fragend an. Sein Gesicht war ganz nah an ihrem. «Bis jetzt weiß ich nur von zwei Zeugen, die ihr gefährlich werden könnten: Ruedi und dieser Pfleger, der anscheinend von ihr bezahlt worden ist. Sie ist bestimmt nicht nach Albisrieden zurückgefahren, wo sie Ruedi oder die anderen Jungen in die Mangel hätte nehmen können. Die sind auch viel weniger gefährlich für sie. Ruedi hat zudem immer dichtgehalten. Doch dieser Pfleger, der ist ihr größtes Risiko. Wenn er plaudert, ist sie dran. Es könnte also sein, dass sie in die Heilanstalt gefahren ist.»

«Aber er hat sie doch bereits verraten.»

«Ja, aber das weiß sie nicht. Wenn sie nicht sowieso schon über alle Berge ist, dann wäre das ihre letzte Chance, diesen Zeugen zum Schweigen zu bringen.»

«Was tuscheln Sie denn die ganze Zeit?» Therese Haug kam auf sie zu.

Bader nickte Josephine zu. «Einverstanden. Gehen wir.» Dann wandte er sich an den Fabrikbesitzer und die Vorarbeiterin. «Bitte entschuldigen Sie uns. Falls Sie irgendetwas von Ihrer Frau hören, melden Sie sich bitte sofort auf der Polizeiwache im Amtshaus I.»

Er berührte Josephine leicht an der Schulter und ließ ihr den Vortritt zur Tür.

«Moment mal!», protestierte der Fabrikherr hinter ihnen. «Also wenn meine Frau verdächtigt wird, einen Menschen umgebracht zu haben, dann will ich schon wissen, was jetzt passiert.»

«Ich auch!», bemerkte Therese Haug und stellte sich hinter ihren Chef.

«Wir werden Sie umgehend informieren.» Der Polizist ließ die beiden stehen und eilte hinaus.

«Herr Bader», rief ihm Josephine hinterher, «vielleicht ist es gar keine so schlechte Idee, die beiden mitzunehmen.»

23

Mit einer Vollbremsung brachte Bader den Wagen vor dem Haupteingang der Heilanstalt zum Halten. Josephine riss die Autotür auf und sprang hinaus. Ohne auf die anderen zu warten, eilte sie zum Tor hoch und klingelte Sturm. Hoffentlich ließ Bohnenblust sie dieses Mal ohne Diskussion hinein. Bader sollte sich bloß beeilen und seinen Ausweis zücken. Der würde ihnen bestimmt Einlass gewähren.

Die Tür wurde von innen geöffnet. «Sie schon wieder?» Der Portier stützte sich am Türrahmen ab, so als ob er ihr demonstrieren wollte, dass sie auch heute nicht so leicht in sein Refugium käme.

Sie schaute über die Schulter. Bader kam ihr hinterhergehumpelt. Der Fabrikherr und die Vorarbeiterin folgten ihm mit einigem Abstand. Anscheinend trauten sie sich nicht, ihn zu überholen.

«Kommen Sie», trieb sie Bader an, «wir brauchen Ihren Ausweis. Herr Bohnenblust lässt mich sonst nicht hinein.»

Der Portier sah sie durch seine Brillengläser abweisend an und stellte sich noch breitbeiniger auf.

«Stadtpolizei, Bader mein Name.» Der Wachtmeister zückte seinen Ausweis und hielt ihn Bohnenblust unter die Nase.

Der Portier nahm ihn ihm prompt aus der Hand und studierte ihn ganz genau.

«Wenn Sie dann bitte so freundlich wären», drängte Josephine, «wir müssen dringend mit Herrn Doktor Arnet sprechen.»

«Warum denn mit Doktor Arnet?», fragte Bader.

Bevor sie antworten konnte, wollte Bohnenblust wissen: «Und wer sind diese beiden?» Er zeigte auf den Fabrikbesitzer und seine Angestellte.

«Das sind wichtige Zeugen», stellte Josephine fest.

«Zeugen? Für was?»

«Hören Sie, wir haben keine Zeit, mit Ihnen zu diskutieren. Lassen Sie uns jetzt bitte eintreten.»

Der Portier holte Luft, um die nächste Frage zu stellen, als Bader sie sanft zur Seite schob. «Sie haben gehört, was Frau Wyss gesagt hat.» Und ohne lange zu fackeln, trat er auf den Portier zu, den er um eineinhalb Köpfe überragte. Dieser wich prompt zurück.

Eine Sekunde später standen sie alle in der Eingangshalle.

«Wir müssen da hoch.» Josephine deutete zur Treppe. «Doktor Arnets Büro ist in der ersten Etage.» Sie schob sich an Bader vorbei und stürmte voran.

«Der Herr Doktor ist nicht mehr bei der Arbeit, es ist schließlich Sonntag», hielt Bohnenblusts Stimme sie zurück.

Sie wandte im Gehen den Kopf. «Und wo ist er dann?»

«Na, in seiner Wohnung.»

Sie stoppte. «Er ist nach Hause gegangen?»

«Ja, schon vor einer halben Stunde.» Bohnenblust grinste.

«Finden Sie das in irgendeiner Art und Weise lustig?» Sie runzelte die Stirn und blieb unschlüssig am Treppenabsatz stehen. Sie hatten keine Zeit, zu Arnet nach Hause zu fahren, um mit ihm zu sprechen.

«Tut mir leid», entschuldigte sich der Portier, doch seine Stimme klang höhnisch.

Josephine funkelte ihn an. Doch bevor sie ihn nochmals anfahren konnte, winkte Bader sie zu sich heran. Er bedeutete ihr, sich so abzudrehen, dass sie den anderen den Rücken zukehrten. «Denken Sie, wir finden diesen Pfleger auch so?», fragte er sie leise. «Und die Frau, falls sie hier irgendwo ist?»

«Ich weiß es nicht, das Areal ist ziemlich groß, und die Wände haben Ohren. Es kann sein, dass sie von unserer Anwesenheit erfährt, bevor wir sie finden.»

Der Portier räusperte sich und bemerkte dann: «Vielleicht interessiert es Sie, dass der Herr Doktor hier auf dem Gelände wohnt. Die meisten von uns sind in den Personalhäusern untergebracht, die Ärzte haben selbstverständlich ihre separaten Wohnungen.»

Josephine funkelte ihn an. «Warum sagen Sie das nicht gleich?» Darum hatte er also so gelächelt.

«Dann führen Sie uns sofort dorthin», ordnete Bader an, «und hören Sie auf mit Ihren Spielchen! Wir ermitteln in einem Mordfall.»

Der Portier sah ihn mit großen Augen an. «In einem Mordfall? Also, wenn ich das gewusst hätte ...»

«Na los, Sie haben uns schon lange genug aufgehalten.»

Kurz darauf hämmerte Bader gegen die Wohnungstür, die mit *Doktor Silvio Arnet* angeschrieben war. Sie befand sich in der oberen Etage eines der kleinen Häuser im rückwärtig gelegenen Teil des Areals. Dahinter war gleich die Mauer, die das Grundstück zum Wald hin abgrenzte.

Es dauerte endlose Sekunden, bis Arnet die Tür öffnete. Erstaunt starrte er sie an. Sie mussten ein eigenartiges Bild abgeben, wie sie da so zu fünft vor seiner Wohnung standen. Bader lüftete den Hut, doch Arnet richtete seine Augen auf Josephine. «Frau Wyss, ist alles in Ordnung?»

«Ich konnte diese Leute leider nicht aufhalten, Herr Doktor!», maulte Bohnenblust hinter ihnen.

Josephine drängte sich an Bader vorbei, der ihr mit seiner Größe wieder einmal den Weg versperrte. «Herr Doktor Arnet, es tut uns leid, dass wir Sie so überfallen. Aber ist Frau Honegger zufälligerweise hier aufgetaucht?»

«Meine Frau», warf der Fabrikherr ein.

«Ich verstehe nicht. Warum sollte sie hier sein?»

«Wir haben leider keine Zeit für Erklärungen», mischte sich Bader ein. «Haben Sie die Frau gesehen? Hier auf dem Areal?»

Arnet verneinte. «Ich kenne die Frau zwar nicht, aber eine fremde Person wäre mir auf jeden Fall aufgefallen.» Wieder schaute er Josephine an. «Ich bin jedoch nach unserem Telefonat gleich zurück in meine Wohnung und war nicht mehr draußen.»

«Und der Pfleger?» Erst jetzt realisierte sie, dass sie ihr Telefongespräch vorhin unterbrochen hatte, nachdem er ihr bestätigt hatte, dass Frau Honegger seinen Mitarbeiter bestochen hatte. Sie hatte einfach aufgelegt und war losgerannt.

«Den habe ich gebeten, sich umgehend bei der Polizei zu melden. Ich nehme an, er ist auf dem Weg zu Ihnen auf den Posten.» Er nickte Bader zu.

«Sie haben ihn gehen lassen?» Der Detektiv lief rot an.

«Was hätte ich denn Ihrer Meinung nach tun sollen? Ihn festhalten? Dazu bin ich wohl kaum befugt. Er war auch dermaßen reuig, dass ich überzeugt war, dass er ein Geständnis ablegen wird. Wahrscheinlich tut er das genau jetzt. Wenn Sie es abklären möchten, steht Ihnen unser Telefon selbstverständlich zur Verfügung.»

«Nicht nötig, wir haben jetzt Wichtigeres zu tun.»

Bevor er noch etwas Weiteres sagen konnte, durchbrach ein markerschütternder Schrei die sonntägliche Stille draußen. Eine Sekunde lang hielten sie alle den Atem an.

Dann begegnete Josephine Baders Blick. Gleichzeitig drehten sie sich um und stürzten die Treppe hinunter, er voraus, sie ihm auf den Fersen.

Sie rannten auf den Platz vor dem Personalhaus und schauten sich um. Doch es war niemand zu sehen. Dann ertönte ein weiterer Schrei. Er kam von oben.

«Da!» Josephine packte Bader am Arm und zeigte zum Dach des benachbarten Hauses hoch. An einem offenen Fenster standen zwei Menschen. Auf den ersten Blick sah es aus, als ob sie einen bizarren Tanz aufführen würden, doch dann begriff sie, dass die beiden miteinander rangen.

«Das ist Frau Honegger!» Sie hatte die Fabrikbesitzergattin sofort erkannt. Die andere Person trug eine Pflegeruniform.

«Und das ist der Pfleger, den sie bestochen hat», sagte Arnet hinter ihr. Erst jetzt bemerkte sie, dass er und auch die anderen drei ihnen gefolgt waren.

«Verdammt, was macht sie dort oben?», schimpfte der Fabrikherr. «Und wer ist dieser Mann?» Mit seinen Händen formte er einen Trichter um seinen Mund und schrie dann: «Christa! Was machst du da?»

Bader legte ihm die Hand auf die Schulter. «Bitte, halten Sie sich zurück. Ich kümmere mich darum.»

Der Fabrikbesitzer schüttelte ihn ab. «Das ist meine Frau, die gerade von einem fremden Mann angegriffen wird! Soll ich etwa tatenlos zusehen? Christa!»

Die beiden Gestalten hielten eine Sekunde inne und schauten nach unten. Dann packte der Pfleger die Frau am Hals und drückte zu.

«Scheiße!», schimpfte Bader und wollte schon ins Haus laufen, als Doktor Arnet ihn am Arm zurückhielt.

«Sie erlauben? Der Mann ist mein Mitarbeiter, er vertraut mir. Wenn er auf irgendjemanden hört, dann auf mich.»

Bader verharrte. Es schien ihm überhaupt nicht zu passen, das Zepter an den Arzt abzugeben.

«Er hat recht», mischte sich Josephine ein, «lassen Sie ihn.»

Der Polizist verzog das Gesicht. Dann nickte er. «Also gut. Aber vermasseln Sie es nicht.»

Arnet eilte ins Haus.

Ein spitzer Schrei ließ sie alle zusammenfahren. Frau Honegger war es gelungen, sich aus dem Griff des Pflegers zu befreien. «Du Verräter!» Sie schrie so laut, dass man hier unten jedes Wort verstehen konnte. «Zuerst dieses verdammte Balg, das nichts Besseres zu tun hat, als an fremden Türen zu lauschen. Und jetzt du, der seinen Mund nicht halten kann! Hab ich dir nicht genug gezahlt?» Sie holte aus und verpasste dem Pfleger einen so starken Faustschlag in den Bauch, dass er gegen den Fensterrahmen prallte.

Josephine sog den Atem ein, doch der Mann fing sich wieder und schrie zurück: «Sie haben sie umgebracht! Ermordet! Und mich da reingezogen!»

Dann ging alles ganz schnell. Der Pfleger stürzte sich wieder auf Frau Honegger, während Arnet hinter den beiden auftauchte. Sie bemerkten ihn nicht und kämpften gefährlich nah am Fenster weiter. Jetzt stieß sie den Mann mit beiden Händen gegen die Brust, und er taumelte rückwärts gegen den Fenstersims. Eine Sekunde lang schien er zu schweben, dann stürzte er mit einem Schrei rücklings in die Tiefe.

Die Welt schien für einen Moment stillzustehen. Bader rang neben ihr nach Atem, Arnet und Frau Honegger standen wie versteinert am Dachfenster. Dann schlug der Pfleger mit einem dumpfen Schlag auf.

Josephine schrie: «Doktor Arnet, kommen Sie sofort herunter und kümmern Sie sich um den Mann.» Er war zwar ein Arzt für die Psyche, aber bestimmt kannte er sich auch mit der Versorgung in einem Notfall aus. Arnet nickte und verschwand im Haus. Josephine rannte zu dem Mann hin, der reglos und seltsam verkrümmt auf dem Boden lag. Sie kniete sich nieder, wurde jedoch gleich wieder an den Schultern hochgezogen.

«Frau Wyss», sagte Bader streng, «lassen Sie mich hier die Befehle geben.»

Sie ignorierte seine Bemerkung und überlegte laut: «Das ‹Balg›, das die Frau erwähnt hat, kann nur Hanna gewesen sein. Ich habe mir schon gedacht, dass sie irgendetwas gehört hat, das nicht für ihre Ohren bestimmt gewesen war.»

«Und was wäre das, bitte schön?» Bader schaute sie fragend an.

In dem Moment kam Arnet aus dem Haus zu ihnen gerannt und rief Bohnenblust keuchend zu: «Holen Sie Hilfe, wir brauchen den Notfallkoffer, und zwar sofort. Und die Trage.» Für einmal reagierte Bohnenblust unverzüglich und eilte zum Hauptgebäude.

Der Arzt kniete sich neben den Pfleger und begann, ihn mit geübten Griffen abzutasten.

«Kann ich helfen?», erkundigte sich Josephine und hockte sich neben Arnet hin.

Dieser schaute sie kurz an und sagte dann mit ruhiger Stimme: «Nein, nein, kümmern Sie sich um die Frau, ich komme hier schon zurecht. Bohnenblust wird gleich zurück sein.» Er hielt ihr die Hand hin und sie stützte sich darauf ab, um aufzustehen.

«Was ist denn jetzt, Frau Wyss?», fragte Bader ungeduldig. «Was hat das Mädchen gehört?»

«Wenn ich das wüsste! Auf jeden Fall muss es etwas sehr Schlimmes gewesen sein, wenn Frau Honegger sie deswegen umgebracht hat.»

«Zur Seite!» Bohnenblust kam mit der Trage und einem zweiten Pfleger angerannt.

«Was stehen Sie hier eigentlich die ganze Zeit herum und tratschen?», fuhr der Fabrikbesitzer dazwischen und starrte Josephine mit wütendem Gesichtsausdruck an. «Dieser Mann ist wahrscheinlich schwer verletzt, und meine Frau steht immer noch dort oben am Fenster.»

«Christa!», schrie er dann unvermittelt zu ihr hoch, «komm sofort da runter!»

Josephine legte den Kopf in den Nacken. Die Frau lehnte sich gefährlich weit aus dem Fenster und begann jetzt, ihren Mann zu beschimpfen: «Geh mir aus den Augen, du alter Bock! Das alles habe ich nur für dich getan! Für uns! Damit diese Göre unser Leben nicht vermasselt!»

Was meinte sie nur damit? Sollte sie eingreifen? Oder sie erst mal reden lassen? Wäre die Frau nur hier unten! Aus den Augenwinkeln sah sie, wie die Männer den verletzten Pfleger in Richtung Hauptgebäude abtransportierten. Doktor Arnet schritt neben der Trage her.

«Was redest du da?», rief der Fabrikherr jetzt neben ihr.

«Du weißt genau, was ich meine! Dieses verdammte Mädchen hat alles gehört. Zwanzig Jahre lang haben wir geglaubt, dass wir damit durchkommen!»

«Was hat wer gehört?»

Josephine sah den Mann von der Seite an. Wusste er nicht, worum es ging? Sie selbst jedenfalls konnte sich keinen Reim darauf machen.

«Nur, weil du deine Hose nicht oben behalten konntest», zeterte Frau Honegger, «kommen wir jetzt beide ins Gefängnis!»

Der Fabrikherr ballte die Fäuste und wetterte: «Ich gehe ganz bestimmt nicht ins Gefängnis, du Hexe!»

Jemand berührte Josephine am Arm. «Wollen Sie nicht einschreiten?», flüsterte Therese Haug neben ihr. «Frau Honegger stürzt sich aus diesem Fenster, wenn das so weitergeht! Oder ihr Mann erwürgt sie, falls sie unverletzt dort runterkommt.»

«Du hast auch ein Kind umgebracht, nicht nur ich!» Die Fabrikbesitzergattin beugte sich nach vorne, ihr Gesicht war hochrot.

Das getötete Kind! Das musste das sein, von dem ihr Hanna erzählt hatte! Aber was war das nur für ein Kind?

«Los, bitte machen Sie etwas», flehte die Vorarbeiterin neben ihr.

Josephine schaute zu Bader, der neben ihr stand und das Geschehen bis jetzt unschlüssig verfolgt hatte. Er hob nur die Schultern und wiegte unbestimmt den Kopf. Er konnte sich anscheinend auch nicht entscheiden, ob es besser wäre, die beiden weitersprechen zu lassen und so an Informationen zu kommen, oder ob sie versuchen sollten, die Frau vom Fenster wegzuholen.

Ein schriller Schrei durchschnitt ihr Trommelfell. Mit dem Ausruf «Du verdammtes Biest!» stürzte Herr Honegger auf die Tür des Hauses zu.

Doch weit kam er nicht. Bader warf sich von hinten auf ihn und brachte ihn zu Fall. Sie rangen miteinander, doch der Polizist war um einiges größer und brachte den Mann in Kürze unter Kontrolle.

Josephine rannte zu ihnen hin. «Was für ein Kind?», drängte sie und beugte sich über die beiden. «Und wer hat es getötet?» Sie wollte jetzt endlich wissen, was hier vor sich ging.

«Ich weiß es nicht», keuchte der Mann, «meine Frau ist komplett durchgedreht.»

Bader drehte ihn auf den Bauch, zog ein Paar Handschellen aus seinem Mantel und legte sie ihm an. Dann zog er ihn mit einem Ruck auf die Füße.

Der Fabrikherr wand sich und verlangte: «Sie würden sich gescheiter um meine Frau kümmern, sie ist hier die Kriminelle!»

«Gut, das tue ich», entschied Josephine und wollte schon loslaufen, als sie sah, dass die Frau vom Fenster verschwunden war.

Bader bugsierte den Fabrikbesitzer auf den Sessel neben der Liege in Arnets Behandlungsraum. Dann löste er die Handschelle von seinem linken Handgelenk und kettete ihn an die Armlehne.

Doktor Arnet war wieder zu ihnen gestoßen und hatte sein Zimmer als Verhörraum zur Verfügung gestellt, nachdem er sich um die Versorgung des Pflegers gekümmert hatte. Dieser wurde nun ins Spital transportiert.

«Sie können hierbleiben», sagte Bader zu Josephine, «aber Sie beide», er zeigte auf Arnet und die Vorarbeiterin, die ihnen nachgetrottet war wie ein Hündchen, «gehen bitte nach draußen.»

In Arnets Augen blitzte es kurz auf. «Mit Verlaub, aber das ist mein Büro.»

«Im Moment ist es ein Verhörraum.»

Die beiden Männer sahen sich an, als ob sie gleich aufeinander losgehen würden.

«Ich bitte Sie», mischte sich Josephine ein und trat zwischen sie, «wir haben keine Zeit für solche Diskussionen. Herr Doktor Arnet sollte bleiben, er kann uns vielleicht behilflich sein mit seinen Kenntnissen der menschlichen Psyche.»

Für eine Sekunde verharrten die beiden, dann lenkte Bader ein: «Einverstanden. Aber Sie verhalten sich ruhig.»

Arnet lächelte und zwinkerte Josephine hinter Baders Rücken zu. «Jawohl, Herr Wachtmeister.» Dann setzte er sich hinter seinen Schreibtisch und ließ den Polizisten gewähren.

«Aber Sie», Bader zeigte auf die Vorarbeiterin, «Sie warten draußen.»

«Ich ...», setzte diese an.

«Keine Widerrede!», befahl Bader. «Hört hier eigentlich niemand auf die Staatsgewalt?»

Therese Haug zog den Kopf ein und verließ den Raum.

«Na, dann packen Sie aus», forderte Bader Honegger auf, «und zwar mit allem, was Sie wissen. Und wir hoffen, dass Ihre Suchtrupps», er schaute zu Arnet hinüber, «Frau Honegger bald finden.»

«Das werden sie, keine Sorge», bestätigte Arnet und verschränkte die Arme vor der Brust, «hier kommt man nicht so einfach hinaus. Meine Leute kennen alle Verstecke.»

«Wenn Sie meinen.» Bader lehnte sich gegen die Liege und schaute den Fabrikherrn herausfordernd an. «Also, los!»

«Oh, Frau Wyss», sagte Doktor Arnet und sprang auf, «wir haben Ihnen gar keine Sitzgelegenheit angeboten. Kommen Sie.» Er zog einen Stuhl vor den Schreibtisch. «Bitte schön.»

Sie setzte sich und dankte Arnet nickend.

«Wenn dann alle versorgt sind und bequem sitzen», meinte Bader zähneknirschend, «dann würde ich gerne mit der Befragung beginnen. Wenn Sie erlauben?» Er ballte die Fäuste.

«Natürlich.» Arnet verzog sich wieder an seinen Schreibtisch.

«Ihre Frau hat Hanna Meier umgebracht», setzte Bader an, «was wissen Sie darüber?»

«Nichts», murmelte Herr Honegger.

«Sie wissen nicht, warum sie so eine Tat verüben würde?»

«Ich habe keine Ahnung, was mit ihr los ist.»

«Das Mädchen soll etwas gehört haben, das nicht für seine Ohren bestimmt war. Etwas, das Sie und Ihre Frau ins Gefängnis bringen könnte.»

«Ich weiß nicht, was sie damit meint. Sie spinnt! Ich habe nichts Gesetzwidriges getan, das schwöre ich!»

«Sie hat etwas in der Art gesagt, dass Sie zwanzig Jahre mit etwas durchgekommen seien. Und dass Ihre Frau das alles nur für Sie getan habe. Ich nehme an, damit hat sie den Mord an Hanna gemeint, oder?»

«Die Frau ist verrückt!» Der Fabrikbesitzer schaute zu Arnet hinüber: «Das müssten Sie als Seelenarzt doch sofort sehen.»

Doktor Arnet richtete sich auf. «Nun, so einfach ist das leider nicht. Ihre Frau macht eher den Eindruck, als dass sie unter sehr großem Druck steht. Falls sie Hanna umgebracht hat, wäre es sehr naheliegend, dass sie so aufgeregt ist.»

«Vielen Dank für Ihre Einschätzung, Herr Doktor», sagte Bader mit ironischem Unterton, «wenn ich dann jetzt weitermachen darf?»

Josephine hatte genug. So kamen sie nicht weiter. Bader und Arnet führten sich wie Kinder auf, und der Mann wollte mit nichts herausrücken, obwohl sonnenklar war, dass er etwas wusste. Sie stand auf, stellte sich vor ihn hin und fixierte ihn.

«Frau Wyss, was ...», setzte Bader an, stieß sich von der Kante der Liege ab und legte ihr die Hand auf die Schulter.

«Lassen Sie mich machen.» Sie schob seine Hand weg.

«Was halten Sie von einem Geschäft?», wandte sie sich dann an den Fabrikbesitzer. «Sie sind doch ein Geschäftsmann, oder nicht?»

«Ich verstehe nicht?»

«Ich bin nicht sicher, ob Sie wissen, dass ich drei Wochen lang bei Ihnen in der Fabrik gearbeitet habe.»

Verwundert schaute er zu ihr hoch.

«Sie können mir glauben, dass ich so einiges gesehen habe. Eine Arbeiterin hatte einen Unfall, und niemand wollte einen Arzt holen lassen, geschweige denn, sie in ein Spital bringen. Wir anderen Arbeiterinnen wurden eingeschlossen, damit niemand etwas sieht oder hört. Kurz darauf bin ich selbst beinahe Opfer von schweren Verbrennungen geworden. Auch da wurde alles vertuscht. Die Sicherheitsvorkehrungen in Ihrer Fabrik schreien zum Himmel, von den Arbeitsbedingungen gar nicht zu sprechen.»

«Und was wollen Sie jetzt von mir?»

«Was, denken Sie, würde passieren, wenn ich Ihnen Herrn Bader und die Stadtpolizei auf den Hals hetzen würde?»

Herr Honegger gab ein Knurren von sich.

«Auch wenn Sie als Fabrikbesitzer große Freiheiten besitzen, gibt es doch Arbeitsvorschriften, und diese werden nicht eingehalten in Ihrem Betrieb.»

«Frau Wyss, was soll das denn jetzt?», beschwerte sich Bader.

«Lassen Sie sie!», fuhr Arnet dazwischen.

Sie ließ sich nicht beirren. «Ich biete Ihnen folgendes Geschäft an: Sie erzählen uns jetzt, um was es hier geht, und ich werde davon absehen, die Polizei über die Zustände in Ihrer Fabrik zu unterrichten. Beziehungsweise ich werde Herrn Bader davon abhalten, weitere Erkundigungen einzuziehen.»

Der Fabrikherr wand sich auf seinem Stuhl.

In dem Moment ertönten laute Stimmen auf dem Gang, und die Tür zu Arnets Büro wurde aufgerissen. Mit hochrotem Gesicht und Schweißperlen auf der Stirn stand Bohnenblust im Türrahmen.

Arnet sprang auf. «Haben Sie sie gefunden?»

«Wen?» Der Portier stutzte.

«Na, die Frau natürlich!», rief Bader.

«Nein, aber Hannas Eltern sind hier.»

24

Zwei Pfleger stützten Hannas Mutter und führten sie ins Behandlungszimmer. Hinter ihnen blieb Kurt Meier hilflos in der Tür stehen.

«Betten Sie sie hierhin.» Arnet deutete auf die Liege.

Josephine und Bader traten zur Seite und sahen zu, wie die Pfleger der in sich zusammengesunkenen Frau auf die Pritsche halfen. Sobald sie lag, drehte sie sich zur Wand und rollte sich zusammen.

«Eigentlich müsste ich Sie jetzt alle bitten, das Zimmer zu verlassen», bemerkte Arnet.

«Auf keinen Fall!», protestierte Josephine.

«Sicher nicht!», echote Bader.

«Aber Sie zumindest gehen hinaus.» Arnet zeigte auf die beiden Pfleger und den Portier. «Und der Herr hier vielleicht auch?» Er nickte in Richtung des Fabrikbesitzers.

Erst jetzt sah Josephine, dass dieser kreidebleich geworden war. «Er bleibt», entschied sie. Es war bestimmt besser, wenn er weiterhin unter ihrer Beobachtung stand.

«Das denke ich auch», bestätigte Bader.

Die drei Angestellten verließen den Raum und schlossen die Tür hinter sich.

Herr Meier kam zögernd näher. Dann fiel sein fahriger Blick auf Josephine. «Was macht die hier?», fauchte er. «Und die Polizei?» Er machte eine abfällige Bewegung zu Bader hin. «Ist das ein Verhör oder was? Ich hab gedacht, ich sei in einer Irrenanstalt.»

«Bitte setzen Sie sich», beschwichtigte ihn Arnet und schob ihm den Stuhl zu, auf dem Josephine vorhin gesessen hatte. «Wir befinden uns tatsächlich in einer etwas speziellen

Situation. Aber jetzt kümmere ich mich erst mal um Ihre Frau.»

Josephine zog Bader am Ärmel zum Fenster. Vielleicht war es besser, wenn sie sich vorerst im Hintergrund halten würden.

Der Arzt trat an die Liege und beugte sich über Hannas Mutter. «Was ist denn geschehen?», wollte er wissen und griff nach ihrem Handgelenk. Seine Stimme war plötzlich ganz ruhig und tief.

Herr Meier räusperte sich. «Ich kann mir nicht vorstellen, was in sie gefahren ist.»

«Ist sie schon länger in diesem Zustand?»

«In diesem Zustand schon. Aber vorhin ... ich weiß nicht ... Sie hatte eine Art Anfall oder so.»

Arnet drehte sich zu ihm um. «Was für einen Anfall? Können Sie das genauer beschreiben?»

«Tobsucht nennt man das, glaub ich. Sie hat geschrien und um sich geschlagen. Sie konnte nicht mehr aufhören. Zwei Stunden lang ging das so.»

«Hatte sie das vorher auch schon einmal, so einen Anfall?»

Meier verneinte: «Nein, noch nie. Darum hab ich sie hergebracht.»

«Jetzt scheint sie sich aber beruhigt zu haben.»

«Ja, schon, aber sie hat den ganzen Weg getobt. Ein Nachbar hat uns mit seinem Pferdewagen hergebracht. Aber wir mussten sie hinten festbinden, sonst hätte sie sich wahrscheinlich verletzt.»

Arnet legte die Fingerspitzen aneinander und fragte: «Gibt es einen Grund, warum sich Ihre Frau plötzlich so aufgeregt hat?»

Hannas Vater knetete seine Hände, und Josephine merkte, dass sie ihre eigenen ebenfalls zusammenpresste. Sie konnte sich kaum zurückhalten, es ging ihr alles viel zu langsam.

«Sie können hier offen sprechen. Alles, was Sie sagen, unterliegt dem Arztgeheimnis», versuchte der Arzt Kurt Meier zu beruhigen.

«Ha! Arztgeheimnis! Da stehen ein Polizist und eine Privatdetektivin!»

«Wäre es Ihnen lieber, wenn diese den Raum verlassen würden?»

Josephine verschränkte die Arme vor der Brust. Auf keinen Fall würde sie sich jetzt hinausschmeißen lassen. Auch Bader streckte den Rücken durch.

«Ich habe nichts zu verbergen!», behauptete Meier. «Nie hab ich mir etwas zuschulden kommen lassen.»

«Umso besser, Herr Meier. Also, was könnte diesen Anfall ausgelöst haben?»

Hannas Vater senkte den Kopf. «Ich habe ihr versucht zu erzählen, dass unsere Tochter gestorben ist.»

Ein lautes Wimmern ließ alle zusammenfahren. Hannas Mutter wand sich auf der Liege.

Jetzt konnte sich Josephine nicht mehr beherrschen und stürzte zu ihr hin. Erstaunlicherweise ließ Arnet sie gewähren. Sie berührte die Frau an der Schulter und beugte sich zu ihr hinunter.

«Mein Bebe», hörte sie Hannas Mutter flüstern, «mein armes Kind.»

Sie streichelte ihr über den Arm und brachte ihr Ohr ganz nah an ihr Gesicht.

«Fortgenommen ... und getötet», klagte die Frau leise. Ihre Schultern bebten, und Josephine hielt sie ganz fest. «Ich konnte nichts dafür, ich hab nichts Falsches getan.» Sie schlug sich die Hände vors Gesicht und zog die Knie noch näher zur Brust. Dann wurde ihr ganzer Körper von Schluchzern geschüttelt.

Josephine richtete sich auf und drehte sich zu den Männern um. Herr Meier kratzte sich am Kopf und starrte auf den Boden. Arnet trat zu ihr heran und schob sie sanft zur Seite. «Ich glaube, ich lasse ihr etwas zur Beruhigung geben und wir behalten sie ein paar Tage hier.»

«Ja, bitte», murmelte Herr Meier.

«Frau Wyss.» Bader winkte sie zu sich heran. Da fiel ihr Blick auf den Fabrikbesitzer. Seine Brust hob und senkte sich, als ob er gerannt wäre, und sein Gesicht war jetzt nicht mehr blass, sondern gerötet. Über seine Schläfen liefen Schweißtropfen.

«Kommen Sie?», zischte der Polizist, und widerstrebend ging sie zu ihm hin. Nur zu gern hätte sie den Fabrikherrn auf sein merkwürdiges Verhalten angesprochen. Doch bevor sie noch etwas sagen konnte, beugte Bader sich zu ihr hinunter und fragte leise: «Was hat sie gesagt?»

Sie wiederholte Frau Meiers Worte. Dann raunte sie: «Was könnte sie damit gemeint haben? Dass sie nichts Falsches getan habe und nichts dafür könne? Warum sollte sie Schuld an Hannas Tod tragen?»

«Keine Ahnung, die Frau ist psychisch gestört, da ergibt doch sowieso nichts einen Sinn.» Bader verzog den Mund.

«Da bin ich mir nicht so sicher.»

Doktor Arnet räusperte sich und schlug dann vor: «Ich glaube, es wäre jetzt langsam an der Zeit, dass Frau Meier etwas Ruhe bekommt. Wenn ich Sie also alle bitten dürfte...», er deutete zur Tür und wandte sich dann an den Wachtmeister: «Bohnenblust wird Ihnen zeigen, wo Sie Herrn Honegger zwischenzeitlich hinbringen können. Ich komme dann zu Ihnen, sobald ich hier fertig bin.»

Bader knurrte etwas von «herumbefehlen lassen», befreite den Fabrikbesitzer dann aber vom Sessel und fesselte ihm die Hände hinter dem Rücken. Dann führte er ihn zur Tür.

Josephine wollte den beiden schon folgen, als sie sich aus einem Impuls heraus umdrehte und durchs Fenster auf den Vorplatz schaute. Ungläubig schlug sie die Hände gegen die Scheibe. Das war doch die Frau des Fabrikbesitzers, die da gerade versuchte, einen Baum an der Mauer hochzuklettern.

Sie nahm zwei Treppenstufen auf einmal und stand kurz darauf an der Eingangstür. Natürlich war sie verschlossen! Und das war kein Schloss, das sie so einfach mit ein paar Haarnadeln knacken konnte.

«Bohnenblust!», schrie sie aus vollen Kräften, und prompt kam der Portier aus seinem Kabäuschen gestürmt. «Öffnen Sie die Tür!»

Er holte Luft, doch sie ließ ihn nicht zu Wort kommen. «Dieses Mal ohne Diskussionen!» Widerwillig griff er nach dem Schlüsselbund, den er an seiner Kitteltasche trug. Betont langsam sortierte er die Schlüssel.

Warum konnte er nicht einmal vorwärts machen?

Endlich schien er den richtigen gefunden zu haben und schloss die Tür auf. Sie riss ihm die Klinke aus der Hand und stürmte nach draußen.

Irgendwo dort rechts vorne war Frau Honegger auf den Baum geklettert. Obwohl Josephine daran zweifelte, dass man von einem der Bäume einfach so auf die Mauer gelangen konnte, rannte sie, so schnell sie nur konnte.

Da! Etwas Rotes blitzte zwischen den Ästen auf. Frau Honeggers Hut!

Sie schlug sich ins Gebüsch und kämpfte sich zwischen den Zweigen hindurch. Jetzt sah sie, dass die Fabrikbesitzergattin schon ziemlich hoch auf den Baum geklettert war. Dessen Äste ragten fast bis über die Mauer.

«Frau Honegger», rief sie, «kommen Sie da herunter!»

Die Frau fuhr zusammen und erschrak sich anscheinend so, dass sie beinahe das Gleichgewicht verlor. «Verschwinden Sie!», schnauzte sie sie an.

«Es ist aus, Frau Honegger! Wir wissen alles!»

Sie ignorierte sie und kletterte zum nächsten Ast hoch.

Kurz entschlossen zog Josephine ihren Mantel aus und hievte sich auf den untersten Ast. Gut, dass sie sich heute Morgen für ihre groben Stiefel entschieden hatte, diese boten einen guten Halt auf dem Holz. Und zum Glück war sie als Kind regelmäßig auf den Bäumen im Garten ihres Elternhauses herumgeklettert, sehr zum Missfallen ihrer Mutter natürlich. Ihr Körper schien sich mühelos an die Bewegungen zu erinnern, wie man am sichersten und einfachsten einen Baum hochkam.

«Lassen Sie mich in Ruhe», keifte es über ihr. Sie sah hoch. Die Frau war nicht mehr weit von ihr entfernt, hatte jetzt aber die Höhe der Mauerkrone erreicht.

«Hören Sie auf! Es hat keinen Sinn! Sie kommen hier nicht weg!», rief Josephine und kletterte gleichzeitig behände weiter.

«Sie erwischen mich nicht!» Frau Honegger hangelte sich an einem Ast nach außen und schwang dann ein Bein über die Steinmauer.

Sie musste sie aufhalten. Auf der anderen Seite der Mauer ging es vier Meter in die Tiefe, dort standen keine Bäume. Die Frau saß in der Falle. Außer sie sprang. Wenn sie dabei unverletzt bliebe, würde das an ein Wunder grenzen. Josephine griff nach einem dicken Ast und zog sich mit aller Kraft hoch. Jetzt war sie beinahe auf der Höhe der Frau angelangt.

Sie stellte sich auf den Ast und sah zu ihr hinüber. «Frau Honegger, bitte machen Sie keine Dummheiten.»

Die Frau lachte auf. «Was soll ich denn noch Dümmeres anstellen, als ich es sowieso schon getan habe?» Sie saß jetzt rittlings auf der Mauer, ihr Rock war bis zu den Oberschenkeln nach oben gerutscht.

Josephine rief sich in Erinnerung, wie Arnet mit dem Fabrikchef gesprochen hatte, und versuchte, seinen ruhigen Ton zu imitieren: «Was ist vor zwanzig Jahren geschehen?»

Die Frau des Fabrikbesitzers runzelte die Stirn. «Woher wissen Sie das?»

«Sie haben es vorhin vom Dach zu Ihrem Mann heruntergeschrien. Sie haben gesagt, dass Sie alles nur für ihn getan haben.»

«Ha!», machte sie nur.

«Was haben Sie für ihn getan? Hanna umgebracht?»

«Sie verstehen das nicht.» Sie hielt sich die Hand vor den Mund. Weinte sie etwa?

«Hat er Sie dazu gezwungen?»

Sie verbarg ihr Gesicht nun in beiden Händen und schüttelte den Kopf.

«Wenn er Sie unter Druck gesetzt hat, dann bekommen Sie bestimmt eine weniger harte Strafe.» Josephine bemühte sich, ihre Stimme weiterhin entspannt klingen zu lassen, auch wenn sie am liebsten auf die Mauer neben die Frau gesprungen wäre und sie geschüttelt hätte.

«Männer», murmelte Frau Honegger und ließ ihre Hände sinken. Ihr tieftrauriger Blick schnitt Josephine ins Herz. «Was wir alles für sie tun. Wie wir uns aufopfern.» Sie klang jetzt vollkommen verzweifelt und gar nicht mehr hysterisch.

Josephine schob ihre Füße langsam ein bisschen weiter auf dem Ast nach vorne. Vielleicht würde es ihr gelingen, sich der

Frau zu nähern. So wäre es bestimmt einfacher, sie zum Reden zu bringen.

«Bleiben Sie bloß, wo Sie sind!», wurde sie aber sogleich zurückgewiesen.

«Was haben Sie damit gemeint, dass Ihr Mann seine Hose nicht oben lassen kann?»

Frau Honegger lächelte müde. «Jedem Rock steigt er nach.»

Die Frauen in der Fabrik hatten also recht gehabt, der Fabrikherr war ein Schürzenjäger.

«Früher sowieso, aber auch heute noch, der alte Sack», fügte die Frau hinzu.

Josephine hielt den Atem an. Würde sie endlich herausrücken mit der Sprache?

«Stören tut es mich schon lange nicht mehr. Die Frauen sollen sich selbst wehren gegen seine Avancen. Damit will ich nichts zu tun haben.»

«Hat er Hanna belästigt?»

«Hanna? Nein, ich glaube nicht.» Sie überlegte. «Aber was weiß ich schon?», fragte sie dann resigniert. «Solange er keiner mehr ein Kind anhängt, ist mir sein Treiben egal. Ich hab mich damit arrangiert und versuche, unseren Wohlstand so gut wie möglich zu genießen. Auch wenn er mir partout nicht erlaubt, mit der Arbeit in dieser verdammten Fabrik aufzuhören. Der Tyrann!»

«Er hat also ein uneheliches Kind?», kam Josephine auf das Thema zurück.

«Wie kommen Sie darauf?»

«Sie haben gesagt, ‹solange er keiner *mehr* ein Kind anhängt›.»

Die Frau wich ihrem Blick aus und schaute auf der anderen Seite der Mauer hinunter.

«Wem hat er ein Kind angehängt?» Ihre Stimme war jetzt laut und scharf, sie konnte sich nicht länger bremsen.

«Das ist lange her», sagte die Frau wie zu sich selbst.

«Zwanzig Jahre?»

Sie nickte. «Aber das Kind lebt nicht mehr.»

Das getötete Kind.

Josephines Gedanken rasten. «Hanna hat ein Gespräch zwischen Ihnen und Ihrem Mann belauscht, als Sie über dieses Kind sprachen? Das uneheliche Kind Ihres Mannes, das gestorben ist? Musste Hanna deshalb sterben? Weil sie Ihr Geheimnis hätte verraten können?»

«Hanna!», sagte Frau Honegger verächtlich.

«Zuerst haben Sie sie eingeschüchtert mit diesen dummen Erscheinungen und als alles nichts nützte, haben Sie sie hier einsperren lassen. Richtig?»

«Sie war zäh», meinte die Fabrikbesitzergattin mit bitterem Ton, «und konnte nicht aufs Maul sitzen. Auch Ihnen hat sie schließlich von dem Kind erzählt, der Pfleger hat mir davon berichtet. Das war ihr Todesurteil.»

Josephine schüttelte ungläubig den Kopf.

«Und Sie», fuhr Frau Honegger fort und zeigte auf sie, «sind leider ebenso hartnäckig wie das Mädchen. Sie bin ich nicht losgeworden.»

«Haben Sie das denn versucht?»

Sie schnaubte verächtlich. «Glauben Sie, der Topf mit der heißen Masse wäre einfach so heruntergefallen?»

Josephine schwindelte es kurz und sie klammerte sich mit beiden Händen an einen Ast über ihr. Dann sah sie die Frau mit festem Blick an und fragte: «Und wer hat dieses uneheliche Kind getötet?»

Die Frau sah sie traurig an und rieb sich über die Augen. Dann schwang sie ihr anderes Bein über die Mauer, so dass sie mit dem Rücken zu ihr saß. «Mein Mann natürlich», hörte sie sie sagen, bevor sie sich abstieß und in die Tiefe sprang.

«Frau Wyss, sind Sie da oben?», klang Arnets Stimme unter dem Baum.

Sie hielt sich krampfhaft am Ast über ihr fest und versuchte, ihren zitternden Körper zu beherrschen.

«Die Frau ist gesprungen!», versuchte sie zu sagen, doch sie brachte nur ein leises Röcheln zustande.

«Brauchen Sie Hilfe?» Bader stellte sich neben den Arzt und beide schauten besorgt zu ihr hoch.

Sie versuchte, ruhig zu atmen. Langsam setzte sie einen Fuß vor den anderen und bewegte sich zum Stamm zurück. Dann begann sie, sich nach unten zu hangeln. Als sie den untersten Ast erreicht hatte, ging sie in die Knie und setzte sich hin. Doch bevor sie nach unten springen konnte, hielt Arnet sie zurück: «Warten Sie, ich helfe Ihnen!» Er stellte sich unter sie und streckte ihr die Arme entgegen.

Im Handumdrehen war Bader neben ihm und stieß ihn grob zur Seite. «Das übernehme ich. Ich bin schließlich größer als Sie. Kommen Sie, Frau Wyss, legen Sie die Hände auf meine Schultern.»

Sie war so irritiert, dass sie gehorchte. Er umfasste ihre Taille, doch sobald ihr Gewicht auf ihm lastete, verzog er das Gesicht vor Schmerzen. «Mein Fuß», ächzte er, stellte sie aber trotzdem behutsam auf den Boden und löste sofort seine Hände wieder von ihr.

«Die Frau», sie zeigte zur Mauer, «sie ist gesprungen.»

«Was?» Zwei Augenpaare sahen sie schockiert an.

«Sie braucht bestimmt Hilfe.»

Arnet machte sofort kehrt. Bohnenblust, der vor dem Eingangstor stand und sie beobachtete, rief er im Laufen zu: «Hol Hilfe, Notfallkoffer und eine Trage.»

«Schon wieder?», wunderte sich dieser, «was ist denn heute nur los?» Damit verschwand er im Haus.

«Alles in Ordnung?», fragte Bader und schaute sie besorgt an.

Josephine strich sich die Haare aus dem Gesicht und richtete ihren Hut. «Geht schon. Aber jetzt will ich endgültig wissen, was hier läuft. Sie hat gesagt, dass ihr Mann vor zwanzig Jahren sein uneheliches Kind getötet habe.»

«Wie bitte?»

«Ich will die beiden Eheleute jetzt sofort im selben Raum befragen. Sofern sich Frau Honegger nicht alle Knochen gebrochen hat.»

«Dann würde ich mich freuen, wenn ich auch dabei sein darf.»

Kurz darauf waren Josephine und Bader zurück in Arnets Behandlungsraum. Eine junge Pflegerin saß neben Hannas Mutter, die immer noch zusammengerollt auf der Liege lag. Hannas Vater hockte mit hängenden Schultern in Arnets Sessel und hatte kaum aufgeschaut, als sie hereingekommen waren. Bader hatte Josephine erzählt, dass Arnet die junge Pflegerin beauftragt hatte, auf Frau Meier aufzupassen, während sie ihr nach unten vors Haus gefolgt waren. Der Fabrikherr war mittlerweile in einen der anderen Behandlungsräume verlegt worden, ebenfalls unter Bewachung eines Angestellten.

Frau Honegger war auf der Sanitätsstation, wo ihr Fuß verarztet wurde. Wahrscheinlich war er nur verstaucht und nicht gebrochen. Abgesehen davon und ein paar Prellungen an den Armen und Beinen hatte sie sich wie durch ein Wunder keine weiteren Verletzungen zugezogen, Arnet war noch bei ihr, und sie hatten vereinbart, dass sie hier auf ihn warten würden. Dann war es hoffentlich möglich, die Honeggers gemeinsam zu befragen.

«Herr Bader», flüsterte Josephine und zog den Polizisten hinter den Schreibtisch. Dort würde die Pflegerin sie hoffentlich nicht hören können. «Was halten Sie davon, wenn wir die Befragung hier drinnen in Anwesenheit von Hannas Eltern durchführen?»

«Das wäre sehr unüblich. Warum sollten wir?»

«Ich habe da so eine Ahnung.»

«Frau Wyss und ihre Ahnungen ...»

In diesem Moment wurde die Tür geöffnet, und Doktor Arnet betrat den Raum zusammen mit der sich auf Krücken stützenden Fabrikbesitzergattin. Hinter ihnen folgte Herr Honegger in Begleitung eines Mannes in Pflegeruniform.

«Herr Meier, was machen Sie denn hier?», fragte Frau Honegger erstaunt.

«Frau Honegger, guten Tag.» Er nickte ihr zu.

«So, dann würde ich vorschlagen, dass Herr Bader, Frau Wyss und ich uns nun allein mit Herrn und Frau Honegger unterhalten», sagte Doktor Arnet und rückte der Fabrikbesitzergattin einen Stuhl zurecht.

«Es bleiben alle hier», bestimmte Bader mit forscher Stimme.

«Warum denn das?»

«Weil ich es sage. Das Personal hingegen kann gehen, bitte schließen Sie die Tür hinter sich.» Die Pflegerin stand auf und ging zur Tür. Bevor sie und der Pfleger den Raum jedoch verlassen konnten, trat die Vorarbeiterin in den Türrahmen.

«Kann ich endlich gehen? Der Wachhund unten will mich nicht rauslassen.»

«Sie bleiben hier», entschied Josephine und zog die junge Frau in den Raum. «Darf ich?», fragte sie dann an Bader gewandt. Dieser nickte ihr bestätigend zu.

Sie fixierte den Fabrikherrn mit ihrem Blick. Seine Hände waren immer noch mit Handschellen auf dem Rücken gefesselt. «Warum haben Sie Ihr uneheliches Kind getötet?»

Ein kollektives Raunen ging durch den Raum, und alle Augen richteten sich auf sie.

Herr Honegger wich ihrem Blick aus und sah an ihr vorbei zu seiner Frau.

«Na los!», forderte diese ihn auf. «Endlich hast du Gelegenheit zur Beichte.»

«Ich habe niemanden umgebracht.» Seine Stimme klang fest und bestimmt.

«Du Lügner! Du bist genauso ein Mörder wie ich!» Die Frau versuchte, sich aus dem Stuhl hochzustoßen, doch Arnet, der hinter ihr stand, drückte sie an den Schultern nach unten.

«Bin ich nicht!», donnerte jetzt der Fabrikchef und verlor augenblicklich die Fassung. «Das hättest du gerne gehabt!» Er zog an den Handschellen und wollte mitsamt dem Stuhl aufstehen. Josephine stellte sich ihm in den Weg. Bader räusperte sich, doch sie bedeutete ihm mit einem Blick, dass er warten solle. Langsam wich sie zur Seite und ließ die beiden Eheleute sich direkt in die Augen schauen.

«Ein junges Mädchen hast du vergewaltigt und geschwängert. Ein halbes Kind war sie, du Drecksack!» Mühsam hob Frau Honegger einen ihrer Stöcke hoch und fuchtelte damit in der Luft herum. «Und das ganze Dorf hat es mitbekommen. Was für eine Schmach! Mir konntest du kein Kind machen, aber dieser Göre schon!»

«Du bist keinen Deut besser als ich!», protestierte Herr Honegger. «Umbringen wolltest du das Kind, ein unschuldiges Bebe! Und mich wolltest du dazu zwingen, weil du selbst den Mumm nicht hattest!»

«Haben Sie es getan?», fragte Josephine, stellte sich wieder vor ihn hin und verschränkte die Arme vor der Brust.

Verdutzt schaute er sie an. In seinen Augen funkelte es. «Natürlich nicht! Ich bin doch kein Mörder! Egal, was meine Frau behauptet.»

Ein Schlag traf sie am Bein und sie fuhr herum.

«Gehen Sie mir aus dem Weg, wenn ich mit meinem Mann spreche!», befahl Frau Honegger.

Josephine trat zur Seite und ließ das Ehepaar weiter streiten. So würde sie wahrscheinlich mehr erfahren, als wenn sie sie befragte.

«Wie kannst du es wagen? Sag nicht, dass du es hast leben lassen?» Frau Honeggers Stimme war jetzt eiskalt.

«Christa, wie hätte ich das tun können? Ein unschuldiges Kind töten?»

«Das Kind lebt?» Frau Honegger war fassungslos. «Wo ist es?»

Ein lautes Wimmern unterbrach ihre Fragerei, und alle Köpfe drehten sich zur Liege, von wo das Klagen kam. Hannas Mutter löste sich mühsam aus ihrer Embryonalhaltung und setzte sich dann auf den Rand der Liege. Dann hob sie den Kopf.

Frau Honegger schrie auf. «Was macht die hier?»

Hannas Mutter schaute sie mit leerem Blick an. Dann fixierte sie Herrn Honegger und hauchte: «Das Kind lebt?»

Er nickte nur.

«Was geht hier eigentlich vor?», polterte plötzlich Kurt Meier und drängte sich zwischen dem Fabrikherrn und Bader hindurch zu seiner Frau.

«Herr Honegger hat Ihre Frau als junges Mädchen geschwängert», sagte Josephine ruhig. «Das Kind sollte getötet werden. Zumindest wollte das seine Frau. Anscheinend hat er das aber nicht übers Herz gebracht und es anderweitig untergebracht. Wo, das wird er uns jetzt hoffentlich auch noch erzählen. Und dann hat er Sie bezahlt, damit Sie das Mädchen heiraten. Was wahrscheinlich als nette Geste ihr gegenüber gemeint war. Oder?» Auffordernd sah sie den Fabrikbesitzer an. Dieser kniff nur den Mund zusammen.

«Wenn ich auch noch etwas dazu sagen darf?», meldete sich jetzt Arnet.

«Wenn es unbedingt sein muss», brummte Bader.

«Ja, bitte, Herr Doktor Arnet», forderte ihn Josephine auf.

«Es kann sehr gut sein, dass der gesundheitliche Zustand Ihrer Frau mit diesen traumatischen Erlebnissen zu tun hat», wandte er sich an Herrn Meier. «Wahrscheinlich haben die Vergewaltigung und das Wegnehmen ihres Kindes eine Art Psychose bei ihr ausgelöst.»

«Sehr aufschlussreich, Herr Doktor», sagte Bader, «jetzt wenden wir uns aber lieber wieder den Tatbeständen zu.»

Bevor jedoch jemand noch etwas sagen konnte, begann Hannas Mutter laut zu husten. Josephine eilte zu ihr hin und klopfte ihr sanft auf den Rücken. Als sie sich etwas beruhigt hatte, keuchte sie: «Wo ist mein Kind?»

«Das würde mich allerdings auch interessieren», warf Frau Honegger ein.

Alle schauten zu ihrem Mann. Doch dieser schwieg hartnäckig.

«Ich würde sie erkennen», raunte Hannas Mutter so leise, dass nur Josephine sie hören konnte.

Sie beugte sich zu ihr hinunter und fragte: «Es ist ein Mädchen?»

Die Frau nickte. Dann griff sie mit beiden Händen nach Josephines Gesicht und flehte: «Sie helfen mir doch, sie zu finden? Sie sind doch Privatdetektivin?»

Hannas Mutter hatte also mehr mitgekriegt, als sie gedacht hatte. Sanft zog sie die Hände der Frau von ihrem Gesicht und fragte: «Wie würden Sie sie denn erkennen?»

Alle hielten den Atem an, dann antwortete diese: «Bevor sie mir weggenommen worden ist, habe ich ihr mit einer Münze eine Brandnarbe am Unterarm gemacht. Damit ich sie wiederfinden kann.»

25

Bader saß ihr gegenüber auf einem der Besucherstühle in der Auskunftsstelle und streckte seine langen Beine von sich.
«Das war ganz schön aufreibend gestern.»
Sie nickte und schenkte ihm ein Glas Wasser ein. «Wie diese giftige Vorarbeiterin plötzlich ganz weich wurde, als sie ihre Mutter erkannte.»
«Mmh, als sie jedoch begriff, dass der Fabrikbesitzer ihr Vater war, war sie weniger erfreut.»
«Natürlich! Es wird sicher eine Weile dauern, bis sie und auch ihre Mutter das alles verdaut haben.»
Bader nahm einen Schluck Wasser. «Immerhin hat ihr Vater alles dafür getan, dass es ihr gut ging. Er hat gestern auf dem Polizeiposten noch erzählt, dass er das Kind damals zu einer Amme gegeben hatte und danach in ein Waisenhaus. Dort ist es ihr zwar nicht unbedingt gut ergangen, aber sobald sie alt genug war, hat er sie in die Fabrik geholt und ihr eine Anstellung gegeben.»
«Darum war sie so jung schon Vorarbeiterin. Die anderen Frauen in der Fabrik haben gemeint, sie wäre seine Geliebte und würde deshalb bevorzugt.»
«Das war sie selbstverständlich nicht!»
«Was geschieht jetzt mit dem Fabrikbesitzer und seiner Frau?»
«Also Frau Honegger wurde natürlich verhaftet und wird viele Jahre im Gefängnis verbringen. Ob er auch eingesperrt wird, kann ich nicht sagen. Sein Verbrechen – die Vergewaltigung – ist höchstwahrscheinlich verjährt. Und wenn, dann wird ihm sein Verhalten, dies wiedergutzumachen, angerechnet. Er hat immerhin versucht, dem Kind ein ordentliches

Leben zu ermöglichen, und war auch darum bemüht, dass Kurt Meier Hannas Mutter heiratet und sie versorgt.»

Josephine seufzte. «Bei dieser Wahl hatte er leider nicht gerade ein goldenes Händchen.» Sie lehnte sich zurück. «Wie wohl Hannas Geschwister reagieren werden, wenn sie von ihrer Halbschwester erfahren?»

«Hoffentlich positiv. Therese Haug hat schon so vieles durchgemacht in ihrem jungen Leben. Da wäre es ihr zu gönnen, wenn sie in der Familie Meier eine Art Zuhause finden könnte.»

«Bleibt nur zu hoffen, dass diese ganze Geschichte den Vater ein wenig zur Besinnung bringt.»

Sie schwiegen beide einen Moment und hingen ihren Gedanken nach.

Dann sagte sie: «Ach, übrigens, ich schulde Ihnen noch einen neuen Hut!»

Er winkte ab. «Ganz bestimmt nicht! So etwas kann in der Hitze des Gefechts schon mal passieren.»

«So wie sich ein Schuss aus einer Waffe lösen kann?»

«Fangen Sie nicht wieder damit an!» Er hob den Zeigefinger. «Die Buße wird bezahlt!»

«Ist ja gut!» Sie griff nach dem Couvert mit der Rechnung. «Übrigens: Ich habe gestern Abend noch mit Herrn Doktor Arnet telefoniert.»

«Wirklich?» Zwischen seinen Augenbrauen bildeten sich zwei tiefe Falten.

«Was ist eigentlich mit Ihnen los? Jedes Mal, wenn Arnets Name erwähnt wird, sind Sie irgendwie verärgert. Mögen Sie den Arzt nicht?»

«Mögen oder nicht mögen, das spielt doch keine Rolle.»

«Er scheint ein feiner Mensch zu sein und ein guter Arzt.»

«Wie Sie meinen», brummte Bader und stellte das Glas mit einem lauten Knall auf den Tisch.

«Vielleicht könnten Sie ihn mal zurate ziehen wegen Ihrer – nun, wie soll ich sagen? – gelegentlichen Wutausbrüche?»

«Ganz sicher nicht!» Die Röte stieg ihm ins Gesicht, und er fuhr mit dem Zeigefinger zwischen Kragen und Hals.

«Ich mache nur Spaß», beschwichtigte sie ihn. «Was ich sagen will: Doktor Arnet hat uns doch ziemlich gut unterstützt bei der Lösung des Falls.»

«Ich denke eher, dass *Sie* maßgeblich für die Aufklärung verantwortlich sind.»

«Wie bitte?»

«Ich will damit nur sagen, dass Sie keine schlechte Arbeit gemacht haben.»

Sie konnte sich ein Lächeln nicht verkneifen. «Ist das etwa ein Kompliment, Herr Detektiv-Wachtmeister?»

Bevor er etwas erwidern konnte, schrillte das Telefon an der Wand.

«Entschuldigen Sie bitte.» Sie stand auf, ging um den Tisch herum und griff nach dem Hörer. «Hier spricht Josephine Wyss.»

«Guten Tag, Frau Wyss, hier spricht Doktor Arnet. Störe ich gerade?»

«Herr Doktor Arnet, auf keinen Fall!»

«Wenn man vom Teufel spricht», hörte sie Bader hinter sich murmeln.

«Ist etwas passiert?», sagte sie in den Hörer.

«Nein, nein, gar nichts.»

«Wie kann ich Ihnen denn behilflich sein?»

«Nun, ich ... das mag jetzt vielleicht etwas direkt wirken. Aber ich habe mich gefragt ... nachdem jetzt diese schrecklichen Ereignisse hinter uns liegen ... Also, ich wollte Sie fragen, ob Sie vielleicht einmal Zeit hätten, mit mir einen Kaffee zu trinken.»

«Ähm», stotterte sie. Arnet blieb still. «Einen Moment bitte.» Sie hielt die Sprechmuschel zu und drehte sich zu Bader um. Wenn sie schon von einem angesehenen und wohlhabenden Arzt um ein Rendezvous gebeten wurde, dann wollte sie auf keinen Fall, dass er mithörte.

«Und gut aussehend!», hörte sie Klara in ihrem Kopf hinzufügen.

«Herr Bader, würde es Ihnen etwas ausmachen, kurz draußen zu warten?»

Wie er sie anfunkelte!

«Wie Sie wünschen», sagte er pikiert und stand auf.

Als sie sicher war, dass er die Tür von außen zugezogen hatte, nahm sie ihre Hand von der Muschel und fragte: «Sind Sie noch dran?»

«Ja, natürlich.»

Sie holte tief Luft, es hatte keinen Sinn, lange um den heißen Brei herumzureden. «Herr Doktor Arnet, das geht leider nicht. Aber bitte glauben Sie mir: Wenn ich mit jemandem etwas trinken gehen würde, dann mit Ihnen.»

Draußen auf dem Flur knarrte eine Diele.

«Ich weiß nicht, ob Sie über meine Situation informiert sind: Ich habe vor einem Jahr meinen Mann durch einen Verkehrsunfall verloren.» Sie schluckte und umklammerte den Hörer mit schweißnasser Hand.

«Das tut mir sehr leid», klang Arnets ruhige Stimme in ihr Ohr, «das war mir nicht bekannt.»

«Danke.»

Sie schwiegen beide. Dann sprach sie weiter: «Ich bin nicht bereit.» Sie spürte, wie ihr die Tränen hochstiegen. «So gern ich es wäre. Aber ich bin es nicht. Es tut mir leid.»

«Das muss es nicht.»

Sie wollte noch mehr sagen, hatte aber Angst, dass ihre Stimme ihr nicht gehorchen würde.

«Dann lasse ich Sie, Frau Wyss. Es hat mich sehr gefreut, Ihre Bekanntschaft zu machen. Sie sind eine außergewöhnliche Frau. Und wenn Sie eines Tages bereit sind, dann wissen Sie, wo Sie mich finden.» Dann klickte es, und Doktor Arnets Stimme war weg.

Langsam hängte sie den Hörer zurück auf die Gabel. Sie rieb sich die Augen und atmete tief durch. Dann ging sie zur Tür und öffnete sie. Bader zuckte zurück, so nah hatte er im Türrahmen gestanden.

«Na, dann muss ich auch wieder los, Frau Wyss!», sagte er, ging an ihr vorbei und griff schwungvoll nach Hut und Mantel, die am Garderobenständer hingen.

So beschwingt hatte sie ihn noch nie gesehen. Was war denn nur los?

Mit einem breiten Lächeln streckte er ihr die Hand entgegen. «Auf Wiedersehen! Ich bin sicher, unsere Wege kreuzen sich bald wieder. Spätestens dann, wenn der nächste Mord in dieser Stadt passiert.»

Er schüttelte ihre Hand, und sie konnte gerade noch ein «Auf Wiedersehen, Herr Bader!» stammeln, da war er schon zur Tür hinaus und trampelte fröhlich pfeifend die Treppe hinunter. Pfeifen hatte sie ihn auch noch nie gehört.

Später an diesem Tag fuhr sie auf dem Fahrrad die Limmat entlang. Normalerweise wählte sie für ihren Heimweg die Route bis zum See und dann über die Quaibrücke. Mittlerweile hatte sie sich daran gewöhnt, an dem Ort, an dem Fred verunglückt war, vorbeizufahren. Manchmal fühlte sie sich ihm sogar ganz nah, wenn der Wind, der vom See her über die Brücke wehte, ihr ins Gesicht blies.

Jetzt aber bremste sie vor der Münsterbrücke ab und stieg vom Rad. Sie schaute zu den Türmen des Großmünsters, dann zur Wasserkirche hinüber. Sie dachte an Hannas Erscheinung der Stadtheiligen am Albisriedener Waldrand. Hier unter der Kirche waren sie der Legende nach umgebracht worden und zum Großmünster hochmarschiert. Sie wandte sich nach rechts und schob das Rad über die Brücke zum Fraumünster. Sie war schon fast an der Kirche vorbei, als ihr Blick auf ein kleines Bild an der Nordseite fiel. Es war nicht allzu groß und in eine Nische in der Mauer hineingemalt. Sie betrachtete es. In der Mitte waren zwei helle Figuren, von denen eine von einer dritten – einem bärtigen Mann – gestützt wurde. Natürlich, die Heilige Dreifaltigkeit! Um ihre Köpfe herum schwebten Heiligenscheine. Im Namen des Vaters, des Sohnes und des Heiligen Geistes. Das hatte Hannas Mutter immer vor sich hingemurmelt.

Sie hielt inne. Jetzt erst sah sie, dass am Bildrand rechts und links je eine weitere Figur standen, ein Mann und eine Frau. Sie trugen die gleichen Heiligenscheine, jedoch hatten sie keine Gesichter. Ihre Köpfe hielten sie nämlich in den Händen vor der Brust.

Nachwort der Autorin

Um mit meiner Geschichte möglichst nah an der Wirklichkeit und dem Alltagsleben der Zeitepoche zu bleiben, bin ich dieses Mal bis unter das Wasser der Limmat vorgestoßen. Schon in der Primarschule habe ich mich vor den drei Stadtheiligen Felix, Regula und Exuperantius ganz schön gegruselt. Als Erinnerung ist mir jedoch nur geblieben, dass diese mit ihren Köpfen unter den Armen durch die Stadt gelaufen waren. Für meine Recherche musste ich es aber genauer wissen, und so bin ich in die kaum menschenhohe Krypta der Wasserkirche hinuntergestiegen. Der Zufall wollte es, dass ich an diesem Nachmittag in dem verwinkelten, gruftartigen Raum ganz allein war. So verbrachte ich ein paar mulmige Minuten vor dem Märtyrerstein, auf dem die drei angeblich enthauptet worden waren, und konnte Hannas Erschrecken über ihre Erscheinung durchaus nachempfinden.

Die im Buch «Narben» sehr lebhaft erzählten Erinnerungen von Frida Köchli aus den Jahren 1917 bis 1924 und die Biografie von Annette Frei über Anny Klawa-Morf haben mich schon vor einiger Zeit auf die schreckliche Armut, die 1920 in weiten Teilen der Schweiz herrschte, aufmerksam gemacht. Damit meine Heldin Josephine Wyss diese am eigenen Leib erfahren konnte, habe ich mich entschieden, sie nicht nur nach Albisrieden zur bettelarmen Familie Meier zu senden, sondern sie auch in einer Fabrik arbeiten zu lassen. Meine Wahl ist auf die ehemalige Bergmann-Fabrik gefallen, da sie einen schönen Bogen zu meinem ersten Josephine-Wyss-Band «Tod im Cabaret Voltaire» schlägt. Hugo Ball, einer der Mitbegründer des Cabaret Voltaire, hat die Lilienmilchseife, die von der Feinseifen- und Parfümfabrik Bergmann & Co. hergestellt wurde, im Eröffnungs-Manifest zum ersten Dada-Abend in Zürich erwähnt. «Steckenpferd» war nämlich eine der Schutzmarken der Firma, was auf Französisch «Dada» heißt.

Für die Beschreibung der Ereignisse im Burghölzli (heute: Psychiatrische Universitätsklinik Zürich) war «Matto regiert» von Friedrich Glauser eine große Inspiration. Der Schweizer Schriftsteller lebte ungefähr zur selben Zeit, in der dieses Buch spielt, für drei Monate in der Zürcher Anstalt. Ich habe mir erlaubt, meinen Figuren einige Begriffe und Bezeichnungen aus dem Werk des Schweizer Schriftstellers – die man übrigens heute nicht mehr so verwenden würde – in den Mund zu legen. Als kleine Hommage an Glausers Nachtwärter Bohnenblust bewacht zudem in meiner Geschichte sein Namensvetter den Eingang der Kantonalen Heilanstalt.

Dank

Ich danke allen, die mich bei der Entstehung dieses dritten Josephine-Wyss-Bands unterstützt haben, allen voran meinen Testleser*innen Anita Nussbaumer, Raphael Schweighauser und Tanja Seufert. Durch euer genaues Hinschauen ist diese Geschichte flüssiger, schlüssiger und prägnanter geworden. Mein tiefster Dank dafür.

Danke an das Projekt NAVI der Stadt Zürich, das in einem der Gebäude der ehemaligen Bergmann-Fabrik einquartiert ist und mir einen Blick hinter deren Mauern ermöglicht hat.

Ebenfalls bedanken möchte ich mich beim Ortsmuseum Albisrieden, wo ich viele Informationen über den Wohnort von Hanna Meier und ihrer Familie gefunden habe.

Ein spezieller Dank geht an den Zytglogge Verlag, insbesondere an Thomas Gierl, für das Vertrauen und die tolle Zusammenarbeit.

Yvan danke ich von Herzen fürs Zuhören, Bestärken und Inspirieren.

Und ein großer Dank geht an alle Menschen, die meine Bücher lesen, kaufen, ausleihen, anderen davon erzählen, an meine Lesungen kommen und mich damit motivieren, «Josy» weiter ermitteln zu lassen.

Ebenfalls bei Zytglogge erschienen

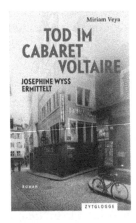

Miriam Veya
Tod im Cabaret Voltaire
Josephine Wyss ermittelt
Roman
ISBN 978-3-7296-5122-7

Zürich, im Oktober 1919: Die junge Witwe Josephine, deren soeben bei einem Unfall verstorbener Mann eine «Auskunftsstelle für vermisste Personen» betrieben hat, steht vor dem Nichts. Als sie am Abend nach der Beerdigung im verwaisten Büro überlegt, dieses aufzulösen, stürmt eine Frau herein und beauftragt sie mit der Suche nach ihrer verschwundenen Freundin. Diese ist wie die Auftraggeberin selbst Künstlerin im Cabaret Voltaire, der Wiege der DADA-Bewegung. Kurz darauf wird die Klientin auf der Bühne von einem herabstürzenden Kulissenteil erschlagen, und Josephine glaubt als Einzige nicht an einen Unfall.

Mit ihren Nachforschungen bringt sie nicht nur sich selbst in Gefahr, sondern muss sich auch gegen alle Widerstände den Weg freikämpfen, um als alleinstehende Frau ein unabhängiges Leben zu führen.

Ebenfalls bei Zytglogge erschienen

Miriam Veya
Schatten über der Villa Patumbah
Zweiter Fall für Josephine Wyss
Roman
ISBN 978-3-7296-5152-4

Zürich, im März 1920: Josephine Wyss, seit Kurzem offiziell als Privatdetektivin tätig, schlägt sich mehr schlecht als recht mit kleinen Aufträgen durch. Durch Zufall erfährt sie von einem Mord in einem noblen Zürcher Herrenhaus: In der Villa Patumbah, einst mit Geld aus den Tabakplantagen auf Sumatra erbaut und seit einigen Jahren als Altersheim geführt, wird ein Bewohner erwürgt in seinem Zimmer aufgefunden. Die Tatumstände deuten darauf hin, dass der Mord etwas mit der Geschichte des extravaganten Hauses zu tun hat.

Da die Polizei auf der Stelle tritt, beauftragt die Heimleiterin die junge Ermittlerin, selbst Nachforschungen anzustellen. Dabei kommt Josephine erneut Detektiv-Wachtmeister Bader in die Quere, und auch sonst gibt es einige Leute, denen ihre Fragen ungelegen kommen. Plötzlich sieht sie sich nicht nur mit einem mysteriösen Verbrechen, dessen Spuren in die koloniale Vergangenheit weisen, sondern auch mit ihrer eigenen Geschichte konfrontiert.

Ebenfalls bei Zytglogge erschienen

Thomas Blubacher
Ausgespielt
Kriminalroman
ISBN 978-3-7296-5167-8

Münchenstein, 1938: Im Atelier der Tonfilm Frobenius A.G. geschieht ein Mord vor laufender Kamera. Die Basler Studenten Max und Simon, die sich als Statisten ausgegeben und so in die Dreharbeiten eingeschlichen haben, verlassen fluchtartig das Studiogelände. Als vor den Nationalsozialisten aus Deutschland geflohener Emigrant darf Simon keinesfalls ins Visier der Polizei geraten. Dennoch fällt der Verdacht auf ihn. Um seinen Freund zu schützen, will Max den wahren Täter finden. Da kann es nicht schaden, dass sein Onkel als Kriminalkommissär die Ermittlungen in diesem Fall leitet. Dieser ist jedoch wenig begeistert davon, seinen Neffen darin verwickelt zu sehen.

Mit seinem literarischen Debüt legt der bekannte Sachbuchautor Thomas Blubacher einen augenzwinkernd erzählten, tempo- und wendungsreichen Kriminalroman vor, der gleichzeitig ein stimmungsvolles Porträt des Basler Kulturlebens der späten 1930er-Jahre ist.

Ebenfalls bei Zytglogge erschienen

Thomas Blubacher
Abgehängt
Kriminalroman
ISBN 978-3-7296-5187-6

Basel, im Juni 1939: Aufgelöst berichtet Hermine im Tearoom der Confiserie Schiesser ihrer Tante Rosa, deren Arbeitgeber Max und dessen Freund Simon von einer merkwürdigen Begebenheit im Hause ihres Dienstherrn. Professor Merian habe ihr letzten Sonntag außer der Reihe freigegeben. Zufällig sei sie dennoch Zeugin geworden, wie er anschließend einen Gast empfangen habe, mit dem er wohl in Streit geraten sei. Am nächsten Morgen von ihr auf den Besuch angesprochen, habe er erklärt, den Abend allein verbracht zu haben. Aber da hänge doch noch dieser fremde Hut an der Garderobe ...

Am nächsten Tag erfahren Max und Simon von Max' Onkel, Kommissär Staehelin, dass Professor Merian in seinem Haus niedergeschlagen wurde. Er liegt im Spital und kann sich an nichts mehr erinnern. Gestohlen wurde nichts. Doch der Hut ist weg.

Ein verzwickter Fall in der Basler Oberschicht kurz vor Beginn des Zweiten Weltkriegs – spannende und wendungsreiche Ermittlungen vor historischer Kulisse.

Ebenfalls bei Zytglogge erschienen

Andrea Gutgsell
Tod im Val Fex
Kriminalroman
ISBN 978-3-7296-5133-3

Ein fünfzig Jahre zurückliegendes Verbrechen, eine Mauer aus Schweigen um ein gut gehütetes Familiengeheimnis, eine faszinierende Landschaft mit dunkler Vergangenheit und erste Schritte in ein neues Leben: Die Freistellung setzt Ex-Kommissar Gubler schwer zu. Im hintersten Fextal arbeitet er auf Vermittlung eines Jugendfreundes als Schafhirte, um den Verlust von Beruf und Ansehen zu verdauen. Vierhundertfünfzig Schafe, ein störrischer Border Collie und jede Menge Selbstzweifel prägen seinen Alltag. Hinzu kommt die Hüttenwirtin Hanna, die ihn zusätzlich verunsichert.

Als er in der Nähe des Gletschers Vadret da Fex eine Leiche findet, wird er schlagartig aus seiner Resignation gerissen. Sein Ermittlerinstinkt kehrt zurück. Gublers Nachforschungen stoßen jedoch auf das Desinteresse der Einheimischen und den offenen Widerstand des Gemeindepräsidenten, der sich um den guten Ruf des Touristenortes besorgt zeigt. Oder geht es um mehr?

Ebenfalls bei Zytglogge erschienen

Andrea Gutgsell
Tod im Eiskanal
Kriminalroman
ISBN 978-3-7296-5151-7

Nach seiner Freistellung bei der Zürcher Stadtpolizei hat Kommissar Gubler die Stelle als Sonderermittler bei der Kantonspolizei Graubünden angenommen. Als er an einem kalten Januarmorgen an die Bobbahn in St. Moritz gerufen wird und mit Chefermittler Jenal den Tod eines Weinhändlers aus Zürich untersuchen soll, zeigt sich schnell, dass es sich nicht um einen Unfall handelt. Erneut wird Gubler mit der Engadiner Verschwiegenheit konfrontiert: Wortkarge Aussagen von Zeugen, die alle nichts oder nichts Genaues gesehen haben wollen, treiben ihn fast zur Verzweiflung. Und dass sein ehemaliger Arbeitskollege und Schulfreund Marco Pol ebenfalls zu den Verdächtigen zählt, macht die Sache noch komplizierter.

Ein Mord ohne erkennbares Motiv, eine geschichtsträchtige Kulisse und eine verfahrene Ermittlungslage, die zur Zerreißprobe für Freundschaft, Loyalität und Vertrauen wird – Alessandro Gubler ist gefordert.

Ebenfalls bei Zytglogge erschienen

Christine Jaeggi
Die Meisterdiebin
Roman
ISBN 978-3-7296-5186-9

Der Roman beruht auf einer wahren Begebenheit: Von 1936 bis 1945 stellte eine spektakuläre Diebstahlserie in Schweizer Luxushotels die Polizei vor ein Rätsel. Bei über neunzig Einbrüchen wurden Schmuck, Uhren, Geld und sonstige Wertgegenstände im Gesamtwert von heute umgerechnet rund 3,5 Millionen Franken erbeutet. Erst 1946 konnte die Täterin ermittelt und verhaftet werden.

Das Leben dieser Frau, die fast ein Jahrzehnt lang für die Ermittlungsbehörden ein Phantom geblieben ist, hat Christine Jaeggi zu diesem Buch inspiriert. Ihre Protagonistin, die jüdische Kaufhauserbin Elise, flüchtet vor den Nationalsozialisten, die ihr alles genommen haben, aus Wien in die Schweiz. Als Emigrantin erhält sie keine Arbeitsbewilligung. Verzweifelt sucht sie einen Ausweg, um nicht als mittellos zu gelten und die Ausweisung zu riskieren. Zudem muss sie eine hohe Bürgschaft aufbringen, um auch ihre Mutter und ihre Schwester in die Schweiz zu retten.

Und sie will Rache nehmen.